내가 바로
세종대왕의
아들이다

내가 바로 세종대왕의 아들이다 7

유아리 퓨전 판타지 소설

초판 1쇄 찍은 날 § 2020년 10월 21일
초판 1쇄 펴낸 날 § 2020년 10월 28일

지은이 § 유아리
펴낸이 § 서경석

총괄팀장 § 노종아
편집책임 § 이민지
디자인 § 소소연

펴낸곳 § 도서출판 청어람
등록번호 § 제387-1999-000006호
등록일자 § 1999. 5. 31
어람번호 § 제1-3092호

주소 § 경기도 부천시 부일로 483번길 40 서경B/D 3F (우) 14640
전화 § 032-656-4452 팩스 § 032-656-4453
http://www.chungeoram.com
E-mail § chungeorambook@daum.net

ISBN 979-11-04-92273-2 04810
ISBN 979-11-04-92193-3 (세트)

FUSION FANTASTIC STORY

7

내가 바로 세종대왕의 아들이다

유아리
퓨전 판타지 소설

도서출판 청람

내가 바로
세종대왕의
아들이다

목차

제1장
관문해전

　큐슈의 북군 연합과 남군 연합이 벌인 전초전은 북군이 먼저 승리를 거뒀다.

　쇼니와 오우치의 연합군은 계획대로 쇼니의 군대가 서전에서 패전하는 척 후퇴하여 오토모의 군대를 강가 인근의 산성으로 유인했고, 그 틈에 후방을 급습한 오우치군이 농성 중이던 쇼니의 병력과 합공해 졸지에 포위당한 오토모의 병력은 궤멸적인 피해를 보았다.

　오토모의 가신 중 필두인 나가노 시게루가 그의 주군을 피신시키기 위해 분전했으나 결국 전사했고 오토모 치카시게(大友親繁)는 일전에 쇼니를 치기 위해 함께 연합했던 오우치군에게 사로잡히는 신세가 되었다.

"슈고, 대승입니다! 우리 선봉대가 오토모의 가주 치카시게를 사로잡았다고 합니다."

진중에서 손수 병사들을 지휘하던 오우치 노리히로는 전령의 소식을 듣곤 그제야 긴장이 풀린 듯 안도의 미소를 지었다.

"내가 생각한 것보다 더 큰 성과를 거두었구나. 이리되면 이번 전쟁은 이긴 거나 다름없다. 박쥐같은 치카시게 놈을 사로잡았으니 이참에 은퇴시키고 물정 모르는 어린 아들 녀석을 허수아비 영주로 내세우면 분고국을 천천히 흡수할 수 있겠어."

오우치는 지난 전쟁 이후로 오토모와 관계가 크게 틀어져 조선에 조공으로 바치는 유황을 비싼 값에 수입해야 했었다.

그런데 지금은 영주 치카시게를 손에 넣었으니, 어린 그의 아들을 새 영주로 내세워 농민들의 반란을 최소화하면서 분고국을 점령할 수 있게 된 것이다.

그렇게 북군 연합이 서전에서 승리를 거두고 단꿈에 젖어 있을 때, 커다란 변수가 발생했다.

히젠의 이남 지방인 히고의 영주 기쿠치 다메쿠니(菊池為邦)의 군대와 합류할 예정이라던 시마즈군의 행방이 묘연하다는 소식이 들어온 것이다.

그리고 일주일 후 사실상 오우치 가문의 현 수도나 다름없는 부젠(豊前) 지방의 주요 항구와 오우치 본가가 위치한 스오(周防) 지방의 항구를 수군을 동원한 시마즈군에게 함락당했다는 전령이 도착했다.

"주군, 이 일을 어찌하면 좋겠습니까?"

소식을 가져온 오우치의 가신이 묻자 노리히로는 잠시 고민 후에 답했다.

"어쩔 수 없군. 일단은 병력을 후방으로 돌려 부젠부터 탈환해야겠어."

"그럼 스오는 이대로 버리실 생각이십니까?"

스오는 오우치 가문의 발상지이며 그들의 선조인 백제 임성 태자의 영지라고 알려져 있다.

그들의 입장에선 선조의 땅을 멋대로 점거하고 있던 호조 가문이 몰락한 사이, 오우치의 선대가 힘겹게 다시 얻은 고향이기도 하다.

사실 임성 태자 선조설의 진위 여부는 불확실하지만 적어도 오우치 가문의 사람이라면 모두가 의심 없이 믿고 있기도 하다.

"아니다. 분명 본가에 남아 있는 전력이라면 쉽사리 시마즈에게 당하고만 있지 않을 것이다."

오우치는 현재 큐슈의 영주 중 가장 거대한 영지를 가지고 있었고, 오우치 가문의 영역은 비단 큐슈뿐만이 아니라 관문 해협 너머 3개 지방에 걸쳐 있었다.

예전에 쇼니 침공의 대가로 지쿠젠의 남쪽 지방을 갈라 쇼니의 가신인 아키즈키 가문에게 할양했지만 그래도 아직은 큐슈 제일의 가문이라 할 수 있었다.

게다가 이번 전쟁을 시작할 때, 쇼군의 직접적인 개입에 대비해 바다 너머 위치한 3개 지방의 병력은 아껴둔 채 큐슈 내의 병력만 동원하기도 했었다.

"슈고, 저들이 아군의 항구를 기습했으니 아군의 배는 이미 남아 있지 않을 것입니다."

"아마도 그렇겠지."

"만약 이런 상황에서 아군이 다시 항구를 탈환한들, 시마즈 놈들이 배를 이용해 해안가의 주요 거점을 치고 빠지는 군략을 수행한다면 피해가 걷잡을 수 없어질 것입니다."

"그래서 네가 말하고자 하는 바가 무엇이냐?"

"기쿠치와 시마즈의 기만책에 당했으니 이제 전세의 향방은 장담할 수 없게 되었습니다. 그러니 다시 한번 본국에 사신을 보내 광무왕 전하께 구원을 요청하시지요."

"아니다. 이번 전쟁은 어디까지나 우리의 힘으로 이겨내야 한다."

"대륙 전쟁에서 용맹을 보인 주상 전하의 군대라면 쇼군의 군대가 아무리 많이 온들 감히 상대가 되겠습니까? 북방의 정예군은 고사하고 쓰시마에 주둔하는 수군만 지원받더라도 폭철환(爆鐵丸)만으로 그들을 모두 격퇴할 수 있을 겁니다."

폭철환은 큐슈 측에서 비격진천뢰를 부르는 별칭이고 지난 조선과 전쟁 당시 직접 겪어본 당사자인 오우치 측의 가신들은 그것을 무적의 병기로 인식하고 있었다.

"그 말도 맞다만… 본국에서 이 전쟁에 개입하면 조선국과 일본국의 전면전으로 번지고 만다. 그러니 그것만큼은 막아야 해. 지원에 대해선 더 이상 이야기하지 말고 그만 물러가라."

"예, 그럼 이만 물러가겠습니다."

그렇게 오우치군의 방침이 결정되자 노리히로는 먼저 쇼니의 가주 요리노리를 찾아가 양해를 구했다.

"…그런 사정으로 우선 아군의 영지를 탈환하러 가야 할 듯합니다. 그러니 쇼니가의 가주께선 사다모리 공과 합류하여 기쿠치군의 북상을 막아주셔야겠습니다."

"상황이 그렇게나 심각하다니 어쩔 수 없군요. 그럼 말씀하신 대로 제가 사다모리 공과 함께 기쿠치군을 담당하지요."

"이해해 주셔서 정말 감사합니다. 어떻게든 빨리 부젠을 탈환하고 다시 합류하겠습니다."

"알겠습니다. 부디 부처님과 여러 신님께서 공을 가호하시 길 빌겠습니다."

"예, 요리노리 공도 부디 무운이 따르길 빕니다."

그렇게 오우치군과 헤어진 쇼니의 군대는 기쿠치의 영지에 인접한 미이케 촌의 임시 산성에 도착했다.

본래 해안가를 제외하고 산으로 둘러싸인 지방이며 별다른 게 없었던 어촌, 미이케에서 재작년에 우연히 석탄이 발견되었 고 그 소식은 조선에까지 알려졌다.

그러자 조선에서도 미이케 탄광에 관심을 보여 소수의 야 장을 파견해 본격적인 광맥 조사에 들어갔고 그 결과 현재 조 선에서 개발된 몇몇 탄광에서 나오는 것보다 질 좋은 석탄이 상당량 매장되어 있음을 알게 되었다.

이후 미이케 지방은 그간 별다른 특산불이 없어 그저 군사 요충지로만 다뤄지던 예전과는 다르게 쇼니의 영지에서 가장 중요한 지방으로 취급되었고 전보다 많은 병사가 주둔하게 되 었다.

그 상태에서 전쟁이 발발하자 쇼니의 옛 가신이자 조선국 대마주 태수에서 얼마 전 종 2품의 대마주 관찰사로 승진한 소 사다모리가 지원 요청을 받아 탄광 인근의 산에 산성을 증 축하고 수비를 견고하게 갖추고 있었다.

"슈고, 소식은 이미 들었습니다. 시마즈의 군대가 오우치 가문의 후방을 급습했다지요?"

사다모리는 조선의 관직상 현재 소이전 태수직인 쇼니의 가주보다 윗줄이 되었지만, 여전히 옛 주군을 정중하게 대했다.

"예, 그렇습니다. 사다모리 공, 그런 연유로 당분간 우리끼리 기쿠치의 군대를 막아내야만 합니다."

"걱정하지 마시지요. 현재 저들의 군세는 아군보다 적은 데다 제가 인근의 산중에 추가로 요새와 함정을 신설해 두었습니다. 혹시라도 저들이 평지를 우회하기 위해 산을 넘으려 발을 들이면 바로 그날이 제삿날이 될 겁니다."

"그래도 우리가 사전에 알아낸 정보 중 많은 것이 빗나갔으니, 기쿠치의 동원 병력도 예상보다 많아졌을 수 있어요. 그러니 방심하지 말고 신중하게 수비에 나서야 할 것입니다."

철없던 예전의 모습은 온데간데없고 신중한 성격이 된 자신의 옛 주군을 바라보는 사다모리는 만감이 교차하는 듯, 웃으면서 답했다.

"예, 물론 그래야 하겠지요. 그건 그렇고 저도 이제 나이가 들어서 그런지 몸이 예전 같지 않군요. 이번 전쟁만 끝나면 사직하고 아들에게 자리를 물려줘야겠습니다."

그러자 쇼니 요리노리는 곧바로 부정적인 의사를 비쳤다.

"과연, 주상 전하께서도 그리 생각하시겠습니까?"

그러자 사다모리는 곧장 한숨을 내쉬었다.

"아마도… 힘들겠지요?"

"예, 그러니 평생 현역이라고 생각하시지요."

그렇게 옛 주군과 가신이 힘을 합쳐 본격적인 수비를 시작했지만, 기쿠치의 군대는 움직일 생각이 없는 듯 그저 미이케의 남쪽에 위치한 성에서 포진만 하고 있을 뿐이었다.

"대체 저놈들은 뭘 기다리는 걸까요? 비록 우리가 수비적인 입장이라곤 하나 선공을 할 수도 있는데 그저 가만히 있는 게 수상쩍군요."

1449년의 12월, 본격적인 겨울이 시작된 산성의 진채에서 사다모리는 옛 주군의 물음에 답했다.

"날이 많이 추워졌으니, 군을 움직일 수 없는 게 아니겠습니까? 저들은 이대로 해를 넘겨 날이 풀리기만을 기다리는 듯합니다."

"하지만 기쿠치가 이렇게 오래 장기전을 벌일 만한 재정은 없을 듯한데요. 혹여 다른 데서 지원을 받는다면 모를까……."

그러자 사다모리는 뭔가가 떠오른 듯 말했다.

"혹시 저들은 쇼군의 비밀 지원 병력을 기다리고 있는 게 아닐까요? 그러면 현재의 행보가 대부분 설명 가능합니다. 시마즈가 먼저 단독으로 움직인 것부터 무언가를 기다리는 저들의 소극적인 행보까지 그 모든 것이 명쾌해지는군요."

"그렇게 생각해 보니 사다모리 공의 말씀이 맞는 듯합니다.

이러면 이후 전쟁의 양상이 완전히 달라지겠군요."

"이대로 시간을 끌면 불리해지는 쪽은 아군이 될 겁니다. 차라리 아군이 선공을 하는 게 어떻겠습니까?"

"그래도 그건 너무 위험 부담이 큽니다. 자칫 공성 중에 적의 지원군이라도 도착하면… 게다가 지원군의 규모조차 알 수 없지 않습니까? 차라리 오우치군의 합류를 기다리며 이곳을 굳건히 사수해야 합니다."

그러자 사다모리는 탄식하며 말을 이었다.

"누가 이 전쟁의 흐름을 주도하는지는 몰라도 알면서 당할 수밖에 없게 짜둔 듯합니다. 비록 적이지만 그 심계가 대단하군요."

그렇게 소 사다모리와 쇼니 요리노리가 어쩔 수 없이 수비에 전념하고 있을 때, 쇼군의 명을 받은 하리마의 야마나 가문과 오와리의 오다 가문, 그리고 토가시 가문과 쇼군의 가병이 모인 총합 이만의 군대가 본도에서 바다를 건너 기쿠치의 영토인 히고에 도착했다.

지원군의 수장이자 막부의 군사 대신인 도닌 야마나 소젠은 히고의 영주인 기쿠치 다메쿠니의 환대를 받았다.

"도닌 나리, 이 추운 날에 먼 길을 오시느라 노고가 많으셨습니다."

"환대에 감사하는 바이오. 쇼군께서도 기쿠치 님의 변치 않은 충성에 흡족해하고 계십니다."

"그렇습니까?"

이후 지원군의 부장 격인 오다 도시히로(織田敏広)와 토가시 시게하루(富樫成春)가 그 뒤를 따라 기쿠치와 인사를 주고받았다.

그렇게 기쿠치의 환영 연회가 끝나고 따로 모인 이들은 현재 전황과 여러 소식을 정리해 회의에 들어갔고, 야마나는 오토모의 군이 궤멸하다 못해 영주마저 잡힌 것을 뒤늦게 알게 되자 혀를 차고 말았다.

"허, 일전에 분명히 전하길 적당히 눈길만 끌라고 했는데 그것도 제대로 못 하고 사로잡히다니… 정말 한심스럽군."

이번 전쟁의 계획은 모두 야마나 소젠의 머릿속에서 나온 것이었다.

이후 전국시대를 연 오닌의 난 당시, 서군을 총괄할 만큼 군재가 뛰어났던 그는 현재 막부에서 제일가는 전략가이기도 하다.

"오토모가 공명심에 눈이 멀어서 성급히 진군하다가 그런 게 아니겠습니까? 도닌 나리, 일개 지방의 영주에겐 큰 기대를 하시면 안 됩니다."

현 막부의 수호대장직을 맡고 있는 오다 도시히로가 한심스럽다는 듯 말했고, 그 뒤를 따라 토가시 시게하루도 고개를 끄덕이며 구주의 영주들을 싸잡아 무시하는 듯한 발언을 이어갔다.

"오다 공의 말씀이 맞습니다. 이럴 바엔 차라리 도닌께서 전군의 지휘를 맡는 게 낫지 않겠습니까?"

그러는 이들은 현재 가독 계승 문제로 가문에서 심각한 불화를 겪는 와중에, 전쟁에 나서서 공을 세우면 차후 그들을 지지해 주겠다는 쇼군의 제의를 받아들인 것이기도 했다.

"아닐세, 어디까지나 이 일은 큐슈의 영주끼리의 분쟁일 뿐이고 자네들도 알다시피 우리의 개입은 철저히 비밀이라네. 표면적으론 우리 군은 시마즈와 기쿠치 소속으로 활동해야 해."

"그러면 우리가 전공을 세운들 인정받을 수는 있겠습니까?"

오다의 물음에 야마나가 답했다.

"내게 따로 전공을 보고하면 나중에 돌아가 쇼군께 직접 말씀 올리지."

그러자 오다와 토가시는 만족한 표정을 지으며 한발 물러났다.

"그럼, 도닌 나리만 믿겠습니다."

"자네들은 그저 내 지시만 잘 따라주게."

"예, 걱정 마시지요."

그렇게 그동안 추가로 징집한 기쿠치의 병사를 더해 총합 4만에 가까운 대병력이 세 방향으로 분산해 미이케를 향해 진군했고 미이케의 전역에선 양군간의 치열한 전투가 벌어졌다.

그와 동시에 부젠 일대에서도 시마즈군과 오우치의 전투가 동시다발적으로 벌어졌으며 큐슈의 전황은 차츰 북군에게 불리하게 흘러가게 되었다.

그렇게 일진일퇴의 공방이 벌어지는 와중에 오우치가 간신히 항구를 탈환했으나 시마즈는 곧장 배를 타고 후퇴하여 어촌들을 약탈해 오우치군을 괴롭혔다. 가진 선박을 전부 잃은 오우치는 닭 쫓던 개가 되어 결국 해안가에 위치한 백성들을 내륙으로 피난시키기 시작했다.

그렇게 해를 넘겨 1450년, 시마즈의 군대가 본국에서 재정비를 마치고 다시 한번 부젠 일대를 급습하려 칸몬 해협에 진입할 무렵, 그들은 이제껏 본 적 없던 커다란 배들과 마주치고 말았다.

*　　　　*　　　　*

칸몬 해협에서 오우치의 영역인 부젠으로 이동하던 시마즈 수군의 1진은 정체불명의 대규모 선단을 30여 리(약 12㎞) 앞에서 발견하곤 당황했다.

"니이로 님, 지난번에 저희가 오우치의 함선을 전부 태워 버리지 않았습니까?"

시마즈의 가신이자 수군 1진의 지휘관인 니이로 다다모토(新納忠治)는 부관의 물음에 얼굴을 찌푸렸다.

"그래, 분명 그랬었지. 저들은 아무래도 쇼니 가문의 선단인 듯하구나. 지금 2진과 3진이 스오를 공략하려 분산되었으니, 우리의 세가 불리하다. 아무래도 이 자리에선 후퇴하는 것이 좋겠군."

시마즈의 수군을 목표로 가까워지는 정체불명의 선단 속에는 생소한 배들이 많았다.

소형 선박 위주로 편성된 90척 남짓한 시마즈의 1진 입장에선 대충 세어도 400여 척은 넘어 보이는 적군의 규모에 기가 질릴 수밖에 없었고, 눈대중으로 재도 시마즈 측보다 배의 크기가 지나칠 정도로 차이가 났다.

"명을 받들겠습니다. 이봐! 모두에게 후퇴 신호를 보내라!"

그렇게 후퇴 신호를 받은 시마즈의 선단은 곧장 뱃머리를 돌려, 스오를 공격 중인 아군에게 합류하려 전속으로 노를 저었다.

부젠 기습이 목적이기에 소형 선박이 주력인 이들의 선단은 금세 저들을 따돌릴 수 있을 듯 보이기도 했다.

실제로 약 200여 척의 배들만이 그들을 쫓기 시작했고, 그런 상황을 지켜본 시마즈 수군은 금세 저들을 따돌릴 수 있으리라 생각했다.

하지만 세 개의 삼각돛을 단 6척의 배가 빠르게 물살을 가르
며 전진했고 곧 순풍을 받은 듯 1각마다 시마즈의 배를 1~2리
가량씩 따라잡고 있었다.

"니이로 님, 처음 보는 괴선박이 아군을 빠르게 추격 중입
니다. 이대로 가면 곧 완전히 따라잡히게 될 겁니다!"

니이로 기선의 관측 담당 병사가 비명을 지르듯 소리쳤고,
니이로 역시 병사의 외침을 따라 6척의 배를 바라본 후 휘하
의 병사들에게 소리쳤다.

"저 배들이 아무리 빠르다 한들 단지 6척만으론 아무것도
할 수 없다. 지금은 각자가 맡은 임무를 충실히 수행하거라!"

그렇게 병사들을 진정시킨 니이로는 수부들을 마저 격려해
쉬지 않고 노를 젓게 했지만, 그 역시 당황했기에 혼잣말이 나
오고 말았다.

"대체 저건 무슨 배길래… 저리도 빠른 거지?"

결국 1시간이 넘는 추격전 끝에 6척의 배는 자세한 형태가
한눈에 파악될 만큼 가까워졌다.

멀리서 볼 땐 날렵한 형태 덕에 작아 보이던 것관 다르
게 실제론 시마즈 선단의 배 중에서 가장 큰 초기형 세키
부네(関船)보다 훨씬 거대한 것을 알 수 있었다.

니이로는 순간 정체불명의 선박이 탐이 났지만 금세 정세를

파악한 후 헛된 욕심을 접었다.

저 배를 나포하겠다고 덤비는 순간, 그 뒤를 따라오는 대규모 선단에 잡혀 궤멸당할 게 분명했기 때문이다.

그렇게 1시간 가까이 추격전이 더 이어졌고 추격자의 선두에 선 6척의 배와 시마즈 선단 후미의 거리는 약 200m까지 좁혀졌다.

시마즈 선단의 선두는 후미가 거의 따라잡힌 동시에 칸몬 해협의 동쪽 출구에 도달했고, 이후 추격자와 도망자 양측이 전혀 예상치 못한 변수가 생겼다.

내륙에서 칸몬 해협의 서쪽으로 어마어마한 세기의 역풍이 불어옴과 동시에 소용돌이와도 같은 조류가 좁은 해협 일대에 발생해 추격자와 도망자 양측의 배가 동시에 멈출 수밖에 없었던 것이었다.

"니이로 님, 배가 움직이지 않습니다!"

니이로는 부관의 보고에 침착하게 답했다.

"당황하지 마라. 이런 역풍과 조류의 흐름 속에선 그 어떤 배도 앞으로 나갈 수 없다! 그러니 천천히 물길의 흐름을 읽은 후 바람이 멎는 순간을 노려서 빠져나가야 한다!"

"알겠습니다."

그렇게 역풍과 동시에 엄청난 유속의 해류와 소용돌이에 맞서서 시마즈의 선단이 거북이처럼 천천히 움직이려 할 때,

추격하던 여섯 척의 배들이 서서히 방향을 돌리기 시작했다.

"니이로 님! 적들이 뱃머리를 돌리고 있습니다. 적들은 이 조류에 휘말려 들까 봐 겁이 난 듯 보입니다."

"하아, 신님께서 보살펴 주셨는가. 정말 천운이 따라줬구나. 다른 배에도 조류를 피해서 뭉치라고 신호를 보내라."

하지만 니이로를 비롯한 시마즈의 수군은 의외의 광경에 직면했다.

여태 자신들을 추격하던 6척의 배는 측면을 시마즈의 선단 측으로 향한 채로 곧바로 삼각형 돛을 내렸고, 생소한 갈고리 형태의 철제 정(碇, 닻)을 바닷속에 내려 배를 정박한 것이었다.

그와 동시에 6리 정도의 간격을 두고 천천히 따라오던 선단들 역시 해협으로 진입하고 있었다.

"대체 무슨 생각으로 저러는 거지?"

하지만 니이로의 의문은 오래가지 못했다.

정박한 6척의 배에서 천둥과 비슷한 소리가 줄지어 울려 퍼졌고, 형체가 흐릿한 무언가가 파공성을 내며 날아와 그들의 선단을 덮치기 시작한 것이다.

*   *   *

조선령 산동의 등주항에서 건조되고 광무왕이 지백선(智柏船)이라 이름 지은, 아니, 사실은 지벡이라 발음했지만 지백으로 알아들은 관료들 덕에 졸지에 지백선이 된 신형 선박은 류큐까지 시험 운항에 성공했고, 이후 추가로 건조된 6척이 시범 운행을 거쳐 조선 수군에 배치됐다.

현재 지백선의 총괄하는 지휘관 동래 수군만호 우공(禹貢)은 첫 화포 공격이 생각한 것보다 저조한 명중률을 보이자 크게 소리를 질렀다.

"화포장(火砲匠)! 조준을 높게 잡아 적의 머리 위로 지나친 포환이 많네. 방포 각을 조금 낮추게!"

"만호 나리! 그건 이곳의 조류 때문에 배가 흔들려서 방포 당시 포신이 위쪽으로 움직여서 그런 겁니다!"

"그럼 뭐든 동원해서, 포가 흔들리지 않게 누르게나!"

"예, 알겠습니다!"

동래 수군의 선임 화포장 박기정은 일단 상관의 명이니 그리 대답했지만, 실상은 그럴 수 없다는 걸 잘 알고 있었다.

배가 심하게 흔들리는 데다, 반동이 심한 화포를 눌러서 고정하라는 말은 어불성설이나 다름없어 속으로 불만을 보일 수밖에 없었다.

'방금도 첫 공격으로 삼 분의 일가량을 맞췄는데, 만호 나리 욕심도 많으시지. 다른 포환을 쓰는 게 낫겠어.'

"이봐! 귀갑철환(龜甲鐵丸)을 재고, 다른 배에도 포환을 교체하라고 전해!"

이들이 준비한 건 기존의 인마 살상용으로 쓰던 화포용 산탄, 즉 조란환(鳥卵丸)을 좀 더 크고 단단하게 개량해서 선박 공격용으로 만든 것이며, 서양에서 쓰는 포도탄(Grapeshot)과 비슷하다고 볼 수 있었다.

"만호 나리, 이차 방포 준비가 끝났습니다!"

화포장이 보고를 마치자, 곧바로 우공의 명령이 떨어졌다.

"일제히 방포하라!"

"방포!"

― 쾅! 쾅! 쾅!

그렇게 6척의 지백선 1척당 8문의 화포에서 발사된 3,000여 발의 산탄, 귀갑철환은 방사형으로 흩어졌고 곧바로 칸몬 해협의 역풍과 조류(潮流)로 정체된 시마즈의 선단을 덮쳤다.

시마즈의 선단은 첫 원형 포환 공격으로 돛대 일부가 파손되거나 선체 곳곳에 구멍이 뚫리는 정도의 피해를 보긴 했었다.

그러나 그 정도론 침몰에 이를 정도의 심각한 피해를 받지 않았던 시마즈의 선단 후미는 곧바로 이어진 단 한 번의 일제 포격으로 인해 선체에 심각한 손상을 입어야 했다.

또한 단단하게 제련된 강철의 산탄은 배뿐만이 아니라 배에 타고 있던 선원들에게도 심각한 피해를 주었다.

무수한 철환이 목제로 이뤄진 선체를 관통하면서 많은 이들이 죽거나 다쳤고, 부가적인 피해로 탄에 직접 맞지 않은 이들마저 부서진 배의 파편을 맞아 피를 흘리고 있었다.

운 좋게 살아남은 이들은 바닥에 쓰러져 비명을 지르고 있었다.

그 광경을 망원경으로 관찰한 조선 측 견시수는 각자 지휘관들에게 상황을 전파했고 보고를 들은 만호 우공도 만족해하며 재차 공격을 지시했다.

"화포장, 이대로 계속 공격하게! 이참에 본대가 도착하기 전에 왜적을 전부 섬멸하세!"

"예, 명하신 대로 지시하겠습니다."

그렇게 세 차례의 귀갑철환 일제사격이 재차 이어지자 선단 후미에 위치한 시마즈의 배들이 버티지 못하고 가라앉기 시작했다.

거기에 중간에 위치하던 선박들도 후미의 방패막이가 사라지니 이어지는 포격에 선원들이 죽거나 다쳐 항해 불능 상태가 되었고 그 와중에 시마즈 수군 1진의 총지휘관 니이로도 어깨에 상처를 입었다.

그렇게 하염없이 시간이 흘러 절반 이상의 시마즈 수군이 무력화될 무렵, 조류의 흐름이 바뀌었고 거센 바람의 세기도 줄어들기 시작했다.

살아남은 시마즈의 선단은 필사의 각오로 칸몬 해협에서 탈출하려 했지만 그사이 지백선을 따라잡은 조선 수군의 본대가 그들의 후방을 덮쳤다.

거대한 판옥선들이 그들을 추격하며 소구경 화포와 화살 공격을 퍼부었고 조류의 흐름에 맞춰 전 방향으로 자유자재로 선회하며 그들을 추격하는 묘기를 보이기도 했다.

결국 총대장인 니이로는 부상으로 인해 반항조차 제대로 못 하고 항복해야만 했고, 그의 배는 조선군에게 나포되었다.

그렇게 90척 중에서 단 두 척의 배만 최초 목적지인 스오를 포기한 채 간신히 시마즈의 영지로 귀환할 수 있었으며 조선 수군은 서전에서 대승을 거둬 칸몬 해협 일대의 제해권을 장악했다.

＊   ＊   ＊

오우치의 가주 노리히로는 부젠의 항구에서 예전에 자신을 포로로 잡았던 상대인 최숙손과 재회했고 그간 나름대로 연습한 조선말을 써먹을 기회가 생겼다.

"영감, 정말 오래간만에 뵙습니다. 그간 무탈하셨습니까?"

최숙손은 이번 원정군의 대장으로 임명되었고 그간 조선군

편제에 없었던 수군통제사 직책을 받아서 종2품으로 승진했다.

"대내전 태수께서도 별래무양하셨는지요?"

"예, 주상 전하의 은덕으로 건강히 지냈습니다. 혹시 주상 전하께서 친히 영감을 이곳에 보내신 것입니까?"

"예, 주상 전하께서 제게 하교하시길 신하가 공격받았는데 내버려 두는 것은 군주의 도리가 아니라고 하시며 절 수군통제사로 임명하여 파견하셨습니다."

"주상 전하의 성은이 망극할 따름입니다."

그렇게 오우치의 가주가 감격해 북쪽을 향해 사배를 올리자 그의 가신들도 황급히 따라서 절을 올렸다.

"태수께서 노고가 많으셨겠습니다. 개인적으로 말씀드리자면 지원이 늦어서 미안하게 됐습니다. 전하께선 일찍이 병력을 동원해서 동래에 보내셨지만 수송선이 모자라 산동에서 배를 수배하느라 예정보다 지원이 늦어졌습니다."

"아닙니다. 어찌 조선의 신하된 자로서 그런 불측한 마음을 먹을 수 있겠습니까? 다만⋯⋯."

오우치 노리히로의 표정을 살핀 최숙손이 의아해하며 물었다.

"그럼, 다른 염려되는 문제라도 있으십니까?"

"예, 혹시 이 싸움이 양국 간에 전면전으로 번질까 그것이 염려됩니다."

"아, 태수께선 그 부분에 대해선 염려를 놓으시지요. 거기에 대해선 주상 전하께서 방책을 전부 세워두셨다고 들었습니다."

"그게 정말입니까?"

"예, 그러니 태수께선 사특한 무리를 구주에서 몰아내는 데만 신경 쓰시지요."

"알겠습니다. 영감께서 그렇게까지 말씀하시니, 소장은 그저 믿고 따르겠습니다."

오우치 노리히로는 그제야 전쟁 동안 자신을 짓누르던 압박감에서 해방되었고, 그간 품고 있던 막연한 불안마저 모두 사라졌다.

"그럼 태수께서도 회의에 참석해 주시지요."

"기꺼이 따라야지요. 소장이 직제상 대감의 직속 수하나 마찬가지니 앞으로 하급자처럼 대해주시지요."

"아닙니다. 비록 태수께서 현 관직상 제 아래긴 하지만, 본래 구주의 대영주시니 그럴 수는 없지요. 그리고 저도 소문으로 들은 이야기지만, 주상 전하께서 전쟁이 끝나고 태수께 새 벼슬을 내린다는 이야기를 듣기도 했습니다."

"그렇습니까?"

"예. 정확한 품계나 관직은 모르겠으나, 태수께선 여러 지방

을 다스리고 계시니 적어도 저와 비슷한 관작이 내려오지 않
겠습니까?"

오우치는 환한 표정을 지으며 최숙손에게 답했다.

"가문의 경사로군요. 주상 전하의 은혜에 몸 둘 바를 모르
겠습니다."

"일단 회의부터 진행하고 그간 밀린 이야기는 나중에 하지
요."

"알겠습니다. 사정을 설명할 제 가신들도 몇 명 동석하도록
하지요."

"예, 그럼 이쪽으로 오시지요."

그렇게 열린 회의에서 오우치 측은 그간 전황을 최숙손과
여러 지휘관에게 설명했고, 노리히로 역시 조선에서 예상보다
많은 병력을 보냈음을 알게 되었다.

조선에서 보낸 병력은 하삼도 소속 보군(步軍) 8개 연대와 3개
대대의 마군, 그리고 총통위 소속 5개 중대였다.

거기다 가별초의 신설로 금군의 여유가 생기자 겸사복 무
관 200여 명이 추가로 파견되어 수군까지 전부 합치면 총원
삼만에 가까운 대군이 구주에 도착한 것이었다.

본래 하삼도군의 주요 임무는 왜구를 막아내는 것이었는
데, 현재 양국 정세상 왜구가 완전히 사라졌기에 많은 병력을
여유 있게 보낼 수 있게 된 것이었다.

"지금 주요 격전지가 이곳과 삼지촌(三池村, 미이케), 주방(周防, 스오)이란 말씀이시군요."

"예, 본래 부젠노쿠니(豊前国)… 조선식으로 하면 풍전이라 해야겠군요. 그리고 현재 이곳이 대마도와 조선을 잇는 가장 중요한 항구입니다. 그런 요지이기에 가장 먼저 탈환했었습니다."

"삼지촌의 전황은 어떻습니까?"

"예전에 전해 듣기론 치열한 전투가 벌어지고 있다고 합니다. 정이대장군이 보낸 지원 병력이 적도들을 돕고 있다는 소문도 돌더군요."

"그럼 병력을 셋으로 나눠야겠군요. 이곳하고……."

그러자 노리히로가 최숙손의 말을 자르며 끼어들었다.

"영감, 실례지만 제게 좋은 생각이 있습니다."

"예, 말씀하시지요. 경청하겠습니다."

"관문해협에서 이미 수전을 겪어보신바 아시겠지만, 그곳은 수심도 낮고 해협의 넓이는 지극히 좁습니다."

"예, 그렇더군요. 마치 하삼도 남쪽의 해안선을 보는 듯했습니다."

"관문해협에서 가장 폭이 좁은 곳은 2리가 채 되지 않습니다. 그곳에 산성을 쌓고 화포를 배치한다면 지극히 적은 병력으로 적의 침입을 차단할 수 있습니다."

"대내전 태수의 의견이 지당하신 듯합니다. 그럼 이후에 대해선 생각해 두신 바가 있으십니까?"

"이후엔 나머지 여유 병력을 모아 시마즈… 도진(島津) 가문의 본거지를 공격하시지요. 그럼 병력을 크게 둘로만 나눠도 될 겁니다."

최숙손은 이후 한참 동안 해도를 보며 숙고했고 다시금 입을 열었다.

"제 수하들을 일부 두고 갈 테니, 태수께서 관문해협의 수비를 맡아주시지요. 본관이 직접 수군을 이끌어 태수의 본가인 주방을 구원하고 도진 가문의 수군을 격멸하도록 하지요."

"알겠습니다."

그렇게 격전지인 미이케를 구원할 조선군이 먼저 움직였고, 이후 최숙손이 이끄는 수군이 정비를 마치고 바다 건너 스오를 향해 출발했다.

그리고 인적 여유가 생긴 오우치 노리히로는 병사들을 움직여 시마즈의 영지를 공격하기 위해 오토모의 영지인 분고로 진격을 시작했다.

*　　　　*　　　　*

최숙손이 이끄는 조선 수군은 해안요새 공사가 한창인 관문

해협을 거쳐, 오우치의 본가가 위치한 스오 지방에 출정했다.

이들은 이동 중에 시마즈의 문장이 그려진 정찰선을 발견했다.

정찰선은 조선 수군을 인지함과 동시에 도주를 감행했지만 곧이어 신형 쾌속정 지백선의 활약으로 손쉽게 격침할 수 있었다.

그렇게 조선 수군이 적의 정찰을 차단하고 목적지에 도착할 무렵, 이들은 의외의 광경을 목격했다.

정체를 알 수 없는 군대가 목적지인 항구에 들이닥쳐 항구 인근에 토성과 목책을 세워두고 농성 중인 군대와 치열한 교전을 벌이고 있던 것이다.

수군통제사 최숙손의 부관이자 둘째 동생이기도 한 최경손이 망원경으로 교전 중인 두 세력을 살피니, 공격자 측 깃발에 마름모 사각의 문장 안에 네 개의 꽃잎이 들어가 있어 공격자 측이 오우치군임을 인지할 수 있었다.

"통제사 영감, 항구를 공격 중인 군대의 문장을 살펴보니 아군인 대내전 휘하의 군대가 틀림없습니다."

그러자 수군통제사 최숙손이 전황을 살피면서 답했다.

"좋구나. 마침 우리가 시운을 잘 맞추었어. 여기서 주방 일대를 평정하고 나면, 곧장 도진 가문의 본거지를 공격할 수 있겠어."

"영감, 전투 신호를 보낼까요?"

"그래. 지금은 적도들이 이곳에서 빠져나가지 못하게 봉쇄하는 데 우선해야 한다. 봉쇄진을 친 다음, 자리를 지키라 전해라."

한편, 육지에서 오우치군과 격전 중이던 시마즈의 군대는 뒤늦게나마 바다 쪽에서 등장한 조선 수군을 발견했으나 딱히 별다른 조처를 할 수 없었다.

그나마 항구에 가까이 있던 일부 군사들이 지휘관의 명을 받아 배를 움직였지만, 그들은 조선 수군의 집중 화포 세례를 받아 침몰하고 말았다.

그렇게 육지와 바다 양면으로 포위된 시마즈의 군대는 어쩔 수 없이 바다 쪽을 포기한 채 육전에 집중해야만 했고 본격적인 공성전이 시작됐다.

그렇게 공성전이 시작된 지 2시간가량이 흐르자 배 위에서 전황을 살피던 최숙손이 동생에게 명령을 내렸다.

"일부 병력을 상륙시키고 화약과 화포를 내려 대내전군을 도우라 이르게."

"일선의 지휘관은 누구로 정하시겠습니까?"

"아무래도 신임 등선군 대장의 실전 경험이 일천하니, 대마 부사가 적임이겠지. 정 부사에게 지휘를 맡으라 전하게."

"예, 그리 전하겠습니다."

조선 수군의 백병전 담당 부대, 등선군(登船軍) 200명이 그들의 지휘관 최영손과 함께 육지에 먼저 상륙했고 그 뒤를 따라 대마부사 정상현이 이끄는 수군과 화포병 1,000여 명이 땅을 밟았다.

  "부사 영감, 어찌 움직이실 생각이십니까?"

  최숙손의 명으로 육전 지휘관으로 임명된 대마부사 정상현이 등선대장 최영손(崔泳孫)의 물음에 답했다.

  "우선, 오우치 쪽에 전령을 보내 사정을 설명하고 힘을 합치자고 전해야겠지. 그동안 병사들은 대기하라 전하게."

  "예, 영감의 명을 따르겠습니다."

  그렇게 오우치군을 향해 전령이 출발하자 정상현이 최영손을 바라보며 부러운 표정으로 말을 꺼냈다.

  "그러고 보니 통천 최씨 집안에선 영중추원사 대감의 대를 이어 사 형제가 전부 무관직에 종사 중이로군."

  "예, 우리 사형제가 가친의 명성을 이으려 노력하다 보니 그리된 듯합니다."

  "그런가, 따져 보면 자네의 장형은 수군통제사로 원정군의 대장이 되셨고 둘째는 수군 만호가 되어 통제사 영감을 보필하고 셋째는 지난 전쟁에서 대공을 세워 산동의 군무를 총괄하는 데다, 자네도 무과에 합격하자마자 현 등선군 대장이 되었으니 참으로 부러울 따름이네. 언젠간 내 아들들도 그리되었으면 좋겠어."

"과찬이십니다. 그보다 곧 날이 어두워지면 병사들이 허기
가 질 듯합니다."

"그렇겠군. 지금은 사정이 급박하니, 간단하게 건량으로 식
사를 해결하라 이르게."

"알겠습니다."

그렇게 명령을 받은 조선군은 각자 보급받은 휴대식량을 꺼
내서 먹기 시작했다.

지난 전쟁을 거쳐 조선군의 휴대식량에도 많은 변화가 생
겼다.

돼지기름을 가공한 돈지(豚脂)가 지급되었고 병사들은 그것
을 식사에 섞어 지방을 보충하거나 상한 피부에 바르고 병장
기를 정비하는 데도 사용하는 등 여러 방면으로 애용하고 있
었다.

거기에 각종 고기를 말린 육포, 쌀가루와 각종 곡물, 그리
고 몇 가지 건어물과 견과류를 가루로 내어 섞은 다음에 구
워서 쿠키처럼 만든 양병(養餠)이 주요 휴대식량으로 채택되었
다.

추가로 장기 보존 겸 비상식인 건병도 병사당 두 개씩 지급
되어, 단순한 주먹밥이나 찐쌀 혹은 곡물가루만 먹어야 했던
예전과는 비교할 수 없는 개선이 이루어졌다고 할 수 있다.

그렇게 뭍에서 대기 중인 병사들이 간단하게 식사를 때울 무렵, 정상현이 보낸 전령이 오우치군의 지휘관과 함께 돌아왔다.

"부사 영감, 이쪽은 대내전의 가신인 요성정(陶盛政)이라고 합니다."

그러자 정상현이 전령에게 말했다.

"그냥 원래 발음으로 전하게. 조정에서도 그리하고 있는데, 통제사 영감처럼 억지로 고쳐서 부를 필요 없어. 그리고 나도 왜어에 능해 통변은 필요 없으니, 물러나 쉬게나."

"알겠습니다. 그럼, 소관은 물러나겠습니다."

정상현은 곧바로 오우치군의 책임자에게 직접 왜어로 말을 걸었다.

"조선 대마주 부사(府使)를 역임 중인 정가의 상현이라 합니다. 귀군을 구원하라는 임무를 맡아 여기까지 왔습니다."

정상현의 인사를 들은 상대는 공손히 고개를 숙이며 답했다.

"소관은 오우치가의 가신 스에 모리마사라고 합니다. 친히 이곳을 구원하러 오신 은혜에 감사드리고 싶습니다."

"주상 전하의 명을 받아 출정한 것이니 따로 감사를 표하실 필욘 없습니다. 그보다 현재 정세에 대해 먼저 듣고 싶습니다."

"예, 일단 목표 거점의 토성 안엔 일만이 넘는 군사가 있으리라 예상됩니다. 시마즈군이 기습으로 이 항구를 점령하고 주둔시킨 군사가 육천이 넘었었고 이후 추가로 온 군사의 규모는 아직 파악되지 않았습니다만, 처음과 비슷하리라 보입니다."

"그럼 적의 규모는 일만 전후로 보면 되겠군요."

"예, 아마 저들의 해상 수송 능력으로 짐작할 땐 그 정도가 한계일 것입니다."

"알겠습니다. 그럼 곧바로 병사들에게 공격을 도우라 이르지요."

"부사 나리, 혹시 여기 모인 병사만으로 저 토성을 돌파하실 생각이십니까? 그건 조금 무리가 아닐지요……?"

모리마사의 우려스러운 질문에 정상현은 웃으면서 답했다.

"사실 이 정도로도 충분하다 못해 넘칩니다. 스에 공께선 지켜만 보시지요."

그렇게 상륙한 조선군이 오우치 진영에 합류해 화포를 먼저 방열했고 소문만 듣고 화포를 직접 본 적 없던 오우치의 지휘관들은 신기한 표정을 지으며 그것을 바라봤다.

"오늘은 첫날이고, 곧 날이 어두워지니 환영 인사도 할 겸 가볍게 가보지. 준비되는 대로 방포하게."

이후, 정상현의 명령을 받은 화포 부대가 토성을 향해 철제 포환을 날렸고 시마즈군에게 조선군의 선물이 도착했다.

그렇게 토성 안쪽으로 도착한 선물 꾸러미는 곧바로 폭발해 사방으로 파편을 흩뿌렸고, 시마즈군은 조선군의 첫 환영인사에 비명으로 대답해야 했다.

"이게… 그 소문으로만 듣던 폭철환인가……?"

"허, 듣던 것보다 훨씬 더 끔찍한 무기로군요."

오우치 측의 무장들이 비격진천뢰의 위력을 직접 목격하고 각자 감상을 내놓은 사이, 정상현이 모리마사에게 말을 걸었다.

"곧 날이 어두워지는데 병사들을 재우고 내일을 대비하시지요."

스에 모리마사가 의아한 표정을 지으며 답했다.

"이참에 기세를 몰아서 적진을 바로 함락시키는 게 좋지 않겠습니까?"

"아닙니다. 야간에 병사들을 시켜 저들이 잠들지 못하게 주기적인 화포 공격을 이어갈 생각입니다. 그러니 그사이에 귀공의 병사들을 배불리 먹이고 재워서 체력을 회복하는 게 좋을 겁니다."

그러자 모리마사는 정상현의 의도를 알아차리고 답했다.

"아, 그러면 내일 날이 밝자마자 총공세를 펼치자는 말씀이시군요."

"예, 그렇지요. 화포 소리에 적응이 안 된 귀측의 병사들도 잠을 설치긴 하겠지만, 위협에 노출된 적군보단 사정이 나을 겁니다."

"알겠습니다. 정 부사님의 명을 따르지요."

그렇게 정상현이 육지에서 시마즈군을 공격할 계획을 실행하는 사이, 해상에선 최숙손이 장졸들을 움직여 항구에 정박해 있던 시마즈의 배들을 나포해 바다로 끌고 왔고, 일부는 그 자리에서 자침시켜 방해물로 만들어 버렸다.

그렇게 토성 안에 완벽하게 고립된 시마즈군은 밤이 깊어지자 잠도 못 자고 시달려야만 했다.

비록 처음 공격을 받았을 당시보단 공격의 빈도가 줄었지만, 잊을 만하면 날아오는 비격진천뢰의 공격으로 병사들이 죽거나 심각한 상처를 입었고, 방패를 동원하는 것으론 부족해 토굴을 파고 숨어 들어가야 했다.

결국 일부 병사들은 정신이 나간 듯 아군을 공격하거나 멋대로 성 밖으로 도망치려고 시도했고, 그들은 동료들의 손에 의해 즉결 처분을 당해야 했다.

그렇게 밤새도록 시달려 한숨도 자지 못한 시마즈의 군대가 날이 밝는 대로 아침 식사를 준비할 무렵, 그들보다 한발 먼저 전투준비를 마친 오우치군이 병사를 동원해 토성을 공격하기 시작했다.

"가장 먼저 적진을 돌파하는 병사에게 큰 상을 내릴 것이다. 오우치의 병사들이여! 시마즈의 개들을 우리의 신성한 땅에서 몰아내자!"

총지휘관 모리마사가 아군을 독려하기 위해 큰소리를 지르자 배를 든든하게 채우고 충분히 체력을 회복한 오우치의 병사들은 사기가 충만한 채로 토성을 향해 달리기 시작했다.

"우와아아아!!"

사다리나 줄이 달린 갈고리 같은 공성 도구를 들고 토성으로 달리는 선두의 병사들은 첫 전공은 자기의 것이라며 의욕에 차 토성을 기어오르기 시작했다.

토성을 수비하던 시마즈군도 처음엔 필사적으로 토벽을 수비했으나 몇 번 정도 등반을 허용하고 나자 급속히 진영이 무너지기 시작했다.

그렇게 오우치의 선봉대가 흙으로 쌓은 성벽을 돌파해 토성의 관문을 열어내는 데 성공했고, 그 광경을 지켜보던 정상현은 최영손에게 말했다.

"이제 자네가 나설 차례로군. 무운을 빌겠네."

"예, 소관이 부사 영감의 명을 받들겠습니다."

무과에 합격하고 첫 실전에 나선 최윤덕의 넷째아들 최영손은 착용 중이던 면갑의 가리개를 내리고 병사들을 지휘해 관문으로 진입했다.

그렇게 오우치군의 도움으로 토성 안에 진입한 조선군 소속 병사들은 시마즈군에게 사람의 모습을 한 재앙이 무엇인지 몸소 보여주었다.

*   *   *

북명의 수도 북경에 머물던 조선 사신단 성절사 일행은 그간 달라진 조선의 위세를 몸소 느끼던 중이다.

어떻게든 사신단과 친분을 쌓으려는 북명의 관료들이나 유학자들이 즐비했고 몇몇 이들은 성의를 표하겠다며 진귀한 선물을 들고 와서 사신단의 숙소에 멋대로 놓고 가는 일이 비일비재했다.

성절사의 책임자인 정인지는 지기이자 현 북명 조정의 실세 중 하나인 석형에게 개인적으로 더할 나위 없는 환대를 받았고, 예전에 자신과 함께 북경에 방문했던 한명회의 출세를 보며 놀라기도 했었다.

본래 방문 목적이었던 양국 간의 국혼 이야기는 훗날을 기약하자며 정식으로 합의했고 그 후론 북경 조정의 환대 속에 예정보다 긴 체류가 이어지던 참에 의외의 소식이 들어왔다.

1450년의 새해가 밝은 후, 조선에서 파견한 전령이 정인지를 찾아 주상의 교지를 전달했고 그것을 읽어본 정인지는 심각한 표정을 지었다.

"큐슈에서 전쟁이 터졌다고 하네. 아국에 신종한 영주들이 다른 영주들에게 공격을 받고 있다는군."

정인지는 한명회를 찾아가 자초지종을 설명했고 그의 말을 들은 한명회는 곧바로 자신이 해야 할 일을 떠올렸다.

"혹시 이번 일에 황상의 칙서가 필요한 것입니까?"

"그렇네. 전하께서 하교하시길, 현 왜왕인 정이대장군 아시카가 요시마사가 이번 일의 배후라고 하셨고, 왜왕을 압박할 황상의 칙서가 필요하다고 하셨네."

"알겠습니다. 제가 황상을 알현하며 전하의 말씀을 전하지요."

한명회는 주기적으로 정통제 주기진을 알현하고 있었고, 그를 자신의 사람이라 착각하고 있는 황제의 수족이 되어주었다.

지난 종계변무 건으로 인해 한층 더 조선 조정의 눈치를 보게 된 북명의 사정상, 한명회야말로 보이지 않는 북경 조정의 실세라고도 볼 수 있었다.

그는 자신을 전면에 드러내지 않고 철저하게 타인을 움직이며 정국을 조선 쪽에 유리하게 조정했고, 그 결과 조선은 조공무역을 포함해 많은 부분에서 전보다 큰 이득을 거두고 있기도 하다.

그렇게 사흘 후, 한명회는 정통제를 알현한 자리에서 왜국에서 벌어지고 있는 전쟁에 대해 철저하게 조선 측 입장을 편들어 설명했고 그 말을 들은 황제는 분노했다.

"허, 왜왕 따위가 참으로 건방지기 이를 데 없구나. 감히 광무왕의 신하들을 멋대로 공격하다니, 정녕 왜왕직을 박탈당하고 싶기라도 한 건가?"

"아무래도 왜국의 왕이 나이가 어려 물정을 모르고 일을 벌인 듯합니다."

"우첨도어사, 짐이 그 발칙한 놈의 왕작을 박탈하겠다는 칙서를 왜국에 보내면 되겠는가?"

"소신이 사료건대, 바로 왕작을 박탈하는 것보단 칙사를 보내 황상의 위엄을 보이시고 대국에서 이 일을 좌시하지 않겠다는 경고부터 하는 게 좋을 듯하옵니다."

"음, 마음 같아선 짐도 황군을 보내 무도한 왜인들을 징계하고 싶다만……."

"폐하, 지금은 북방과 장강 이남의 방비를 우선시해야 할 시국이옵니다. 변방의 일은 대국의 제일 번왕이신 광무왕 전하께 일임하시는 게 현명한 처사일 줄로 아뢰옵니다."

"음, 자네 말이 맞아. 지금은 내치에 집중해야겠지. 짐의 아둔한 생각을 일깨워 줘서 고맙네. 짐 곁에 자네가 있어서 정말 다행이야."

"황상의 신하로서 당연히 해야 할 책무이옵니다. 그저 황은이 망극하옵니다."

"알겠네. 조만간 칙서를 내어줄 테니 내용은 이부상서와 상의해서 적도록. 다만, 짐이 얼마나 기분이 상했는지에 대해선 잘 드러나도록 적게."

"예, 그럼 신은 이만 물러나겠사옵니다."

그렇게 한명회가 이부상서 설선과 함께 작성한 칙서는 흠차내사로 임명된 태감 정동(鄭同)에게 넘어갔고, 이후 산동의 등주항에서 출항하기로 계획이 정해졌다.

표면적으론 큐슈 지방 영주들 간의 전쟁은 차츰 복잡한 국면으로 변했고, 조선에선 광무왕이 움직이기 시작했다.

제2장
굴복

　난 1450년 1월이 끝나갈 무렵, 선대왕릉 행차 겸 순행을 나왔다.

　명목상 순행이긴 하지만 원목적은 내가 동래까지 가는 것이었고, 이번 전쟁에 대한 보고를 듣고 빠른 전후 조치를 하기 위함이다.

　그렇게 순행길에 나서며 아버지에게 조정을 다시금 맡겨두었는데 생각해 보니 예전의 일이 떠올랐다.

　아버지께서 능 행차를 목적으로 출궁하신 다음에 정사를 내게 전부 일임하셨고 결국 선위하셨었지.

하지만 난 행차에 앞서 아버지나 대신들과 이번 일에 대해 충분한 상의를 거쳐 궁에서 나왔으니 문제가 될 만한 건 없기도 하다.

지난 전쟁을 거쳐 가뜩이나 강력했던 왕의 권위가 정점에 올랐고, 내 의사를 거스르는 신하들도 거의 없게 되었다.

다만 정책에 관해선 여전히 이견도 많이 나오고 토론이 활발하게 벌어지니, 이게 내가 바라는 방향이라고 할 수 있겠다.

난 그렇게 궁에서 나와 마차의 좌석에 앉은 채로 그간 동래에서 올라온 장계를 다시 훑어보았다.

수군통제사 최숙손이 마지막으로 올린 장계는 대마도에서 구주 땅으로 진입하겠다는 보고였는데, 지금쯤이면 전투가 벌어지고 있을지도 모르겠네.

그간 도로 공사에 거대한 인력과 재화를 투자한 보람이 있는지 마차를 타고 도성 밖에 나왔는데도 승차감이 안정적이다.

신속하게 능 행차부터 전부 마친 뒤, 아래로 내려가 경기 지방을 통과할 때 생각보다 일정이 지체됨을 느끼고 마차에 설치된 전성관, 즉 소리를 운전석에 전달하는 금속제 통에 대고 소리쳤다.

"내금위장, 속도를 조금 올리게. 이렇게 천천히 움직이다간 너무 지체될 것 같노라."

그러자 내 마차를 몰던 내금위장 김수연이 쪽창을 열고 내 말에 답했다.

"주상 전하, 지금도 최대한 속도를 내는 중이옵니다."

"그럼, 중간 목적지인 천안까지 도착하려면 얼마나 걸릴 듯한가?"

"이틀은 더 걸릴 듯하옵니다."

지금 날 호종 중인 이들이 전부 말을 타고 마차의 속도에 맞춰서 이동 중인데도 그렇게 걸리나?

이번 순행에 앞서서 시중을 들 궁인들도 대부분 제외하고, 여타 수행원도 최소화하여 다른 마차에 태워서 이동하는데 그렇게 걸린다면 어쩔 수 없네.

"내금위장, 다음 도착지가 어딘가."

"수원부이옵니다."

"알겠네."

난 그렇게 수원에 도착해 하룻밤을 보내고 이동 계획을 변경했다.

나와 주요 수행원들이 말에 올라 목적지인 동래를 향해 달리고, 나머지 인원들은 천천히 따라오게 지시했다.

지난 전쟁 때 전리품으로 거둔 한혈마에 올라 금군과 함께 부리나케 달리기 시작했는데, 준비한 예비마도 많으니 말을 갈아타면서 이동하면 며칠 안에 동래에 도착할 수 있을 듯 보였다.

그렇게 달리다 보니 요즘 국정에 집중하느라 잠시 잊고 있던 전쟁터의 추억이 떠올랐고, 새삼 내가 그곳을 그리워하고 있다는 사실을 깨달았다.

하, 이런 걸 보면 내가 증조부 태조 대왕마마의 피를 이어받았다는 게 실감이 난다.

내 추측이지만 평생을 전쟁터에서 보내셨던 증조부께서도 왕위에 오르신 후, 궁에만 있는 걸 답답해하셨을 것 같다.

그렇게 한혈마의 빠른 속도에 취해 달리다 보니 무관들과 너무 거리가 벌어지는 것 같아 그들의 속도에 맞춰 조금 천천히 달렸고, 본래 목적지였던 천안을 그대로 통과했다.

그런데 중간에 말을 갈아타며 일행들을 살펴보다 의외의 면모를 발견했다.

상선인 김처선부터 지난 전쟁 때 날 호종한 경험이 있는 문관들이 처지지 않고 여기까지 잘 따라온 것이다.

그들 중에 사관인 유성원도 보였는데, 역시 전쟁터까지 따라와서 기록을 남길 만한 실력을 갖추고 있다는 생각이 들어 나도 모르게 웃음이 나왔다.

이러다 앞으로 사관의 필수 덕목은 문무겸전이 되려나? 그러면 그것도 나름대로 재밌을 듯하네.

그렇게 다시 지친 말을 갈아타며 달려 동래에 도착하니 동래현의 현령이 부리나케 달려와 나를 맞이했다.

"신, 동래 현령 안덕손(安德孫)이 성상을 이리 뵙게 되니 일신에 길이 남을 영광이옵니다."

"그래, 당분간 고는 동래 관아에서 머물 테니 그대에게 신세를 좀 지겠노라."

"신이 누추한 곳에서 성상을 섬김에 있어 감히 전하께 불편함이 따르진 않을지 심히 염려되옵니다."

"아니다. 고가 다른 이의 사가에 머물면 더 큰 민폐가 되니 관아에 머무는 것만으로 족하노라."

그렇게 동래 관아로 발걸음을 옮기니 내가 이렇게 일찍 올줄 몰랐는지 관노비들이 관아 청소에 매진하다 나를 발견하곤 부복했다.

"다들 하던 일을 마저 하라고 전하고, 내의원정은 저들을 도와 관아에 소독부터 하게나."

내의원정 배상문이 나서서 소독 처리를 했고 나와 일행들을 간단하게 식사를 마친 후 잠이 들었다.

그렇게 동래에 머물면서 왜인 거주구인 왜관을 시찰 나가 봤고, 왜관에 머무는 영주들의 가신들을 만나 적당한 하사품을 내려주고 돌아와 앞으로 계획을 정리해 봤다.

이번 전쟁의 최우선 목적은 왜국 정계를 개편해서 이후 일어날 임진왜란의 씨앗을 없애는 것도 있지만, 오우치의 영지 이와미에 위치한 이와미 은광을 손에 넣는 것이다.

지금은 이와미에 은이 매장되어 있다는 사실이 잘 알려지지 않아 광산이 개발되진 않았다.

하지만 나중에 은맥이 발견되고 이와미는 은광을 노리는 영주들로 인해 치열한 전장이 되고 말지.

그 땅의 주인이 수차례 바뀌고 오우치가 몰락한 후엔 조선에서 개발된 회취법이 흘러 들어가 그 당시 세계에서 가장 높은 생산량을 자랑하는 은광으로 변모한다.

한 해 생산량이 대략 18톤에서 40톤 가까이 나왔다고 하니, 국내의 은광들과는 차마 비교할 수 없을 지경이기도 하지.

거기다 임진왜란 당시 도요토미 히데요시가 대부분의 전비를 여기서 충당했고, 이후 도쿠가와 막부의 주요 자금줄로 변했으니 왜국의 기둥이라고 볼 수 있다.

기록에서 보길 몇백 년을 파다 매장된 은이 줄어들자 1900년도가 넘어서야 폐광했다고 한다.

그런 의미에서 볼 때 이와미야말로 향후 왜국 경제의 중심지라고 할 수 있다.

그러니 여길 손에 넣는 것은 향후 전쟁의 씨앗도 없애고 조선의 부를 늘리는 가장 좋은 방법이다.

우선 현재 그 땅의 주인은 오우치 가문이긴 하나, 지금은 누구도 은이 나오는 걸 모르니 전쟁이 끝나고 영지를 재분배하면서 조선 직할령으로 만드는 방향으로 나가야겠다.

물론 나중에 은광을 개발하면 그곳의 지분을 어느 정도 주면서 오우치의 불만을 없애야겠지.

자칫 잘못 처리하면 오우치가 조선에서 떨어져 나갈 수도 있으니, 은광 개발은 시간을 두고 천천히 할 생각이기도 하다.

그리고 현 쇼니의 영지인 미이케도 이와미만큼 중요한 거점이다. 거기선 조선에서 나지 않는 역청탄이 나오는 데다 미래 왜국의 산업혁명 유산으로 지정될 정도로 질 좋은 석탄의 매장량이 풍부하기도 하다.

현재 조선에서 나는 무연탄의 용도는 대부분 자염 생산 시 바닷물을 끓이는 연료나 북방의 난방용으로 쓰이고 있다.

요즘 들어 부쩍 늘어난 목탄의 소모량을 감당하려면 역청탄의 채굴과 코크스의 개발은 선택이 아니라 필수나 다름없기도 하다.

물론 코크스 생산 체제가 갖춰지려면 시행착오를 거치며 한참 걸릴 것이고, 공정이 완성되기 전까진 목탄을 쓸 수밖에 없을 거다.

전후의 계획이 어느 정도 정리가 되자 난 승전 장계가 들어오기만을 기다리며 동래에서도 할 수 있는 정무를 처리하기 시작했다.

　　　　　*　　　　　　*　　　　　　*

　최숙손이 이끄는 조선 수군이 스오의 전장에서 대승을 거
두고 남하할 무렵, 총통위장 김경손이 이끄는 조선군이 격전
지인 미이케에 도착했다.

　힘겹게 적군을 막아내던 대마도주와 쇼니의 가주는 조선군
의 지원에 힘입어 그들을 미이케 밖으로 몰아냈고 거점의 함
락이 멀지 않았다고 믿고 있던 기쿠치와 쇼군 휘하의 지원군
측은 큰 충격을 받았다.

　화살이 전혀 통하지 않는 병사들은 둘째 치고 자신들과 전
혀 다른 기병 운용에, 후퇴하면서도 엄청난 인적 손실을 보았
다.

　그 후론 기쿠치의 영지가 주요 전장이 되었고 기병을 운용
해 주요 거점만을 치고 빠지는 조선군의 전략에 이리저리 휘
둘리기 시작해 결국 기구치 측은 주요 거점에 틀어박혀 수비
에 전념하게 되었다.

　"총통위장 영감. 이렇게 저들의 발을 완전히 묶어두었으니
제 휘하 병사들을 동원해 소규모 촌락의 영민들을 잡아와 적
의 세를 약화시키는 전략은 어떻겠습니까?"

　쇼니가의 가주가 김경손에게 질문하자 김경손은 긍정적인
의사를 표했다.

"나쁘지 않을 듯하군요. 그에 관한 건 태수께 일임하겠습니다."

그러자 대마도주 소 사다모리가 의견을 꺼냈다.

"그것도 좋지만, 기쿠치의 거점은 반드시 함락시켜야 한다고 생각합니다. 일전에 포로들을 심문해 보니 막부의 군사 대신 야마나 소젠이 직접 군사를 이끌고 이곳에 왔다고 하더군요."

그러자 사정을 잘 모르는 김경손이 사다모리에게 물었다.

"그 야마나라는 이가 그리도 중요한 인물입니까?"

"예. 현 막부의 실세 중 하나이자 쇼군의 후원자이며 군권을 쥔 인물이기도 합니다. 만약 그가 잡힌다면 현 쇼군도 세를 잃을 것으로 생각합니다."

"흠, 그리 중요한 인물이면 꼭 사로잡아야 하긴 하겠습니다. 그럼 최우선 목표를 그쪽으로 변경하지요."

그러자 쇼니가 말을 꺼냈다.

"소문으로 듣자 하니 적도의 본거지인 기쿠치 성이 그리 견고하다던데, 시간이 오래 걸리지 않겠습니까?"

쇼니의 우려대로 기쿠치 성은 백제가 멸망할 당시 야마토 조정이 백강 전투에서 군사를 전부 잃고 나자 나당연합군의 침략을 우려해서 쌓은 견고하면서도 방대한 성곽이었고 대대로 개축 보수해 가며 기쿠치 가문이 사용 중인 거점이었다.

그러자 김경손이 웃으면서 답했다.

"그건 염려하지 않으셔도 됩니다. 저들의 성벽이 견고한들 북경의 성벽보다 단단할 거라곤 생각되지 않습니다."

그렇게 김경손이 이끄는 총통위 부대가 기쿠치 성을 공략하기 위해 진군을 개시했고 김경손이 호언장담한 대로 유구한 역사와 견고함을 자랑하던 성곽은 단 이틀 만에 무너져 내렸다.

이후 진행된 전투에선 별다른 변수 없이 조선 측의 우세로 공성전이 이어졌고 기쿠치의 가주는 천수각에서 이번 전쟁을 부추긴 쇼군과 막부 측에게 저주의 말을 쏟아내곤 자살해 버렸다.

그렇게 전세가 기울어 기쿠치의 영주마저 죽고 나자 지원군 총대장 야마나 소젠은 시마즈의 영지로 탈출을 감행했다.

그 후 살아남은 오천의 병사를 이끌고 후퇴를 강행 중인 야마나 앞에 조선의 기병대가 나타났다.

"도닌 나리, 전방에 적군이 출현했습니다!"

이번 전쟁에서 공을 세워 오다 가문의 가주가 되려던 막부 수호대장 오다 도시히로는 처음의 목적도 잊은 채 필사적으로 외쳤다.

"적병의 수는 얼마나 되느냐?"

"대략 이백의 기마무자(騎馬武者)라고 합니다."

"아군의 수는 오천인데, 지금 겨우 이백을 가지고 호들갑을 떠는 건가?"

"그렇지만 병사들이 단단히 겁을 먹었습니다."

"그런 자네야말로 겁을 먹은 게 아닌가? 장창을 든 병사를 앞세워 그대로 진군하게!"

그렇게 막부군이 야마나의 명령으로 다시 진군을 시작하자 조선의 기병대, 겸사복 무관들이 상대에 대응해 서서히 속도를 올리기 시작했다.

겸사복장 유규가 지휘하는 기병은 장창을 앞세운 막부의 병사들에게 쇄도했고 잔뜩 겁먹은 병사들의 창을 갑옷으로 무시하며 진의 중앙으로 파고들기 시작했다.

야마나는 그제야 병사들이나 도시히로가 어째서 겁을 먹었는지 뒤늦게 깨달았지만 그땐 이미 돌이킬 수 없었다.

일방적으로 적군의 철퇴나 검에 학살당하는 병사의 비명과 함께 어느새 나타난 조선군 경기병의 화살이 막부군의 머리 위로 무수히 쏟아졌고, 부관 오다 도시히로는 겸사복 지휘관 유규의 검에 목이 달아났다.

그리고 야마나는 철갑을 입은 무관에게 주먹으로 얻어맞아 그 자리에서 기절한 채로 사로잡혔다.

미이케에서 시작되어 기쿠치 가문의 영지인 히고(肥後)로 퍼진 전투는 한 달여 만에 종료됐고 그와 동시에 최숙손이 이끄는 조선 수군은 시마즈의 주요 항구와 거점을 초토화한 후,

마지막으로 시마즈의 거점 공략을 준비하고 있었다.

*   *   *

조선 수군의 활약으로 시마즈 영지의 항구가 전부 기능을 상실하고 해로가 봉쇄되자 영주 시마즈 타다쿠니(島津忠国)는 본거지인 사쓰마 성 안에 틀어박힐 수밖에 없게 되었다.

가주의 권위는 크게 떨어졌고 동생의 반란을 제압하고 간신히 안정시켰던 무수한 분가나 가신들의 입김이 거세지기 시작했다.

시마즈의 일족과 가신들은 항전과 항복으로 의견이 갈려 매일같이 싸워댔고, 그들의 다툼은 오토모의 영지를 통과한 오우치군이 시마즈의 동쪽 영지인 휴가에 도착하여 그들의 영지를 점거하는 중에도 결론이 나지 않았다.

그러자 회의를 지켜보던 시마즈 타다쿠니는 현 상황을 정리하듯 영지의 지도를 바라보며 말을 꺼냈다.

"현재 아군의 상황은 동북에서 오우치의 군대가 남하하여 휴가를 공략하려 하고 서북에선 쇼니와 조선의 군대가 남하 중이다. 거기에 항구가 전부 불타고 선박을 잃었지. 가문의 역사상 가장 치욕스러운 패전을 경험 중이야……."

심각한 분위기에 가신단이 침묵하며 영주의 입만 바라보고 있을 때 충격적인 말이 흘러나왔다.

"다음 방침은 이미 정했다. 사쓰마를 제외한 나머지 영지를 전부 포기하고 남은 모든 병력을 사쓰마로 집결시켜라."

영주의 갑작스러운 결정이 떨어지자 일족의 대표와 가신단 일동은 일제히 입을 모아 아우성치듯 소리치기 시작했다.

"슈고, 사쓰마에서 수성에 전념하실 생각입니까? 그건 무리입니다. 부디 다시 한번 생각해 주시지요."

"어르신! 수성은 불가합니다! 기쿠치 성의 소문을 듣지 못하셨습니까? 고작 이틀 만에 그 단단한 거성이 무너져 내렸다는데, 그보다 못한 본가의 성곽이 어찌 버틸 수 있겠습니까?"

"가주님, 조선군이 쓰는 화포란 병기는 무려 일백 리 밖에서 날아와 병사들을 찢어발긴다는 소문이 자자합니다!"

"그뿐만이 아닙니다. 조선의 기마무자는 화살이나 창검이 전혀 통하지 않는 오니(요괴)라고 합니다. 사람이 아닌 것들과 싸워서 어찌 이기려고 하십니까?"

"이참에 조선의 왕께 신종을 하는 건 어떻습니까? 오우치와 쇼니가 그리도 많은 부를 쌓을 수 있었던 건 조선에 충성을 맹세했기 때문입니다. 이참에 깃발을 갈아타시지요."

"휴가와 오스미를 버리면서까지 결사 항전 해봐야 남는 건 없습니다. 그럴 바엔 항복하고 현재 영지를 인정받는 쪽으로 협상을 펼쳐야 합니다."

"기쿠치를 지원하던 쇼군의 군대도 궤멸했는데 어찌 혼자 싸우려 하십니까?"

전쟁을 주장하는 쪽도 항복을 주장하는 쪽도 영지를 포기하며 병력을 집결시키는 것에 대해선 부정적인 의사를 표했고 그럴 바엔 항복하자는 의견이 대세가 되었다.

그렇게 가신들의 의견을 듣고 있던 영주 시마즈 타다쿠니는 다시금 입을 열었다.

"쇼군의 지원과는 상관없다. 애초에 우리 가문이 큐슈 전역을 지배하기 위해서 시작한 전쟁이 아니었느냐. 너희도 알다시피 오토모와 기쿠치도 언젠간 내칠 예정이었지. 다만, 상대의 뒷배를 오판한 것이 문제였을 뿐이다."

그러자 에치젠 분가의 당주가 말을 꺼냈다.

"병력을 사쓰마에 집결하신 다음엔 어쩌실 생각입니까?"

그러자 타다쿠니는 자신의 앞에 펼쳐져 있던 지도를 손으로 짚으며 설명을 이었다.

"우선 성을 버린다. 그다음엔 시로야마 산속으로 거점을 옮기고 전 영지의 식량과 물자를 소거해 견벽청야 작전을 시행할 것이다. 그 후엔 별동대를 운용해 적의 보급을 차단한다. 그리 되면 적들은 이 겨울을 넘기지 못하고 물러나게 될 거다."

"만약 그 계획이 성공한들 영민들이 반기를 들 텐데 어찌 감당하실 생각입니까?"

"반론은 듣지 않겠다. 사쓰마의 사내라면 침략자에게 무릎을 꿇느니 싸우다 죽는 게 진정한 도리다."

"하지만… 컥!"

그렇게 끝까지 반대하려던 분가의 당주는 말을 잇지 못했다.

타다쿠니가 순식간에 검을 꺼내 그의 목젖을 베어버렸고, 그와 동시에 영주 친위대 무사들이 회의장에 들이닥쳐 가신단을 위협했다.

"아직도 항복을 주장하려는 이가 있으면, 다시 한번 날 설득해 보게나."

"……."

그렇게 순식간에 정국을 장악한 시마즈의 가주는 계획대로 움직였다.

사쓰마 지방은 동쪽의 항구를 제외하면 산악지대가 대부분이었고 농사를 지을 수 있는 땅이 별로 없어 일부 해안가나 몇 없는 평지를 제외하면 마을의 수도 많지 않았다.

그렇게 시마즈군은 청야 전술을 시행하며 영지민의 식량마저 전부 빼앗거나 불태우기 시작했고 반항하는 이들을 전부 죽여 뒤탈을 없앴다.

그렇게 시마즈가 만반의 준비를 하고 사쓰마의 산악지대에서 항전 태세를 갖추고 있을 때, 일본의 수도 교토로 향하던 북명의 사신단은 동래에 입항하여 왕을 알현했다.

*　　　*　　　*

"정 태감, 이렇게 다시 보니 좋군."

지금 내 앞엔 조선 출신의 환관 정동이 사배를 올리고 있다.

"소신도 전하를 다시 뵙게 되어 기쁘기 그지없습니다."

"왜국행 사신으로 임명된 자네가 무슨 일로 고를 찾아온 건가?"

"이번 사신행에 광무왕 전하의 의중이 중요하기에 미천한 이 화자(내시)가 전하를 찾아뵙게 되었사옵니다."

"고가 이곳에 거하지 않았다면 어찌하려고 그랬는가?"

"본래 계획은 이곳에 잠시 머물러 광무왕 전하께 서신을 보낸 후 비답(批答)을 받으려 했지만, 마침 신에게 천운이 따랐는지 전하께서 이곳에 거하고 계셔 이리 찾아뵙게 되었사옵니다."

난 일전에 한명회를 통해 우리 바지 사장에게 외교적으로 왜왕을 협박해 달라고 부탁했었다.

그런데 내 의중이 중요하다니, 뭔가 다른 게 있는 건가?

"그런가? 그럼 무슨 일인지 말해보게."

"이것이 황상께서 왜국의 왕에게 보내는 칙서입니다. 아무래도 전하께서 먼저 보신 다음에 이야기하는 게 빠를 듯합니다."

그래도 명색이 황제의 칙서인데 정식 절차도 없이 내게 바로 보여주다니, 뭔가가 더 있나 보군.

난 곧바로 칙서를 펼쳐 읽어보았고 그 내용을 살펴보니 새삼 우리 바지 사장님의 관대함에 웃음이 나올 뻔했다.

칙서의 내용을 정리해 보면 이런 내용이다.

황실의 수호자인 광무왕의 신하 오우치 가문과 쇼니 가문을 공격한 것은 감히 황제를 공격한 것과 마찬가지이며 이번 일로 인해 왜왕 자리를 박탈할 수도 있다.

그러니 왕작을 박탈하고 천자의 군대를 동원해서 왜국 열도 전역을 불태워 버리기 전에 항복하고 이후 북경에 사신을 보내 사죄의 의미로 은을 바치라는 내용이었다.

여기까진 전부 내가 짐작 가능한 내용이기도 한데, 마지막에 내 예상과 다른 조건이 붙어 있었다.

앞으로 북명에서 왜왕을 책봉할 경우 조선 왕가의 의견을 듣고 결정하겠다는 이야기인데, 이건 다르게 말하자면 내가 왜왕 책봉을 결정할 수 있다는 말이나 다름없다.

역시 우리 바지 사장님이야. 내 예상을 아득히 뛰어넘어 버렸네.

현재 약해지고 있는 무로마치 막부의 권위를 그나마 유지할 수 있는 이유 중 하나는 쇼군이 명에서 왜왕 작위를 정식으로 임명받기 때문이다.

거기에 여러 유력 영주들이 복잡하게 서로를 견제하고 있어서 그 틈바구니에서 쇼군의 권위가 간신히 유지되고 있는 거나 다름없다.

그런 상황에서 내 신하인 쇼니와 오우치를 배신자이자 외세로 규정짓고 전쟁에 승리해 그 권위로 자기 권력을 공고히 하려던 어린 녀석의 승부수는 이제 끝난 거나 다름없지.

"황상의 관대하신 조처에 뭐라 감사해야 할지 모르겠군."

"사실대로 고하자면 왜왕 책봉의 건은 이부상서와 우첨도어사가 황상께 상신하여 결정된 일이라 하옵니다."

정동의 말대로라면 한명회하고 설선이 이 일을 주도했다는 건가.

허, 저 둘을 거두길 잘했네.

한명회는 그렇다 쳐도 설선은 전쟁 통에 우연히 목숨을 구해준 건데, 내게 은혜를 갚으려 이렇게까지 노력할 거라곤 상상도 못 해봤다.

"그런가. 이 전쟁이 마무리되면 자네를 비롯해 공을 세운 이들에게 따로 상을 내려야겠군."

"성은이 망극하옵니다."

"그리고 고도 자네와 왜국에 동행해야겠네."

"전하! 어찌 조선과 전쟁 중인 왜국에 가시려 하시나이까? 위험할 수 있사옵니다."

"이참에 고의 신하들을 친히 격려하고 왜국 막부와 전후 협상을 하려 그러네. 고는 적진에 들어갈 생각 같은 건 없노라. 전쟁이 마무리되면 상대를 아국의 영역으로 부를 생각이네."

"그렇게까지 말씀하시니… 삼가 명을 받들겠사옵니다."

그래. 이번엔 정말 전쟁이 아니라 협상하려고 가는 거다. 그 참에 주제도 모르는 건방진 어린 녀석을 혼내줄 생각이긴 하지만.

*   *   *

사쓰마 일대의 산속에 틀어박힌 시마즈의 군대가 그들 나름대로 추위에 시달리며 고생하고 있을 때, 조선 측도 척후병을 풀어 그들의 정세를 살피고 있었다.

사쓰마 동쪽의 가고시마항구에서 수송 선단을 이용해 수군통제사 최숙손과 합류한 총통위장 김경손은 전략 회의에 들어가기 전 주변의 경치를 둘러보며 사담을 주고받고 있었다.

김경손은 광무왕의 세자 시절 호위 담당 임무를 맡았었고 초대 총통위장 이천의 자리를 이어받아 지난 오이라트와의 전쟁에서도 종군했었다.

"통제사 영감, 이곳의 겨울은 정말 따듯하군요."

최숙손은 이번 전쟁의 총사령관이긴 하나 자신보다 무관 경력도 길고 연상인 김경손에게 예의를 갖춰서 답했다.

"그렇지요. 조선하고 비교하면 지금 계절이 겨울이 아니라 늦여름이나 가을 같기도 합니다."

그러자 김경손은 바다 건너에서 연기를 뿜어내는 사쿠라지마 화산을 신기하게 바라보며 답했다.

"총통위 병사들도 북경에서 추위에 시달릴 때와 비교하면 지금은 극락이 따로 없다고 하더군요. 여기가 이리 따듯한 건 저기 보이는 화산 덕분일까요?"

최숙손은 지난 전쟁에 참여하지 못해 차후 광무정난 1등 공신이 예정된 김경손의 말을 듣곤 내심 부러워하며 말했다.

"글쎄요. 그나저나 소문으로 듣자 하니 북경의 거대한 성벽이 일제히 무너지는 광경이 참으로 대단했다고 전해지더군요."

김경손은 그 광경이 떠오르는 듯, 고개를 끄덕였다.

"진정 그랬었지요. 사실 그 장엄한 광경을 다시 보고 싶은 마음이 간절합니다. 지난번 전투에선 너무 싱겁게 성벽이 무너져서 아쉬울 따름입니다."

북경 공성전에서 인생관이 뒤바뀐 붕괴 성애자, 김경손은 말을 하면서도 아쉬운 듯 입맛을 다셨다.

"총통위장 영감, 전황에 대해선 들으셨습니까? 적도들이 저기 보이는 방대한 산속으로 피신해 청야 작전을 펼치고 있습니다."

최숙손의 물음에 김경손은 금세 풀어졌던 표정을 엄숙하게 바꾸고 답했다.

"저도 이미 들었습니다. 근처의 모든 촌락이 불타 버렸고 쌀 한 톨조차 남아 있지 않다고 하더군요."

"맞습니다. 적도들은 소수의 병력으로 치고 빠지는 전투를 벌이면서 이 항구에서 내륙으로 이어지는 아군의 보급을 차단하러 나올 듯합니다."

"제가 적장이라도 그렇게 움직일 것입니다."

"거기에 대한 대책은 세워두셨습니까?"

"이참에 전하께서 고안하셨던 차전(車戰)을 선보이려 합니다."

차전은 광무왕이 세자 시절에 화승총을 완성하고 선보인 수레를 엄폐물로 이용한 대 기마병 전술이며 지금은 좀 더 개량된 상태였다.

"제가 알기론 저들은 마군(馬軍)을 가지고 있지 않은데, 혹시 기만책으로 이용하려 하십니까?"

의아한 표정을 짓는 최숙손의 물음에 김경손이 답했다.

"예, 총통위를 치중부대로 위장해서 저들의 주력을 한 번에 끌어들이려 합니다. 자세한 계획은 회의가 시작되면 말씀드리지요."

"알겠습니다."

그렇게 회의를 거쳐 유인 작전이 결정되었고 쇼니와 오우치군에 연락을 넣어 포진을 넓게 잡고 산중에서 산발적인 전투를 벌이도록 지시했다.

이후 조선군은 시마즈가 닦아둔 산길로 움직여 산악지대 서쪽에 포진한 쇼니군에 치중을 보급하려는 듯한 모습을 보이기 시작했다.

시마즈는 처음 한 주 정도는 의도를 의심하는 듯 별다른 반응이 없었으나, 식량이 잔뜩 실린 수레와 우마를 내버려 둘 수 없었던 타다쿠니는 보급부대를 공격하라 지시했다.

호위병이 몇백에 불과하던 치중대 병사들은 천 명이 넘는 적병에게 기습당하자 수레를 버리고 퇴각했으며 산중에서 고생하던 시마즈 병사들은 조선군의 식량을 강탈해서 배를 채울 수 있었다.

"조선하고 북군 놈들은 이렇게 맛있는 걸 먹고산 건가. 우리 나리께서 주는 맛없는 것들하곤 비교가 안 되네."

시마즈의 하급 병졸들이 흰 쌀밥과 기름기 가득한 돼지고기로 배를 채우며 감탄하고 있었다.

"그러게 말이야. 짐승 고기가 이렇게 맛있을 거라곤 생각조차 못 해봤어. 대충 불에 구웠는데도 입에서 살살 녹네, 녹아!"

돼지고기를 생전 처음 먹어본 병사가 새삼 감탄하며 고기를 밥 위에 올려 입안에 넣은 다음 천천히 씹어 삼켰고 식사를 마친 후엔 아쉬운 표정을 지었다.

"어째서 이 맛있는 걸 여태 못 먹게 한 거지? 부처님의 계율도 따지고 보면 생선을 먹는 것도 이런 짐승 고기를 먹는 거하고 다를 게 없잖아?"

"난들 그걸 알겠냐? 그냥 윗분들만 먹고 싶어서 그런 걸지도."

"아무튼 오늘은 무사히 살아남아서 다행이야. 앞으로 이 녀석들을 자주 만났으면 좋겠어. 으하하!"

"그러게. 앞으로 자주 만났으면 좋겠네. 아까 그거 봤냐? 내가 소리 지르면서 달려드니까 혼비백산해서 도망가던데 얼마나 웃기던지 참."

그렇게 조선군 측이 치중부대를 몇 번 더 강탈당하자 시마즈군은 그들을 밥 수레라고 부르며 치중대가 나타나길 항상 고대하게 되었다.

한 번은 조선 기병이 후퇴하는 그들을 추격했었으나 깊은 산중까지 도망치자 추격을 포기해 버려 시마즈군은 자신들의 전략이 잘 먹히고 있다고 생각하게 되었다.

"슈고 나리, 조선의 치중대를 발견했습니다."

"그럼 평소처럼 가서 수확해 올 것이지, 뭐 하고 있느냐?"

"그것이, 치중대의 규모가 지난번과는 다르다 합니다."

"그래?"

"아무래도 아군의 습격 덕에 호위가 강화된 듯싶습니다. 그래서 먼저 보고부터 드린 것입니다."

타다쿠니도 치중 약탈에 서서히 익숙해졌고 지난번엔 요괴나 다름없다는 조선 기병의 추격을 따돌렸으니 나름대로 자신감이 붙어 있었다.

이대로 적의 보급을 차단한다면 이길 수 있을 거란 확신도 들었고, 그런 결단을 내린 영주를 지지하는 가신들도 차츰 늘고 있던 참이었다.

"적의 규모는 얼마나 되지? 혹시 화포란 무기를 가진 부대나 기마대가 동행하고 있느냐?"

"그건 아닙니다. 수송 인력을 뺀 호위대의 숫자는 대략 2천 정도고, 무장을 살펴보니 장창과 가벼운 갑옷으로 무장했다고 하는데, 최대한 산길을 피해서 움직이고 있다고 합니다."

"그럼 우리도 거기에 맞춰 더 많은 병력을 동원하면 그만이다. 저들이 이렇게까지 나오는 걸 보니 보급 상황이 점점 나빠지고 있나 보군."

"그럼 병력을 얼마나 준비하라 이를까요?"

"적의 식량을 모두 옮길 수 있을 만큼 동원하거라. 적들은 아직도 우리의 근거지나 병력 규모조차 파악하지 못했을 거다."

그렇게 시마즈군은 총원 1만의 병력에서 절반을 소집했고, 그것도 모자라다 여겨 하급 무사도 병력으로 동원했다.

그렇게 사흘 후 총원 오천오백의 병력이 예상 이동지점에서 대기하고 있다가 시마즈의 근거지인 산악 서남쪽에서 이동 중이던 조선군 치중대를 양면으로 포위하면서 덮쳤다.

혹시라도 함정이 있을까 철저하게 주변의 산속을 미리 정찰한 시마즈군은 이번에 이기면 전쟁에서 승리할 수 있으리라 믿고 전투를 시작했다.

양면 포위진이 커다란 원형 포위진으로 변했고 무수한 화살이 쏟아지는 것으로 전투가 시작되었지만, 조선군은 곧장 수레를 끌던 소를 미리 풀어주곤 수레를 세운 다음 그 뒤에 엄폐하여 화살 공격을 버텼다.

그렇게 가져온 화살이 바닥나자 병장기를 들고 난전을 펼치려 뛰어드는 시마즈군을 상대로 조선 측은 화살 막이로 쓰던 커다란 수레를 치우고 작은 수레를 가져와 배치하기 시작했다.

이후 배치한 수레의 전면을 적 방향으로 돌리며 위에 덮어 두었던 천을 벗기자 검게 빛나는 총열들이 수레 위에 얹혀 있었다.

그리고 선임 갑사의 외침이 울려 퍼졌다.

"총통위장 영감, 화차가 준비되었습니다!"

장영실의 제자 최공손이 개발하고 완성한 50대의 신형 화차가 사격진을 형성해 방포 준비를 마친 채로 적들이 사정거리에 들어오길 기다렸고, 그사이 총통위의 병사들은 테르시오 방진을 갖춰서 빈틈없는 화망을 구성했다.

또한 인부로 위장했던 팽배수도 수레에서 병장기를 꺼내 진을 갖추고 전투준비에 나섰다.

총병들이 그간 전면에 나설 기회가 없었기에 아껴두었던 총을 꺼내 전투준비를 마치자 김경손의 명령이 떨어졌다.

"1중대부터 신호에 맞춰 방포하라!"

손수 이번 작전에 참여한 김경손의 명령이 떨어지자 화차와 총병의 사격이 중대별로 약간의 시차를 두고 일제히 시마즈군을 향해 쏟아졌다.

머릿수를 믿고 근접전을 벌이려던 시마즈의 병사와 무사들은 커다란 소리에 놀라긴 했으나 그대로 뛰어들었다.

그러나 그 대가는 참혹했다.

화차의 대구경 탄환 일제사격에 갑옷째로 가슴뼈가 부서지며 그대로 관통당해서 즉사한 인원들을 시작으로, 이어서 발사한 강선총 탄환에 맞아 전열에 서 있던 병력이 거의 궤멸당하다시피 한 것이다.

그 뒤를 따라 달리던 병사들은 뭔가 잘못된 것을 깨달았지만 뒤쪽의 인원들에게 떠밀려서 그대로 달려야 했고, 약간의 시차를 두고 날아온 다음 사격에 전열에 섰던 병사들과 똑같은 신세가 되었다.

그렇게 사방을 둘러싸고 치중대를 원으로 포위하며 난전을 벌이려던 시마즈군의 계획은 시작부터 허무하게 틀어지고 말았다.

최초의 계획인 원형 포위에서 사방으로 구멍 뚫린 원이 되다 못해 여러 개의 일자진이 되어버린 것이다.

아군의 희생을 발판 삼아 근접에 성공한 시마즈 병사들이 나름대로 전투를 시작했지만 총병을 보호하는 팽배수와 장창병에게 가로막혀 힘을 쓰지 못했고, 팽배수들이 장비한 철퇴가 적군의 머리를 박살 내기 시작했다.

그렇게 전투가 길어지자 탄환이 바닥난 총병들은 창검을 총에 부착해서 진 안으로 비집고 들어오는 적군을 공격하기 시작했다.

그렇게 시마즈의 주력부대가 위장한 조선군에게 발이 묶여 있을 때, 조선군 척후병은 그들이 평소 활약하던 곳에 비하면

야산이나 다름없는 산맥 한가운데 자리한 시마즈의 본거지를 망원경으로 지켜보고 있었다.

그리고 그 뒤를 따라온 산악전의 명수 오우치의 군대가 조선군의 보조에 힘입어 시마즈의 본거지에 기습을 시작했다.

*   *   *

주제도 모르고 시마즈의 영지에서 끝까지 반항하던 시마즈 가문의 수뇌부가 오우치 군에게 사로잡히고 겨울이 끝나 봄이 시작될 무렵, 난 정동의 명나라 사신단 일행과 함께 구주에 입항했다.

시마즈마저 패하자 구주 전역이 아군의 영향권에 들어왔고 아군 측이 막부에 보낸 서신도 지금쯤이면 도착했으리라고 본다.

내가 구주 풍전항구에 며칠 머물자 오우치의 가주 노리히로가 나를 찾아왔다.

"신(臣) 대내교홍(大內敎弘)이 주상 전하를 뵙사옵니다. 천세, 천세, 천천세!"

노리히로는 그간 우리말을 많이 연습했는지 꽤 유창한 발음으로 내게 인사를 건넸다.

"그래, 그간 노고가 많았노라. 얼마 전 장계로 간략하게나

마 전황을 들었으나 좀 더 자세한 설명을 듣고 싶은데 그래
주겠나?"

"예, 성상의 뜻에 따라 신이 설명해 드리겠사옵니다."

그렇게 난 보고를 들으며 그간 진행된 전황에 대해 좀 더
자세히 알 수 있었고, 설명을 마친 노리히로에게 질문했다.

"막부에선 협상에 임하겠느냐?"

"신의 미천한 식견으로 미루어 볼 때, 그것 외엔 방법이 없
다고 보고 있사옵니다. 막부 측에서 이곳 구주 땅에 원군을
보냈었으나 정이대장군의 영향력을 고려할 때, 그 정도가 최
선이었으리라 짐작되옵니다."

"알겠네. 장계에서 보길 자네의 장인 야마나란 이가 포로로
잡혔다고 하던데, 혹시 그의 선처를 바라는가?"

"아닙니다. 비록 그가 사사로이 신의 장인이라곤 하나 감히
전하께 맞서 군사를 일으켜 나라를 어지럽힌 적장이옵니다.
어찌 그런 이를 선처해 달라고 감히 신이 간청하겠나이까."

나도 예의상 물어보긴 했으나 현 상황에서 야마나 소젠은
살려둬선 안 되는 인물 중 하나다.

물론 내가 직접 죽일 건 아니지만 내 계획이 이대로 진행된
다면 벼르고 있는 이가 많아 저절로 목이 달아나겠지.

"알겠네. 자네를 비롯해 이번 전쟁에서 공을 세운 이들에게
상을 하사하려 하네."

"성은이 망극할 따름이옵니다."

"그간 아국을 잘 섬긴 공과 조상의 핏줄을 잊지 않고 지킨 것을 기려 옛 백제의 국성 부여(扶餘)씨를 사용할 것을 허하며, 옛 백제의 도성 부여현의 부사 벼슬을 내리겠다."

내 말을 들은 노리히로는 이런 걸 예상하지 못한 듯 잠시 멍한 표정을 지었고 이내 자신의 결례를 깨달았는지 황급하게 부복하며 절을 올렸다.

"신 부여가의 교홍이 성상의 은혜에 그저 몸 둘 바를 모르겠사옵니다. 신은……."

오우치 노리히로에서 이젠 부여교홍이 된 그는 감격했는지 목이 메어 말을 잇지 못했고, 난 그런 그에게 다가가 친히 손을 잡아주며 말을 이었다.

"그대는 항장 출신이면서도 아국을 섬김에 있어 부족함이 없었고 형세가 불리한 와중에도 적에게 항복하지 않고 끝까지 싸운 충신이노라. 그런 자네에겐 조상의 성을 회복하고 옛 영지를 다스릴 만한 자격이 있노라."

옛 백제의 도성 부여현은 관제상 현감이 다스리고 있으니 이름뿐인 부사를 내린다 한들 문제가 될 건 없다.

내겐 별거 아닌 것들이 백제의 후손을 자처하는 오우치 가문에겐 금은보화보다 더한 가치를 지니고 있을 거다.

사실 부여씨를 이은 부여 서씨와 의령 여씨의 후손들이 관

직 생활도 하고 있지만 가문의 족보 문제 같은 건 상호 간의
교류가 시작되면 알아서 정리될 거다.

오우치 가문은 미래 조선의 부를 책임질 이와미 은광의 현
주인이기도 하니 이보다 더한 것도 기꺼이 내어줄 수 있기도
하지.

"성상의 관대한 조처에 그저 감읍할 뿐이옵니다. 성은이 망
극하옵니다!"

난 그렇게 부여씨가 된 교홍과 함께 숙소로 향했고, 명나
라 사신단이 가져올 막부의 답신을 기다렸다.

*   *   *

현 막부의 지배자이자 왜왕 직위를 가진 정이대장군 아시
카가 요시마사는 구주에서 들어온 패전 소식과 전황 보고에
정신을 차릴 수가 없었다.

"야마나 공마저 포로가 되었다니⋯ 이제 난 어찌하면 좋
지?"

나이가 어린 그는 국정의 많은 부분에서 야마나 소젠에게
의존했었고 이번 전쟁에 대한 계획도 야마나의 의견을 따랐
다.

기존의 실세였던 호소카와 가문에 맞서 권력을 쥐려 했던

야마나 소젠은 막대한 권력을 쥔 호소카와 유력자들을 견제하며 자신의 권력을 확고히 하려던 쇼군과 이해가 일치하여 기꺼이 그의 충신이 되어주었던 것이다.

막부 관료들의 반대를 무릅쓰고 원군을 구주에 보낼 수 있었던 것도 조선에 사신으로 갔다가 귀환 중인 실권자 호소카와의 일정을 지체시켜서 해낸 일이었다.

뒤늦게 교토에 돌아온 호소카와는 사정을 알고 불같이 화를 냈으나 이미 떠난 군대를 어찌할 수 없어 사태를 지켜볼 수밖에 없었다.

그렇게 쇼군과 유력자들의 신경이 온통 서쪽으로 쏠려 있을 때, 포로로 잡혔던 야마나의 부장 토가시가 풀려나 서신을 가지고 교토에 도착했다.

이에 쇼군은 교토로 주요 가문의 유력자들과 병사들을 황급히 불러들여 회의를 시작했다.

"토가시 공이 가져온 서신을 보니 조선 국왕이 전후 협상을 위해 친견을 하고 싶다고 하는데, 그대들은 이에 대해 어찌 생각하는가?"

회의장에 모인 유력자 중 호소카와 가쓰모토가 제일 먼저 나서서 쇼군에게 의견을 피력했다.

"반드시 응하셔야 합니다. 만약 조선 측의 이번 요구에 불응한다면 큐슈에 이어 이곳 교토마저 전장이 될 것입니다."

"하지만… 조선 국왕이 지정한 친견 장소는 오우치의 영지인 이와미다. 조선의 요구에 응하려면 내가 친히 먼 길을 나서야 하노라. 어찌 그런 무도한 요구에 쉽게 응할 수 있겠는가?"

"쇼군께서 제가 자리를 비운 사이 아무런 상의조차 하지 않고 전쟁을 일으킨 것은 이미 지나간 일이니 더는 언급하지 않겠습니다. 하지만 그렇게 무리하셔서 전쟁을 벌이셨으면 반드시 이겼어야 합니다. 그런데… 지금 결과가 어찌 됐는지는 쇼군께서도 잘 알고 계시리라 봅니다."

호소카와가 조금은 경멸스러운 표정을 지으며 요시마사를 비꼬자 어린 쇼군은 발끈하며 외쳤다.

"변방인 큐슈에서 일어난 전쟁이라긴 하나 조선은 명백히 아국을 침입한 외세다! 그대는 조선의 편을 드는 건가?"

"그래서… 쇼군께선 조선 국왕 전하의 요구에 응하지 않을 생각이십니까?"

"그래. 비록 전쟁에서 패했다곤 하나 외세에 굴종할 생각은 없노라."

"하, 쇼군께선 싸움에서 진 것도 모자라서 자존심만 내세우실 생각입니까?"

그러자 반 호소카와 가문 측의 인사들이 무엄하다며 소리쳤고 회의장이 소란스러워졌다.

쇼군 요시마사의 유모 출신이자 호소카와의 후원자이며 현

실세 중 하나인 오이마(御今)가 말을 꺼냈다.

"호소카와 공께선 말씀을 조금 가려주세요. 공께서 간레이(管領, 막부의 이인자)라고 해도 쇼군의 권위를 거스르는 것은 안 될 일이지요."

그런 후원자의 중재에도 호소카와는 아랑곳하지 않고 거침없는 말을 쏟아냈다.

"지금 여기 모인 이들 중에서 조선에 대해 제대로 아는 이가 있소?"

호소카와의 물음에 야마나의 측근인 하타케야마의 가주가 나서서 답했다.

"이번 전쟁을 통해 알게 되었소. 비록 저들의 군대가 강력하다곤 하나 우리가 힘을 모으면 고려와 연합한 도이(刀伊, 여진족)를 몰아냈을 때처럼 이겨낼 수 있으리라 생각하오."

본래 여진족의 대대적인 침공인 도이의 내구가 1019년에 있었고 그 후로 원나라와 고려의 연합군이 세 차례에 걸쳐 침공하며 가마쿠라 막부가 몰락하고 현 무로마치 막부가 세워지는 데 원인이 되었기도 한다.

"하, 도이하고 원(元)조차 구분하지 못하는 그대와 내가 무슨 말을 나누겠는가?"

"호소카와 공은 지금 날 모욕하려는 게요?"

"사실이 그렇잖소. 그대가 도이라고 부르는 이들은 여진이라고 하며 나라조차 갖추지 못한 야인이오."

"그래서 그게 어쨌다는 거요. 야인들을 어찌 부르던 무슨 상관이란 말이오?"

"고려와 연합해서 아국을 침략했던 이들은 한때 대륙을 전부 지배한 대원국이란 말이다. 그리고 현재 조선은 도이… 즉 여진족을 복속해서 다스리고 있는 데다, 지난 대륙에서 벌어진 전쟁 당시 대국 명의 황제를 사로잡았던 원을 격파하고 그들의 일부를 신하로 삼은 강국이란 말이야! 그런 조선하고 맞서 싸우겠다고? 네놈이 정녕 제정신이야?"

호소카와는 물정도 모르는 이들에게 짜증이 났는지 경어조차 생략하고 하타케야마에게 폭언을 퍼부었고, 그 말을 듣고 충격을 받은 건 당사자뿐만이 아니었다.

"그게 정녕 사실인가?"

호소카와에게 압도당한 요시마사가 질문을 꺼냈고 그런 쇼군에게 호소카와는 짜증이 난 표정을 거두지 않은 채 답했다.

"예, 제가 조선에 사신으로 머물면서 알아낸 정보입니다."

"그 말을 쉽게 믿을 수 없다. 조선 측의 허세에 그대가 속았을 수도 있잖은가?"

"하, 눈앞에 닥친 현실을 받아들이고 싶지 않은 건 쇼군이시겠지요. 오늘로써 간레이직은 반납하겠습니다."

"뭐라? 이 시국에 관직을 반납하다니, 설마 조선에 붙어 배신할 생각인 것이냐?"

"하, 세토 내해가 조선 수군에게 점령당해 제 주요 영지인 셋슈(摂州, 오사카)가 먼저 불타게 생겼는데 배신이라뇨? 그저 살아남기 위한 선택입니다."

"네 이놈! 여봐라! 당장 배신자 호소카와 놈을 잡아라!"

쇼군의 명을 받은 이들이 명을 따르려 하자 호소카와의 측근들도 나서서 그들의 앞을 가로막았다.

"이렇게까지 하시면 저도 살기 위해서 어쩔 수 없군요. 이봐, 외부에 신호를 보내라!"

"호소카와 공, 제발 그만하시오!"

호소카와의 후원자 오이마가 중재를 위해 소리쳤으나 그녀의 외침은 결국 무시당했고 쇼군의 거처인 무로마치 어소(室町御所)의 바깥에선 군사들의 대치가 시작되었다.

생각보다 사태가 심각해지자 오이마와 더불어 실세 중 하나인 가라스마가 나서서 사태를 진정시키려 노력했다.

"쇼군, 이 자리에선 호소카와 공을 보내주시지요. 호소카와 공, 여기서 전투가 벌어지면 교토가 불바다가 될 거요. 그러니 지금은 병사들을 물려주시오!"

"으음… 저 배신자를……."

자존심이 상한 쇼군이 재차 부정적인 의사를 보이려 하자 가라스마는 재차 그를 설득했다.

"쇼군, 지금은 때가 좋지 않습니다. 만약 이대로 호소카와 가문의 사병과 싸우면 수가 적은 아군이 불리합니다."

그의 말대로 교토 수호대와 그들의 대장인 오다 도시히로를 파병했었지만, 그들을 전부 잃었고 현재 교토를 지키는 이들은 측근들의 사병이었다.

"알겠다. 그를 보내줘라. 다만 오늘의 치욕을 잊지 않을 것이다."

그렇게 호소카와 가문이 막부에게 반기를 든 채 교토에서 이탈했고, 교토를 둘러싼 영지를 가진 호소카와는 이후 전투에 대비해 병사들을 모았다.

호소카와는 그렇게 막부와 전투에 대비하며 현 일본에서 가장 중요한 항구인 셋슈가 조선 수군에게 불탈까 염려해 규슈로 사신을 보냈다.

그렇게 배를 타고 출발한 호소카와의 사신은 배를 띄운 지 하루 만에 셋슈로 이동 중이던 조선군의 선단과 접촉했다.

거기엔 명나라의 사신인 정동 일행이 함께하고 있었고, 이후 명국의 사신단은 호소카와 가문의 도움을 받아 교토에 입성했다.

호소카와 가문과 조선에 대비해 전투를 준비하던 쇼군과 막부는 명의 사신이 왔다는 말에 크게 기뻐하며 사신단을 맞이했다.

그러나 맞이한 사신 대표 정동은 어린 쇼군에게 싸늘한 태도를 보였고 곧이어 정통제의 칙서가 공개되자 쇼군 이하 막부의 모든 인원은 충격에 빠졌다.

호소카와가 명나라와 조선의 현 관계를 제대로 설명하지 않아 일방적인 비난을 들어야 했고, 이후 조선을 거스르면 일본의 국왕 자리를 박탈하겠다는 협박을 들어야 했던 것이다.

거기에 이들은 명나라에서도 병사들이 파병될 수 있다는 말을 듣자 집단 공황에 시달렸다.

그렇게 막부 내에서도 협상을 지지하는 주화파가 생겨 주화론이 대세가 되었고 결국 심복 노릇을 하던 야마나 가문과 오다 가문이 사라져 손발이 잘려 아무것도 할 수 없었던 쇼군 요시마사는 굴욕적인 협상에 응할 수밖에 없었다.

그렇게 쇼군이 협상 장소를 호소카와의 영지인 셋슈로 정하자며 규슈로 서신을 보냈고, 그의 서신은 배편을 통해 광무왕에게 전달되었다.

제3장
대만

난 지금 셋슈의 나니와, 즉 미래에 오사카라고 불리는 항구
에 도착했다.

본래 내가 회담장으로 지정했던 이와미엔 산지가 가득하고
길조차 제대로 닦이지 않아 이동하는 데 시간이 상당히 걸린
다고 한다.

그런 이유로 막부 측이 협상장으로 제시한 셋슈는 내게 호
의를 보이는 호소카와 가문이 통치 중이어서 이와미보다 낫
다는 이와미의 현 영주인 부여교홍의 조언을 받아들였다.

물론 명목상으론 전쟁에 패한 주제에 건방지게 제멋대로 내

지시를 거부한 것이니, 그에 대한 대가는 따로 치러야겠지.

그러니 사도 섬을 조선에 할양하도록 해야겠어. 거긴 지금 당장 개발 가능한 금광이 아무도 모르게 잠들어 있는 곳이다.

현재 셋슈엔 나의 신하들과 군대, 그리고 이번 전쟁에서 포로로 잡힌 수괴들이 동행했다.

"주상 전하, 셋슈의 영주인 호소카와가 전하를 다시 뵐 수 있게 되어 영광이라 하옵니다."

"그래, 고도 그를 다시 만나 반갑다고 전하거라."

조선에 사신으로 왔던 호소카와 가쓰모토가 가신단을 이끌고 나를 맞이하러 나왔기에 난 역관을 통해 적당한 인사를 나눴으며 안부 인사가 끝나자 곧바로 막부의 정세에 관해 물었다.

"호소카와가 고하길, 왜왕 정이대장군이 동원할 수 있는 군세는 아국에 비해 보잘것없으며 그의 권위 또한 미약하다 하옵니다. 또한……."

"그리고 뭐라고 하던가?"

"그가 말미에 덧붙이길 호소카와 가문은 암군을 버리고 전하를 섬기고 싶다고 전했사옵니다."

"그래? 기꺼이 받아들이겠노라 전하라. 그리고 호소카와를 따라 아국에 투신할 왜국의 영주가 있다면 받아들이겠다고도 전하거라."

그렇게 내 말이 역관을 통해 전달되자 호소카와의 표정이
환하게 변했고 그는 조선식 예법에 맞춰 내게 사배를 올렸다.

"호소카와가 고하길, 이곳이야말로 왜국에서 가장 중요한
항구이자 왜국의 수도 교토의 물류를 책임지는 곳이라 합니
다."

그래, 나도 잘 알고 있다. 관문해협에 짓던 요새도 완성되
었고 지금도 수군통제사 최숙손이 이끄는 수군이 뇌호내해를
장악해서 물류의 이동을 막고 있기도 하다.

그런 상황에서 이곳의 주인인 호소카와는 쇼군보다 먼저
심각한 위협을 느꼈을 거다. 그러니 호소카와가 내 신하를 자
청하며 저 말을 꺼낸 의도는 뻔하지.

"그래, 이제 호소카와 가문도 아국의 신하가 되었으니, 해
금(海禁)에서 예외를 둘 것이라 전하거라."

그렇게 내 말이 전달되자 호소카와는 거듭 고개를 숙이며
감사를 표했고, 난 이후 호소카와 가문이 준비한 숙소에 머물
며 쇼군을 기다렸다.

*   *   *

1450년의 4월이 시작될 무렵, 막부의 대신들은 군사를 이끌

고 쇼군을 호종하여 셋슈에 도착했다.

셋슈에 들어서자 호소카와의 병사들과 함께 이국적인 복식을 한 조선의 병사들이 그들을 마중하러 나왔고 막부 측은 소문으로만 듣던 조선군을 유심히 관찰했다.

막부 측도 나름대로 권위를 세워보려 정예 무사와 병사들을 모아 오긴 했으나 하급 병사는 그렇다 치고 무사들 역시 갖춘 무장조차 통일되지 못해 조선 측에 비교하면 난잡하기 그지없었다.

또한 전신에 철갑을 두른 거대한 이들이 일본의 말보다 배이상 덩치 큰 말을 타고 신장의 두 배 이상 될 법한 기다란 창으로 무장하고 있는 광경을 보곤 겁을 먹을 수밖에 없었다.

그 후 여러 절차를 거쳐 막부의 고위 대신들과 쇼군이 회담 장소로 향했고 그곳에서 강제로 무장을 해제당해야 했다.

"가라스마 공, 내가 이런 치욕을 당하면서까지 협상에 응해야 하는가?"

쇼군 요시마사가 작게 중얼거리듯 측근이자 실세인 가라스마에게 말을 걸자 그가 조용히 답했다.

"쇼군, 지금은 그저 굽힐 수밖에 없는 상황입니다. 쇼군께서도 아시겠지만 조선이 내해의 수운을 전부 봉쇄했습니다. 무역이 중지된 것은 그렇다 쳐도 식량 공급마저 차질을 빚고 있으니 이대로 가면 모두가 굶주리게 됩니다."

"그런 건 육상 수송으로 해결될 문제가 아니더냐?"

가라스마는 내심 짜증이 났지만, 설명을 덧붙였다.

"현재 교토와 육로가 제대로 이어진 곳은 수도의 혈관이나 다름없는 이곳, 셋슈뿐입니다. 그런데 호소카와 가문이 쇼군에게 반기를 들었습니다. 그게 뭘 의미하는지 아십니까?"

"그렇다 해도 외세에 굴복한 쇼군이 되어 역사에 이름을 남기는 건……."

"만약 자존심을 세워 조선과 싸우려면 천도부터 하셔야 합니다. 그런데 현 시국에서 어느 영주가 쇼군을 받들어 자신의 영지를 내어주려 하겠습니까?"

"하지만……."

"그나마 남아 있는 일본 국왕 자리라도 유지하시려면 조선 국왕에게 무릎이라도 꿇어야 합니다."

"가라스마 공, 쇼군인 내게 무릎 꿇으란 말을 쉽게 할 수 있는가? 비록 전쟁에서 패했어도 기개 있는 모습을 보일 것이네."

그러자 짜증이 난 가라스마 스케토(烏丸資任)는 이런 상황에서도 현실을 받아들이지 못하는 쇼군에게 조용히 일갈했다.

"꼬마야. 애초에 요절한 전대 쇼군의 뒤를 이어 네 이복형인 마사모토를 배제하고 널 쇼군으로 만든 건 전대 간레이 하타케야마 공과 이 어르신이다. 그런 이 몸을 감히 잘라내겠다고 야마나 녀석과 짜고 이 사태를 초래한 건 다름 아닌 너고. 그러니 당장 책임을 지고 이 사태를 수습할 사람도 너란 말이다."

"뭐… 뭐라? 지금 네가 감히 내게……."

"애당초 날 배제하고 멋대로 전쟁을 벌여 외세의 개입을 조장한 건 너다. 그러니 이 자리에서 수습이라도 잘해야 앞으로 그 알량한 목숨이라도 보전할 수 있을 거다."

그렇게 요시마사가 뒤늦게 현실을 깨닫고 충격을 받았을 때, 여러 절차를 거쳐 친견이 시작되었고 쇼군과 막부 측 인사들은 생소하면서도 화려한 어갑을 차려입은 조선의 국왕 광무왕 이향과 대면할 수 있었다.

가라스마의 폭언으로 충격을 받아 정신이 반쯤 나간 듯 보이는 요시마사를 제외한 막부의 인사들은 조선 국왕의 잘생긴 얼굴에 감탄하면서도 그가 내뿜는 위압감에 완전히 압도되었고, 자연스레 무릎을 꿇었다.

"일본 국왕 아시카가 요시마사와 그의 신하들은 대국 황실의 수호자이시자 수명 천자의 권한을 대리하시는 광무왕 전하께 사배를 올리라."

자리에 동석한 명국 사신단의 역관이 먼저 일방적으로 신하의 예법인 사배를 강요하자 쇼군 요시마사를 제외한 나머지 인사들은 네 번의 절을 올렸다. 그 와중에 우두커니 서 있는 요시마사가 좌중의 시선을 끌자 가라스마가 황급히 말을 꺼냈다.

"죄송합니다. 쇼군이 대국의 예법을 통달치 못해 저지른 실수입니다. 잠시 시간을 주시면 제가 다시 한번 설명하겠습니다."

가라스마는 그렇게 양해를 구하고 요시마사에게 나지막이 협박했다.

"아까 이야기한 걸 벌써 잊었느냐? 알량한 자존심을 내세울 때가 아니야. 어서 절을 올려!"

"……"

하지만 가라스마의 생각과는 다르게 요시마사는 자존심을 내세운 게 아니었다.

그는 친견장에 입장하며 광무왕 이향과 눈을 마주치곤 위압감에 얼어붙어 있었을 뿐이었다.

그렇게 요시마사가 겁에 질려 이러지도 저러지도 못하고 있을 때, 광무왕의 말이 통역되어 전달되었다.

"전하께서 하교하시길, 왜국의 왕이 이 지경에 이르러서도 감히 불측한 마음을 품고 있는 듯하니 이대로 친히 군대를 이끌고 그대들의 수도로 진군하시겠다고 하셨소."

"아, 아닙니다! 어찌 그런 불측한 마음을 품을 수 있겠습니까? 저희에게 좀 더 시간을 주시옵소서!"

가라스마의 필사적인 항변으로 막부 측에 잠깐의 시간이 주어졌고 간신히 진정한 쇼군 요시마사는 떨리는 몸으로 광무왕에게 사배를 올렸다.

"죄인 일본 국왕 아시카가 요시마사가 대국 황상의 대리인 이신 광무왕 전하를 감히 뵙사옵니다."

그렇게 인사가 오가자 광무왕은 곧바로 본론을 꺼냈다.

"왜국의 왕이 식견이 어둡고 정사를 볼 능력이 부족한 듯하니, 이후 막부에선 왜왕의 정무를 대리할 섭정 대신을 내세워야 하겠노라."

내 말이 곧바로 역관을 거쳐 막부 측에 전달되었고 얼어붙어 있는 쇼군 대신 측근으로 보이는 이가 대신 답했다.

"막부의 대신 가라스마란 이가 고하길, 주상 전하의 하교가 지극히 온당하다고 합니다."

그래? 의외로 반발이 없네. 이러면 너무 싱거운데. 사실 요시마사가 자존심을 내세워 반항이라도 하면 적당히 현실을 일깨워 줄 겸 해서 무력시위를 할 예정이었는데…….

이렇게 협조적으로 나오니 바로 본론으로 들어가도 되겠어.

"그럼 이번 난을 일으킨 당사자들을 어찌 처리할 것이냐고 묻거라."

그러자 조금 있다가 역관을 통해 답이 돌아왔다.

"왜왕을 충동질해 전하께 맞선 역도들이니, 가라스마가 목을 베어 전하게 바치겠다고 합니다. 왜왕은 연치가 적어 사정을 모르고 역도들의 꼬임에 넘어갔을 뿐이니 선처를 바란다고 고했사옵니다."

그래? 존재감 없는 오토모는 그렇다 쳐도 시마즈와 야마나는 살려둘 수 없는 재앙의 씨앗들인데, 우리가 처벌할 필요는 사라졌네.

사실 막부가 지나칠 정도로 저자세로 일관하며 협조적으로 나와주니 조금은 맥이 빠진다.

그렇게 사도 섬 할양을 비롯해 내가 제시한 요구가 전부 받아들여졌고, 날 따라온 대신들은 막부 측의 실권자들과 함께 따로 논의를 거치기로 합의했다.

조금은 맥 빠지는 친견이 종료되자 난 다시금 깨닫게 되었다.

이놈들은 정말 철저하게 강자에게 약하고 약한 자에게는 한없이 잔인해지는 녀석들이라고.

그러니 앞으로 이놈들에겐 철저하게 강하게 나가야 한다는 마음이 들었다.

이제부터 무로마치 막부는 허수아비로 만들고 섭정들이 국정을 운영하면서 조선을 상국으로 섬기는 속국 체계를 정립시킬 거다.

아참, 이참에 정치 일선에서 물러날 쇼군에겐 자그만 선물을 줘야겠다.

기록에서 보길 요시마사는 정치에 흥미를 잃은 후엔 예술 쪽에 눈을 돌려 시서화 쪽에 조예를 갖추고 연극을 감상하거나 정원을 가꾸길 그렇게 좋아했다고 하니 조선의 선진 문물 맛을 좀 보여줘야겠어.

그리고 저놈도 내게 나름대로 감사해야 한다. 역사보다 빠르게 정치 일선에서 물러났으니 왜국 역사에서 손에 꼽을 만한 악녀이자 오닌의 난 씨앗 중 하나인 악처 히노 도미코와의 결혼은 물 건너갔잖아.

그렇게 조선 역사상 처음으로 왜국의 땅을 밟은 왕으로 실록에 이름을 남기게 된 난 막부 대신들의 초청으로 교토를 방문했다.

이후 내게 신종한 호소카와 가쓰모토와 현 막부의 실세이자 협상에 적극적으로 임한 가라스마 스게토와 아리마 모치에를 섭정 대신으로 임명했다.

이렇게 권력을 갈라놨으니 앞으로 저 세 가문은 무로마치 막부를 실질적으로 관장하며 서로를 견제하면서 체제를 존속시키려 노력할 것이다.

또한 앞으로 조선이 임명하는 차기 쇼군이 즉위한들 실질적인 권력은 섭정을 담당한 세 가문에게 돌아가게 될 거다.

이렇게 왜국에서 이루려는 내 목적은 달성되었다. 이젠 이

체제가 공고히 유지되도록 잘 조율하는 것만 남았군.

*　　　　　*　　　　　*

교토에서 광무왕이 그를 따라온 관료들과 정치체계 개편에 들어갈 무렵, 산동의 등주항에선 지벽을 만들어본 경험을 살려 갤리온(Galleon)과 유사한 배를 제작할 수 있었다.

포문 20구에 최대 적재 시 배수량 600여 톤에 달하는 배가 완성되어 산동을 다스리는 성삼문에게 보고가 들어갔고, 그의 지시하에 같이 건조된 지벽 2척과 기존에 운용하던 보선 5척이 시험 항해 겸 새로운 항로 개척에 들어갔다.

그렇게 항해에 나선 탐험 선단은 지난번에 목적지로 삼았던 류큐에 들려 중간 보급을 받았고 지난 방문 당시 좋은 관계를 쌓은 류큐의 국왕 킨푸쿠의 환대를 받은 후 다시금 항해에 나섰다.

그렇게 류큐제도의 섬들을 거쳐 서남쪽으로 이동하던 이들은 류큐와는 비교조차 할 수 없는 거대한 육지를 발견했다.

그러나 오해는 곧 정정되었다. 예조에서 편찬한 지리지에서 이곳이 옛 지명으로 이주(夷州, 대만)라고 부르는 섬이란 것을 알게 된 것이었다.

이후 탐험대는 해안선을 따라 이동하며 지리지와 지형이 일치하는지 재차 확인했다.

그렇게 천천히 동쪽 해안에서 남쪽으로 이동하는 와중에 10여 척 정도로 이뤄진 선단을 발견했다.

그 정체불명의 선단은 조선의 선단을 인지하자 곧바로 뱃머리를 돌려 도망쳤다.

"첨절제사 영감, 어찌하시겠습니까?"

지백에 이어서 신형 갤리온의 선장이자 탐험대장으로 성삼문에게 임명된 산동 첨절제사 최광손은 부관의 물음을 듣곤 망원경에서 눈을 떼며 답했다.

"외지에서 섣불리 판단하여 싸움을 벌이는 건 안 될 말이지. 그냥 이대로 해안선을 따라 움직이게나."

"그럼 이대로 섬에 상륙하실 겁니까?"

"그래. 새로 편찬된 지리지에 적힌 설명을 보니 이 섬에 사는 토착민들은 송나라에 조공을 바친 적도 있다고 하더군. 그럼 말이 달라도 필담은 통하지 않을까?"

그렇게 해안선을 따라 이동하던 탐험 선단은 남쪽으로 길게 늘어진 산악 지형을 지나 서쪽으로 향했고, 거대한 평야에 강과 바다가 이어져 배가 드나들 만한 거점을 발견하곤 구명정으로 준비한 바구니 배를 이용해 상륙을 시작했다.

하지만 뭍에 상륙한 선발대는 강줄기를 따라 이동을 개시한 지 1시간이 채 되지 않아 섬의 원주민으로 보이는 무리의 습격을 받았다.

*   *   *

선발된 200명의 탐험대는 식수를 찾아 이동하다가 숲이 우
거진 지형에서 600여 명에 가까운 원주민의 습격을 받았다.
그들은 원형 방진을 치며 대응했고 소수나마 총을 든 병사들
은 빠르게 장전을 시작했다.

그사이 전열에 선 이들은 검이나 철퇴를 들고 적을 상대했
다.

지금은 사라지다시피 한 왜구를 연상케 하는 헐벗은 복
장의 원주민은 갈고리가 달린 단창으로 무장한 채 덤벼들었
다.

또한 그들과 확연하게 차별되는 화려한 색의 깃털 모자와
상·하의를 갖춰 입은 이들은 도끼와 두꺼운 날이 달린 만도
를 든 채 공격했다.

그 외에도 여러 가지 복식을 갖춘 이들이 조잡한 무기를 들
고 탐험대를 공격했다.

탐험대는 수군의 특성상 전신 판금 갑옷을 지급받은 병사
가 없어 가벼운 흉갑과 안면 개방형 투구를 사용 중이다.

거기에 지휘관인 최광손도 이들처럼 가벼운 무장을 하고

나섰기에 전신을 판금 갑옷으로 무장한 중기병을 지휘할 때처럼 무작정 적진으로 뛰어들 수가 없었다.

비록 장비나 훈련에선 앞서지만, 난데없는 기습을 당한 데다 머릿수의 차이가 세 배 가까이 나자 전열에 선 병사들의 상처가 늘어났고 몇몇은 어깨나 목 근처에 커다란 상처를 입은 채 원진의 중앙으로 물러났다.

그런 부상병들은 종군 의원의 도움을 받아 상처를 소독한 후 압박 지혈을 받았다.

치열하게 진행되고 있는 전투를 지켜본 최광손은 크게 소리쳤다.

"모두 목을 조심해라, 저들은 집요하게 목만을 노리고 있다!"

그렇게 전열의 병사들이 크고 작은 상처를 입으며 시간을 끌고 있을 때, 원진 중앙에서 탄환 장전을 마친 병사 스무 명이 앞으로 나섰다.

"방포하라!"

최광손의 지시에 맞춰 강선 화승총 15정과 5정의 나팔 산탄총이 일제히 불을 뿜었고 산탄총은 전장의 분위기를 바꾸어놓았다.

갑옷을 제대로 갖춰 입어도 완벽히 방어할 수 없는데, 밀집된 전투 상황에서 맨몸으로 화기에 노출된 원주민들은 전신에 피를 뿌리며 쓰러졌다.

특히나 전열에 붙다시피 하여 산탄총의 방사형 범위에 위치했던 원주민 병사는 대부분 즉사했고 앞에 섰던 이들을 방패삼아 부상으로 그친 이들 역시 몸이 온전치 않은지 비명을 질렀다.

어떤 이는 탄환이 폐를 뚫고 지나갔는지 바람 빠진 소리를 뱉어내며 피거품을 토했다.

총격을 받지 않은 원주민들은 천둥과 같은 소리가 울리고 동료들이 처참하게 쓰러지자 충격을 받아 발을 멈춘 채 눈치를 보며 필사적으로 상황을 파악하려 노력했다.

"전열의 인원들은 장전 중인 총병을 최우선으로 보호하라!"

최광손은 지시를 내린 후 출항 전 지급된 수석 권총을 꺼내 장전하며 북방에서 종군하면서 쌓은 경험을 떠올려 보았다.

그가 떠올린 것은 여진의 우두머리는 가장 화려한 색의 깃털로 장식한다는 통설이었는데, 이곳은 북방이 아니라 머나먼 남쪽의 섬이었고 상대도 여진족이 아니었다.

하지만 최광손은 여기서도 그 법칙이 통용될 것 같아 주변을 침착하게 살폈다.

그러자 커다란 깃털 여러 개를 세워 부채꼴의 모양을 한 머리쓰개와 흰색 줄무늬가 들어간 의복에 여러 개의 깃털을 장식한 이가 선두에 서서 저들을 독려하려는 듯 이질적인 소리를 지르고 있는 것을 발견할 수 있었다.

그렇게 최광손이 장전한 권총의 탄환은 곧바로 지휘관으로 추정된 이에게 날아갔고 몸통을 노렸던 조준은 목표가 움직인 탓에 살짝 빗나가 왼쪽 어깨를 관통했다.

그러자 즉각적인 반응이 왔다.

총에 맞은 어깨를 감싸 쥔 채 쓰러진 이를 보호하려 여러 명이 달려들어 그를 후방으로 데려갔다.

최광손은 그가 이들의 우두머리라 확신하며 빠르게 장전을 마친 다른 총병에게 그를 노리라고 지시하려 했지만, 적 지휘관은 잠시 고개를 돌린 사이 사라져 버렸다.

최광손은 적의 지휘관으로 보이는 이를 전장에서 이탈시킨 것에 만족하며 곧바로 후속 지시를 내렸다.

"장전을 마친 인원부터 우측으로 이동해서 지원해라. 나팔 총수들은 사선이 겹치지 않게 조준하고 본관의 지시에 맞춰 방포를 개시하라."

"알겠습니다!"

그렇게 최광손의 신호에 맞춰 산탄 공격이 재차 원주민들을 덮쳤고 많은 이가 피를 뿌리며 쓰러졌다.

결국 생전 처음 보는 화기 공격에 혼비백산한 습격자들은 백여 명에 가까운 사상자를 내곤 곧바로 도망쳐 버렸다.

그렇게 적들이 도망가자 탐험대 역시 부상이 가벼워 살아
남은 원주민 몇 명을 포로로 잡아 왔던 길을 되짚어 돌아간
후 해안에서 바구니 배를 타고 본선으로 귀환했다.

그 와중에 응급조치만 받았던 부상자들을 우선 치료하며
그 수를 파악해 보니 무려 40여 명이 크고 작은 상처를 입었
음을 알게 되었다.

"천만다행으로 종군 의원들의 빠른 조처 덕에 죽은 병사는
아직 없습니다."

산동성 출신의 부관 왕충의 유창한 조선말로 보고를 들은
최광손은 가슴을 쓸어내리며 안도했고, 생포한 원주민들의 상
처를 치료하고 말이 통하는지 확인하라 일렀다.

하지만 최광손의 바람처럼 한자를 읽을 줄 아는 이도 없었
고 월국(베트남)의 말을 익혔다는 산동 출신의 역관조차 그들
의 언어를 전혀 이해하지 못했다.

"영감, 이 섬에서 물러나는 게 좋지 않겠습니까?"

"아니야. 저들이 먼저 우릴 공격하긴 했으나 대화조차 하지
않고 물러나는 건 방침상 불가하네."

"여기가 섬이라곤 하나 이제껏 파악한 바론 구주와 엇비슷
한 크기로 짐작됩니다. 게다가 우릴 발견하자마자 공격하는
걸 볼 때, 여기 거주하는 이들은 외세에 적대적인 성향을 가
진 듯하니 교류는 다음 항해를 기약하시지요."

"자네 말도 일리가 있어. 하지만 전투준비가 미흡했고 적은 인원만 상륙한 게 실책이었다. 다음에 만반의 대비를 갖추고 포로를 돌려보내 주겠다는 명분으로 주민과 접촉을 시도해 보고 나서도 적대적으로 나온다면 자네의 조언대로 물러나겠네."

"예, 첨절제사 영감의 명을 받들겠습니다."

최광손은 그렇게 부상자를 제외하고 각 선박에서 가장 뛰어난 정예병을 선별했고, 화포와 총으로 무장한 500명이 다시 뭍에 상륙했다.

최광손은 지난 전투에서 얻은 교훈에 따라 척후부터 운용해 지형을 살폈고, 강변을 따라 사흘 동안 이동했다. 그러다 사람이 살았던 듯하나 화재의 흔적만 희미하게 남아 있는 장소를 발견하곤 주변의 나무를 베어 목책을 설치해 습격에 대비하게 했다.

그와 동시에 글을 알아볼 사람이 있을까 하여 숙영지 근처의 바다와 목책 근처에 포로를 돌려받고 싶으면 대화를 하자는 말을 역관들이 아는 문자를 총동원해서 적어두었다.

그렇게 일주일 동안 주변을 경계하며 숙영을 하던 탐험대 앞에 붉은색 옷을 입고 알록달록한 관을 쓴 중년의 사내가 나타나 어설픈 명국어로 크게 소리쳤다.

"침략자여! 우리 큰 어르신께서 너희와 대화하시길 바란다!"

그러자 역관과 부관 왕충이 병사들의 호위를 받으며 나서서 크게 소리쳐 대답했고 일각 정도 대화가 오고 가는 와중에 원주민 포로들이 그들의 언어로 뭐라고 소리를 치자 양측 간의 대화가 중단되었다.

"저 사내가 뭐라고 하던가?"

왕충이 나서서 최광손의 물음에 답했다.

"그는 저들 말로 루카이라고 부르는 일족의 소속원이라 합니다. 본래 이곳은 저 사내가 살던 마을의 터전이며 포로로 잡힌 이들 중 두 명이 동족이랍니다."

"그럼 여기가 흔적만 남은 이유는 물었는가?"

"예, 큰 배를 탄 이들이 작년부터 이 섬 전역을 수시로 습격해 나이 든 이는 죽이고 젊은이들을 노예로 잡아갔다고 합니다. 그러던 중 여러 부족이 연맹해서 침략자들의 전초기지가 되었던 이 마을을 기습해 불태웠었다고 합니다."

"허, 그런 사정이 있었던 건가. 그래서 뭐라고 했는가?"

"우린 그들과 아무 상관없는 타국에서 온 이들이고, 식수를 얻기 위해 상륙했다가 습격을 받아 자기방어를 위해 싸운 것이라 전했습니다."

"우릴 습격한 이유는 침략자로 오해한 탓인 건가?"

"예, 우릴 습격한 인원도 저 사내의 부족 단독으로 행한 일이 아니라 몇몇 부족들이 우리 선단을 발견한 후, 힘을 합쳐서 벌인 일이라 하더군요."

"그래서 저치가 자네의 해명에 납득하던가?"

"쉽게 믿는 눈치는 아니었지만 우리가 잡아놓은 포로와 대화하게 해주니 조금은 의심을 거둔 듯 보였습니다."

최광손은 일전에 해안선에서 마주쳤던 선단을 떠올리곤 바로 그들이 저들이 말하는 침략자들임을 알 수 있었다.

"이건 아무래도 남명 조정이나 잔평이 관련된 문제인 듯하군."

"영감, 그렇다면… 우리가 함부로 끼어들 일이 아니지 않습니까?"

"그렇긴 한데… 사안이 사안인 만큼 우선 저들의 족장부터 만나서 상황을 파악하고 장계를 작성해야 할 필요가 있네."

"알겠습니다. 그럼 족장과 만남에 응하겠다고 전하겠습니다."

그렇게 다음 날 루카이 일족의 족장과 최광손의 만남이 성사되었고 처음 접촉한 사내와 역관들이 동행하여 대화를 시작했다.

"이들의 족장 야오가 말하길, 이 땅에서 나가달라고 합니다."

조개껍데기를 가공해서 장식한 옷을 차려입은 루카이의 족장 야오는 주름이 가득한 얼굴에 불편한 표정을 지으며 탐험대원들을 노려보았고 그의 말을 전해 들은 최광손은 말을 이었다.

"족장이란 이에게 전하게. 아국의 목적은 어디까지나 주민들과의 교류이며 침략자와는 무관함을 강조하게나. 또한 주상 전하께 조공을 바치면 이들을 보호해 줄 수도 있다고 전하게나."

"예? 영감께서 일개 족장에게 그런 약속을 하셔도 되는 겁니까?"

"괜찮네, 이번 출항 전에 산동 절제사 대감께 교섭 전권을 얻었고 조정에서 내린 교지도 있네. 항해 중에 발견한 부족은 사정이 되는 대로 아국으로 포섭하라 적혀 있었네."

"아, 사정이 그러면 영감의 말씀을 전하겠습니다."

그렇게 왕충이 명나라 말로 루카이의 통역을 맡은 중년 사내에게 한참 동안 뭔가를 말했고, 그 사내가 다시 한동안 족장에게 뭔가를 말하는 과정을 몇 번 정도 반복했다.

그렇게 30분가량의 긴 대화가 끝나고 왕충이 최광손에게 말을 전했다.

"영감, 저들에겐 천자와 군주란 개념이 아예 없는 거 같습니다. 소관이 한참 동안 설명했지만 전혀 이해 못 한 눈치였습니다. 부족의 군주는 없지만 반상의 구분은 있는 듯하고, 그들 중에서 제일 연장자가 그들을 대표한다는군요."

"…아무리 풍습이 달라도 그렇지. 그게 말이 되나?"

"본래 이들은 침략자들이 들이닥치기 전까진 외부와 접촉이 없었다고 합니다. 또한 섬의 사정을 듣자 하니 거주하는 부족의 수가 수십에 달하고 개중엔 규모가 수만이 넘는 이들도 있다 하니, 외부와 교역을 경험한 부족은 이들과 다를 수도 있을 겁니다."

"그럼 저 사내는 명국 말을 어떻게 배운 건가?"

최광손의 물음에 역관은 사내에게 물었고 곧 대답이 돌아왔다.

"일전에 말한 침략자의 무리가 납치하여 데리고 다니면서 잡일을 시켰고 매질을 당하면서 강제로 배웠다고 합니다. 그들은 부족 연맹의 야습으로 전부 죽었다고 합니다."

"그럼 그 무리에 대해서 기억나는 게 있는지 물어보게."

그렇게 촌장이 아닌, 와탄이라 이름 밝힌 중년의 사내는 서툰 명나라 말과 현지어를 섞어서 설명을 시작했고 선임 역관이 몇몇 단어를 해석한 듯 그 말을 정리해서 통역했다.

"영감, 침략자들은 이상한 가족이라 말했습니다. 나이 든 이들부터 적은 이들까지 모두가 서로를 형제라고 말했다고 합니다."

"그건 잔평왕을 자칭하는 등무칠과 사특한 무리들이 그런다고 들었네. 그놈들이 이 섬에 들이닥쳐 이들을 잡아간 모양이군."

"그렇습니까?"

"이미 아국과 잔평국은 비공식적인 전쟁을 치른 바 있고, 예조에서도 알리길 잔평을 적국으로 규정했었네."

"그럼 이 일을 어찌 처리하실 생각이십니까?"

"일단은 여기 머물면서 지백선 한 척을 본국으로 보내 여기서 일어나는 일에 대해 장계를 올릴 생각이네. 그리고… 첫 만남이 좋진 않았지만 이곳 주민의 마음을 얻으려 노력해 봐야겠어."

그렇게 포로들을 조건 없이 석방한 최광손은 우호의 선물로 루카이의 족장에게 쓸 만한 단검 몇 자루와 소금과 설탕을 비롯해 먹을 것을 주었고, 그들의 풍습을 따라 잔 하나로 같이 술을 마시기도 했다.

그 후엔 이곳의 상황을 적은 장계를 대기하고 있던 지백선을 통해 본국으로 보냈고 다시 사교 활동에 힘썼다.

그렇게 천천히 시간을 들여 대화와 선물로 루카이족을 비롯해 인근의 몇몇 부족과 친분을 쌓은 최광손에게 의외의 소식이 들어왔다.

전투 도중에 최광손이 노려 쏘았던 부족 연맹의 지휘관이자 아미족의 족장인 바타안이 총상으로 사경을 헤매고 있어 탐험대에게 원한을 품었다고 한다.

"허, 이거 정말 골치 아프군. 그나마 명에서 가까운 섬에서도 이런데, 앞으로 대월국 이남에 있다는 섬들을 찾아갈 생각을 하니 정신이 아득해지는군. 아, 사직하고 싶다……."

그건 광무왕 이향의 신하인 최광손에겐 불가능한 꿈일 뿐이다.

결국 루카이 족장 야오의 중재로 아미 부족이 지켜보는 앞에서 종군 의원이 그를 치료하게 약조했다.

그렇게 약속된 날이 되어 아미 부족이 통역을 담당할 루카이족의 와탄을 데리고 탐험대의 숙영지를 찾았고 최광손은 다시 한번 놀랄 수밖에 없었다.

언뜻 봐도 몇 천은 될 법한 사내들이 전신을 깃털로 장식한 복장을 갖춘 채 독특한 음조의 콧노래를 부르며 걸어오고 있었던 것이다.

"왕 부관, 우리가 가진 화약하고 포환이 얼마나 되나? 최악의 사태가 벌어지면 이리 가까운 거리를 저들에게 내어주고도 이길 수 있을까?"

"글쎄요……. 지금은 재고를 파악하는 것보단 천지신명이나 부처님께 저들의 족장이 죽지 않게 해달라고 비는 게 나을 겁니다."

"자넨 명색이 명의 유학자고 조선의 녹을 먹으면서도 그런 소릴 하나? 주상 전하께서 직접 사후 세계 같은 건 없다고 밝히신 게 언젠데……."

"없는 걸 알아도 이런 상황에선 신을 찾고 싶어지는 게 사람의 본능 아니겠습니까."

"뭐… 솔직히 말하자면 나도 마찬가지긴 한데, 우리 의원들의 의술을 믿고 지켜보세."

그렇게 종군 의원들이 일촉즉발의 상황에서 족장의 치료를 시작했고, 그들의 전통 치료를 하겠다고 이름 모를 약초를 개어 붙여놓은 어깨의 상처에서 진물이 흘러나오고 구더기가 기어 다니고 있음을 발견하곤 신속하게 소독부터 개시했다.

아직 항생제가 개발되지 않은 현 상황에서 의원들이 할 수 있는 최선의 치료는 상처에서 탄환을 끄집어낸 후 상처 주변의 염증을 최대한 제거하고 앵속탕(양귀비)을 먹여 고통을 덜어준 후 소독을 계속하는 것뿐이었다.

그렇게 만일의 사태에 대비해 전투준비를 한 탐험대원들과 아미 부족의 전사들이 지켜보는 가운데, 바타안은 고열에 시달렸다.

의원들은 급하게 해열에 효과가 있는 갈근탕을 달이기 시작했고, 아미족은 전투를 준비하려는 듯 잔잔하게 부르던 전통 곡조가 격하게 변했다.

"영감, 안 되겠습니다. 지금이라도 전투를 준비하는 게……."

"아니야. 여긴 내가 나서서 시간을 끌 테니 자네가 나 대신 이들을 지휘하게나."

"예? 그게 무슨 말씀이십니까."

최광손은 왕충이 차마 말릴 틈도 없이 무장을 해제하고 맨몸으로 접근해 크게 소리쳤다.

"이봐! 거기 역관! 내 말을 한 치의 오차도 없이 와탄에게 통변하게!"

"아, 알겠습니다."

"너희의 족장을 이 지경으로 만든 것은 바로 나다!"

최광손의 느닷없는 발언에 모든 탐험대원은 얼어붙었고 와탄은 역관에게 들은 대로 최광손의 말을 통역해 주었다.

그렇게 수천의 시선이 단 한 명에게 일제히 쏠렸고 최광손은 당당하게 그들을 시선을 받아넘기며 땅바닥에 그대로 주저앉았다.

"지금이라도 내가 상대해 줄 테니, 덤벼봐! 하, 내가 명국 말 배우기 귀찮아서 명국 출신 관원들에게 조선말을 배우게 시켰는데, 이럴 땐 진짜 불편하네. 아, 내 넋두리는 제외하고 '덤벼봐'까지만 전하게."

역관은 최광손의 도발적인 발언에 주저했으나 어쩔 수 없이 와탄에게 그의 말을 전했고, 그 말은 다시 한번 통역되어 아미 족장의 아들에게 전달되었다.

그러자 그들 중에선 나름대로 덩치가 큰 전사가 무기를 땅에 버린 채로 접근했고 위협하려는 듯 깃털로 장식한 옷을 벗어 던지며 자신의 근육을 자랑했다.

"이놈이 지금 누구 앞에서 몸 자랑을 해?"

최광손이 곧바로 상의를 벗어 단련된 육체를 모두에게 공개하자 먼저 옷을 벗어 던지며 도발한 아미의 전사는 오히려 주눅이 들었고, 콧노래로 전투적인 곡조를 뽑아내던 부족원 일동은 순간 숨이 막혔는지 곡조가 잠시 멈췄다.

최광손은 그런 분위기를 읽어내곤 웃으면서 소리쳤다.

"이놈들이 보는 눈은 있네. 야! 거기 너, 잔말 말고 덤벼."

그렇게 시작된 격투는 주먹질 한 방으로 턱을 가격당한 부족 대표가 기절하며 싱겁게 끝이 났고, 장내의 모두가 다른 의미로 경악했다.

조선 측은 최광손이 대책 없이 상대를 도발하는 것에 경악했으며 아미 부족 측은 이렇게 강한 사내를 본 적이 없어서 경악했다.

그렇게 이곳에 모인 수천의 인원이 단 한 명에게 분위기를 장악당한 상황에서 갈근탕의 해열 효과가 들었는지 아미의 족장이 눈을 떴다.

*   *   *

1450년의 7월이 시작될 무렵, 난 왜국에서 한양으로 귀환했다.

요즘 수군에서 운용 중인 신형선 지벡을 타고 동래까지 이동했고, 말을 갈아타며 이동했더니 20여 일 만에 돌아올 수 있었다.

이번 전쟁에서 공을 세운 무관과 병사들의 개선식을 열어 주고 싶지만, 다들 구주 전역을 안정시키느라 업무가 바빠 당분간 돌아오지 못할 것 같아 따로 상을 내리는 쪽으로 방향을 바꿨다.

그렇게 궁에 귀환해서 부모님께 문안 인사를 올렸고, 아내들과 아이들을 보고 나니 그간 힘들었던 여정이 금세 잊혔다.

그리고 10년 전부터 내심 마음에 걸렸던 일도 해결된 느낌이 들었다.

달라지지 않은 역사의 지난 1450년 4월 8일은 아버지께서 훙(薨)하신··· 즉, 돌아가신 날이다.

사실, 많은 역사가 달라졌고 어머니나 동생들도 건강하게 살아 있다.

그런데 나도 약한 면이 있는지 기록상 나보다 먼저 세상을 떠난 가족들은 어쩔 수 없이 신경이 쓰일 수밖에 없었다.

내가 미래 지식을 손에 넣은 후 가족들이 기록에 남은 것보다 장수하고 있지만, 마지막으로 남아 있던 게 바로 나의 아버지시다.

이젠 아버지마저 건재하시니 나만 조심하면 되겠네. 교토에 머무는 동안 운동을 쉬었으니 이제부터 재개해야겠군.

난 해양 계획을 다시금 정리하려 전자사전을 읽으면서 동시에 스쿼트를 시작했고, 대기하고 있던 김처선이 자연스럽게 숫자를 세주었다.

30회씩 10세트의 스쿼트를 가볍게 마치고 삶은 달걀로 간단하게 점심을 때운 난, 산동 첨절제사 최광손이 보낸 장계를 받아 읽어보았다.

그 내용을 살펴보니, 최광손은 내가 왜국에서 전후 처리와 정계 재편을 하는 동안 먼 훗날 대만이라고 이름 붙을 섬에 신형 범선 갤리온이 포함된 선단을 이끌고 상륙했단다.

거기서 원주민들의 습격을 받은 후, 여러 일을 거쳐 루카이란 부족과 대화하는 데 성공했단다.

그들에게 사정을 들어보니 복건성에 자리 잡은 잔평국의 일당들이 섬의 주민들을 닥치는 대로 노예로 납치 중이며 이후의 일을 어떻게 처리해야 할지 묻고 있었다.

또한 그곳에서 접촉한 원주민들의 풍속이나 주요 인물들의 이름, 그리고 대략적인 인구 등 자세한 정보를 내게 보내주었다.

최광손의 말투나 인상이 무식해 보여도 문관 지망 경력이 있어서 그런지 나름대로 세심한 면도 있고 전투에 있어선 신중한 면모가 있다.

그건 그렇고, 우겸이 지휘하는 잔평국 관문 봉쇄 작전이 내 생각보다 큰 효과를 발휘 중인가 보다.

잔평국의 무리가 대만까지 가서 사람을 납치해 오는 걸 보면 만민 평등을 내세운 잔평왕 등무칠의 건국이념이 완전히 변했다는 소리겠지?

이건 내 추측이지만, 기존의 지배층인 지주와 관리를 없앤 자리에 새로운 지배 계급이 생겼을 테고 구성원 모두가 노동하기를 꺼려 새로운 노동인구가 필요해 이런 일을 벌이고 있는 듯하다.

거기에 현재 대만 지방은 외부 왕조의 지배도 받고 있지 않고, 내부에서도 원시적인 부족 왕국 체계를 갖춘 이들은 얼마 없다고 알고 있다.

거기다 부족 연합 왕국인 다두(大肚, 다리다)가 생기려면 시간이 좀 더 지나야 할 거다.

난 한참 동안 고민하다 이 일은 관료들과 상의해서 처리하기로 정했고, 다음 날 편전에 출석한 대신들에게 의견을 물었다.

"신이 볼 때 전하께서 향후 이주(대만)의 가능성을 높게 보신 듯하옵니다. 그곳이 그리 중요한 요지이옵니까?"

오래간만에 얼굴을 본 황희가 내 설명을 들은 후 물었기에 곧바로 답했다.

"영상 대감이 볼 땐 그곳은 야인들이 사는 남방의 오지겠지만, 장계에 적혀 있길 대략 십만 이상의 거주민들이 있고 기후가 따뜻하며 농사를 지을 만한 땅이 광활하게 존재하고 수원이 될 만한 강이 많아 지극히 살기 좋은 곳이라 하오. 거기다 향후 남방 진출의 주요한 거점이 될 만한 장소이니, 대감의 말대로 요지라고 할 수 있소."

"이주가 그런 땅이라면 아국의 북방, 화령보다 사정이 더 나을 듯합니다만… 사람을 보내 개간을 시작한다 해도 온전히 아국의 영역이 되려면 수십 년에서 백 년 이상이 걸릴 듯하옵니다."

"그건 영상 대감의 고견이 맞소. 그래서 고의 백성들을 보내 개척을 시킬 생각은 없소이다."

"그럼 성상께서 따로 의중에 품으신 고견이 있으신지요?"

"그곳의 주민들을 도와 왕조를 세우게 하고, 시간을 두어 나라가 안정되는 대로 아국의 조공 체계에 편입시켜 항구를 확보하려 하오. 아무래도 무리하게 사람을 보내는 것보단 그쪽이 나을 거라 보오."

"성상의 뜻이 그러시다면 신은 따르겠사옵니다."

그러자 신숙주가 티무르에서 귀환하면 기로소(耆老所, 원로원)에 들어가 전직 예조판서가 될 민의생이 의견을 말했다.

"신이 사료하길, 아국이 이주에 개입하면 그곳을 점유하려는 잔평과 충돌이 벌어지게 될 것이옵니다."

"그건 예판의 말이 맞네. 하지만 남방 항로를 개척 중인 현 세태에선 이주가 아니라도 잔평과 충돌을 피할 수 없노라. 또한 저들의 행태를 볼 때, 시간이 좀 더 흐르면 왜구 같은 수적으로 변질할 가능성이 크다."

"그들을 이주에서 몰아내려면 산동 수군의 일부를 파견해야 옳습니다. 만약 아국이 그리 움직인다면 남명 조정이 그 기회를 잡아 잔평의 역도들을 토벌할 거라 짐작되옵니다."

"고가 남명의 병부상서 우겸이어도 그런 기회는 놓치지 않겠지. 고도 그대와 같은 생각일세."

"신이 우려하는 건, 잔평이 무너지면 이제껏 유지되던 중원의 균형이 어긋나 북과 남이 전쟁을 벌일까 하는 것이옵니다."

"거기에 대해선 고도 이미 헤아리고 있으나 이 자리에서 이야기하기엔 지나치게 길어지겠군. 나중에 예판과 병판은 안건을 정리해서 서면으로 제출하게. 다음 조회 때 이야기하겠네."

"신, 예조판서 민의생이 성상의 명을 받들겠습니다."

사실, 그 문제는 나도 충분히 생각한 내용이다. 하지만 우겸이 잔평국을 제압해도 과격하고 급진적인 사상의 독을 빼는 건 상당히 힘들 거라 본다.

남명 지역의 광물 대부분은 복건성에서 나오니 경태제와

우겸은 빠르게 그들을 제압하고 나라를 정상화하고 싶을 거다.

하지만 전후 처리부터 해서 농업과 광업 정상화 등 여러 가지 업무에 시달리면 최소 몇십 년 이상 여파가 미칠 거라 본다.

등무칠의 난은 그 지역의 사회구조나 통념이 전부 박살 난 거대한 민란이다. 원역사처럼 빠르게 제압했으면 몰라도 지금 같은 상황에선 바로 수습하기 힘들지.

그렇게 며칠 정도 더 이어진 회의에서 결론을 내리길, 산동 수군 소속의 배 50척과 병사 2천을 대만으로 파견하기로 했다.

그리고 최광손의 건의를 수용해서 앞으로 항로 개척을 위해 나서는 탐험대에게도 전신 판금 갑옷을 어느 정도 지급하기로 했다.

그건 그렇고 무관들이 남방에서 전신 판금 갑옷 입으려면 상투 튼 머리로 버틸 수 있으려나?

난 겨울에 북쪽에서 전쟁을 벌였지만 전투 끝나고 머리에 열이 올라서 답답해 죽을 지경이었는데… 이 부분은 고민 좀 해봐야겠네.

지금 난 남방 항로 개척과 별개로 인구 압력이 슬슬 늘어날 때라 소유한 땅이 없는 백성들을 요동 인근으로 이주하는 계획을 짜는 중이기도 하다.

미래의 기록에서 보길, 100년 후면 조선의 인구가 두 배 가까이 늘어난다고 하는데, 내가 변화시킨 조선에선 그보다 더 많은 이들이 태어나겠지.

음, 이대로 구주와 대만을 거점 삼아 남방 항로 개척을 하면서 항해 기술이 축적되면 언젠간 감자하고 옥수수, 카카오를 구하러 신대륙에 가봐야 할 것 같다는 생각이 들었다.

이제부턴 천하가 아닌 세계로 눈을 돌릴 시기가 슬슬 오고 있구나.

*　　　　　*　　　　　*

탐험대장 최광손은 자기가 거의 죽일 뻔한 아미의 족장 바타안과 죽이 맞아 나이를 초월한 친구 사이가 되었고, 그를 통해 많은 것을 알게 되었다.

본래 아미족의 영역인 동쪽 고산지대에 대규모의 침략자들이 들이닥쳐 살던 터전을 버리고 서쪽 산악지대로 이주했고, 그 과정에서 본래 살던 부족들과 충돌이 벌어졌다고 한다.

그 와중에 많은 인구를 보유한 아미족은 머릿수로 그들을 위협해 힘을 합치자고 설득했고 침략자들에게 대항하는 명분을 내세워 여러 부족을 휘하처럼 부리며 실질적인 왕 노릇을 하던 중에 최광손에게 죽을 뻔한 것이었다.

탐험대 숙영지에서 족장의 회복을 축하하는 연회가 열렸고, 명나라 말을 할 줄 아는 루카이족의 와탄이 바타안의 발언을 탐험대 역관에게 전달했다.

비록 오해로 시작된 전투였지만, 죽을 뻔했음에도 조금은 장난스러운 바타안의 불평 어린 말에 최광손은 웃으면서 답했다.

"그래도 지금 이렇게 살아났으면 된 거 아냐? 와탄도 그렇게 생각하지?"

어느새 조선말을 조금 배운 와탄이 떨떠름한 표정으로 최광손에게 답했다.

"아니. 바타안이 살아난 건 조상신께서 보살피신 덕. 애초에 네가 없었으면 일어나지 않았을 일."

"허, 난들 이곳 사정이 이리 복잡할 줄 알았겠어? 자, 와탄도 나랑 같이 한잔하자!"

최광손은 술을 담은 잔을 입에 댄 채 와탄에게 얼굴을 붙여 한 잔으로 두 명이 동시에 술을 마셨다.

"크아~ 처음엔 이런 풍속이 영 꺼림칙했었는데, 하다 보니 나름대로 정겨워."

그러자 와탄이 뭐라고 중얼거렸고 그 말이 궁금한 최광손이 역관에게 물었다.

"와탄이 뭐라고 하던가?"

"정확하진 않지만, 이런 건 가족끼리나 하는 풍습이라고 한 듯합니다."

"그래? 그럼 가족이라 치면 되지. 와탄! 우리 가문에 입적해 줄까? 나 따라서 조선에 가서 여기 말을 가르치는 역관으로 출세할 수도 있어."

"생각해 보겠다."

그러자 선임 역관과 와탄이 한동안 진지한 이야기를 나눴고, 최광손은 친구 바타안과 술을 마셨다.

"영감, 환자에게 자꾸 술을 권하시면 어찌하십니까? 이러다 큰일 나면 어쩌시려고요?"

바타안을 살피는 종군 의원이 소리치자 최광손은 머리를 긁으며 답했다.

"아, 미안하네. 이 친구가 하도 유쾌하면서도 팔팔하니 환자인 걸 자꾸 까먹네. 그럼 오늘은 이만 마시고 다음을 기약하지."

그렇게 연회가 파하자 바타안은 직접 뒷정리를 돕기 시작했고, 그 모습을 본 최광손은 감탄하며 말했다.

"허, 아미족엔 반상의 구분조차 없었다고 했지? 그래도 명색이 회맹을 총괄하는 대족장이란 이가 유쾌하면서도 소탈하니… 참으로 좋은 친구야."

그러자 부관 왕충이 답했다.

"다른 이들에게 들어보니, 북쪽 산에 사는 부족은 이들과 다르답니다. 왕이나 세족(世族) 같은 개념도 있고 반상의 차별이 엄격하답니다. 그리고 아미를 제하고 거의 모든 부족이 적의 목을 거둬 장식하는 풍습이 있답니다."

"그래서 집요하게 우리 목을 노린 거였군. 여기도 언젠간 나라가 들어설 텐데, 여길 다스리는 군주는 참 골 아프겠군."

그렇게 탐험대와 아미족이 연회를 마치고 숙영지에서 잠을 청하려는데 멀리서 특이한 울음소리가 들렸고, 그 소리를 들은 아미족의 전사들은 곧바로 일어나 무기를 챙기기 시작했다.

"적이라도 쳐들어온 건가?"

최광손이 황급히 무장을 챙기자, 왕충이 소리쳤다.

"제가 사정을 알아보지요. 와탄! 저들에게 무슨 일이 일어났는지 묻게!"

"기다려라."

그렇게 와탄이 아미족의 사정을 물으니 어제 낮에 서쪽에서 수많은 배가 나타났고, 무려 5천에 가까운 대규모 병력이 상륙해서 북서쪽 해안에 살던 호아냐 부족을 습격해 그들을 잡아가고 있다는 이야기를 전해 왔다.

"영감, 이번엔 적이 아군의 열 배에 가깝습니다. 배에 남아 있는 인원을 총동원해도 천 명이 채 안 되는데, 원군이 올 때까지 충돌은 피하시죠."

"아니야. 이런 상황은 바다에서 해결해야지. 저들의 배부터 움직이지 못하게 만들면 상륙한 놈들은 섬에 갇힌 신세가 되는데."

"그럼 이 숙영지를 지킬 소수만 남기고 배로 귀환해야겠군요."

"그래. 여긴 최소한의 방비만 갖추고 우린 배에 올라 저들의 선단부터 찾자고."

최광손은 아미족에게 곧바로 움직이지 말라고 전달했고, 자세한 계획을 이야기해 주었다.

그렇게 이틀에 걸쳐 탐험대가 정박한 배로 돌아왔고 이들은 곧바로 출항하여 북서쪽 해안선을 타고 빠르게 이동을 시작했다.

해변을 따라 이동한 지 사흘이 되던 날, 척후로 나선 지벡이 적의 대규모 선단을 발견하곤 후퇴하여 본대에 신호를 보내 왔다.

"영감, 적선의 수가 무려 100척이랍니다."

"경기 수군한테 가라앉은 저놈들의 배가 부지기수라던데, 생각보다 많네. 그런데 100척으론 납치한 주민들을 나르기엔 한참 모자란 듯한데?"

"아무래도 푸젠과 이 섬 서쪽 해안 거리가 가까우니 몇 번에 걸쳐서 수송하겠지요."

"푸젠이 어딘가?"

"조선말로 복건입니다. 잠시 말이 헛나왔군요."

"알겠네. 그럼 시작해 보자고."

"지금은 아군의 수가 지극히 적은데, 야습을 하는 게 낫지 않겠습니까?"

"왕 부관은 문관 출신이라 그런지 군략 쪽엔 영 소질이 없군. 앞으로 자네에게 단독 지휘를 맡기면 안 되겠어."

"소수가 다수를 공격할 땐 야습보다 좋은 게 어디 있다고 그러십니까?"

"자네, 잠시 눈 감아보게."

"예? 눈은 어째서 감으라 하십니까."

"일단 감아봐."

"예, 감았습니다."

"뭐가 보이지?"

"당연히 아무것도 안 보이지요."

"그래. 요즘 그믐달이 떠서 한밤중의 바다 위는 눈을 거의 감은 거나 마찬가지야."

"……."

"생각을 해보게. 우리가 당장 믿을 수 있는 건 화포뿐인데,

적선을 겨눈들 그게 맞겠나? 화약하고 포환만 낭비하는 꼴이지. 차라리 적들이 정박하고 있는 틈에 정확하게 쏘아서 적게나마 확실하게 부수고 치고 빠지는 걸 반복하는 게 나아."

"음, 듣고 보니 영감께선 '이런 쪽으로만' 총명하신 듯 보입니다."

"만이라니, 평소에 자네가 날 어찌 생각하는지 잘 알 것 같네."

"순수하게 감탄한 겁니다."

"실없는 소리 그만하고, 바로 가세."

그렇게 최광손이 이끄는 보선 5척과 갤리온 1척, 지벡 1척 총합 7척의 배가 해안 근처에 머물던 100여 척의 잔평 선단을 습격했다.

정박 중이던 잔평 수군은 갑자기 나타난 정체불명의 배들을 보곤 급하게 전투준비를 하려 했지만 항해 준비를 마쳤을 땐 이미 그들은 멀리 도망가고 있었다.

세 차례의 화포 일제사격으로 15척의 배가 심각하게 파손되었고 전면에서 공격에 노출된 3대는 결국 침몰하고 말았다.

그렇게 첫 습격이 빠르게 끝나자 잔평 선단도 척후선을 운용해서 습격에 대비했지만 이번엔 조선 측이 척후선만 노려 전부 침몰시켰다.

잔평 수군은 그렇게 일주일가량 잠도 제대로 못 자고 배를 지켰지만 별의별 방법으로 습격을 가하고 도망가는 적의 선단을 잡을 수 없었고, 어느새 온전한 배는 40척가량만 남게 되었다.

"이런 망할 놈들! 조선 놈들이 왜 여기까지 와?"

원정 선단의 대장이자 전직 어부인 조만이 소리를 지르자 그의 부관이 답했다.

"조 형, 진정해요. 반드시 증원이 올 겁니다."

"아니, 오지 않을 게 뻔해. 척후선도 연락이 되질 않는데 연락선으로 보낸 배도 분명히 당했을 거다."

"그럼 어찌합니까?"

"이대로 여기 머물다간 다 죽을 거다. 우리라도 본국에 귀환해서 화포함을 데려오는 게 최선이야."

"아, 일전에 항주에서 강탈했다는 그 배들을 말씀하시는 겁니까?"

"그래. 항주 습격 당시 화포하고 화약을 잔뜩 실은 배들을 거둬서 우리 수군이 사용 중이네. 그 배들만 있으면 지금처럼 일방적으로 당하지 않을 거야."

"그런데… 저들처럼 화포를 잘 다루는 형제가 있긴 합니까?"

"지난 패전에서 배운 게 있는지, 나름대로 연습은 했다고 들었네. 우리 형제들을 믿어야지."

그렇게 남아 있는 배들은 조만의 지휘하에 천주(泉州)항으로 필사적인 탈출을 감행했고, 육상에 남은 오천의 병력들은 결국 섬에 고립되고 말았다.

제4장
어근

　최광손이 지휘하는 조선 탐험 선단의 활약으로 섬에 고립된 잔평군은 아직 바다의 상황을 파악하지 못한 채 병력을 나눠 노예를 잡아들이는 데 열중하고 있었다.

　"형제여, 너무 심하게 다루지 말게. 그러다 죽겠어."

　잔평군 별동대의 선임 지휘관은 생포한 대만 원주민이 반항하자 무자비한 폭력을 행사하던 어느 병사의 팔을 잡아 제지했다.

　"우리 형제께선 내가 천한 야인 연놈들을 어떻게 다루던 무슨 상관이실까?"

"그만하면 그들도 잘 알아들었을 테니 적당히 하란 이야기다. 지금은 숲속에서 날이 어두워지고 있으니, 주변을 확보하고 숙영 준비가 우선인데 이런 짓을 할 여유가 어딨나?"

"상관하지 마쇼. 본국에서 듣길 여기서 잡은 녀석들은 전부 우리 소유로 인정해 준다고 했었소. 내 권리를 행사하는 것뿐이니 대형은 끼어들지 마시구려."

"그럼 네 형제가 아니라 잔평왕 전하를 대리하는 상관으로서 명령하지. 당장 그 헛짓거리를 멈추고 숙영 준비부터 해라."

그러자 병사는 어쩔 수 없이 상관의 명을 따라야 했고 피투성이가 된 이들을 바라보곤 침을 뱉었다.

"좋소, 높으신 분의 명이니 일개 병졸인 내가 따라야겠지."

잔평국은 잔평왕 등무칠을 제외한 나머지 사회 구성원에겐 계급이 존재하지 않는다.

사회 구성원 모두가 가족같이 동등한 사이임을 내세운 건국이념은 군대에서 모순을 일으켰고 계급 간 갈등의 원인이 되었다.

"거기 자네들도 구경 그만하고 숙영 준비를 시작하게."

이후로도 별동대의 하급 지휘관들은 숙영지를 돌며 잡아온 노예들을 길들인답시고 일정을 지체시키는 병사들을 단속했다.

그렇게 잔평군 별동대 500여 명은 숲속에 마련한 숙영지에서 자신들보다 배가 넘는 노예들을 감시하며 경계를 시작했다.

"하, 이번에 잡은 녀석들은 왜 이리 반항이 심한 거야? 저번에 잡아 온 놈들은 정말 고분고분하던데. 그나저나… 우리 집 농사를 시작하려면 삼십 두는 더 필요한데, 이번엔 워낙 경쟁이 심해서 다 채울 수 있을지도 모르겠어."

밤중에 보초를 서던 병사가 푸념하듯 고민을 늘어놓았고, 그의 말을 들은 동료는 자신의 지난번 성과를 자랑하듯 답했다.

"지난번에 내가 같이 가자고 했을 때 같이 왔었어야지. 뒤늦게 내 말을 듣지 않은 게 후회돼?"

"그래, 왕 형 말을 진작 들을 걸 그랬어. 여기로 오는 뱃삯이 비싸다 한들 여기서 스물만 잡아가도 그 이상 득을 볼 수 있는 걸 미처 몰랐어."

그들의 말대로 잔평국에서 보낸 병사들은 전부 뱃삯을 나라에 내고 온 이들이었고 나름대로 치열한 추첨 경쟁을 거쳐서 온 것이었다.

노동력 수급과 세입을 동시에 해결할 겸 등무칠이 제정한 노예사냥 정책은 큰 지지를 얻었으며 노동을 등한시하는 잔평 백성들의 노예 수요와 맞물려 거대한 노예 시장을 형성했다.

"난 큰 욕심 안 부리고 우리 집 경작에 필요한 만큼만 거둬 갈 수 있었으면 좋겠어."

"필요한 만큼 수확이 안 되면 내가 잡은 것들을 시장가보다 싸게 팔아줄까?"

"그게 정말이야?"

"그래, 이 형님이 소형제에게 그 정도 배려는 해줄 수 있지."

"사실, 나이로 따지면 내가 형일 텐데……."

한편, 숲속에서 경계를 서던 이들을 바라보는 이들이 있었다.

"큰 어르신, 침략자 놈들의 파악이 끝났습니다. 곧바로 공격하시겠습니까?"

아미족의 족장 바타안이 아직 부상 회복이 덜 됐음에도 불구하고 친히 아미족의 전사와 부족 연합군을 이끌어 포로로 잡힌 호아냐족을 구출하러 온 것이다.

"아니, 좀 더 기다리자. 동이 틀 때까지 기다리자."

"알겠습니다."

전사장은 그의 말을 순순히 따랐지만 그간 품고 있던 의문점을 물었다.

"큰 어르신께선 어째서 최 씨와 친구가 되기로 하시고 그의 지시를 그대로 따르십니까?"

바타안은 최광손의 주먹질 한 방에 기절했던 전사장을 바라보곤 쓴웃음을 지으며 답했다.

"그건 우리 부족을 살리고 나아가 동족 전체를 살리기 위해서였다."

"그게 무슨 말씀입니까? 그들은 강하긴 하지만 우리 모두를 죽일 정도는 아닙니다."

"그래, 그들이 천둥과 불 구름을 부르는 막대를 쓰긴 해도 우릴 전부 죽이는 건 힘들겠지."

"예, 많은 피가 흐르겠지만 마지막엔 우리가 머릿수를 내세워 이겼을 겁니다."

"내가 깨어나지 못하고 선조들을 뵈러 갔다면 자네는 그들을 공격했겠지?"

"예. 비록 제가 결투에선 졌지만 반드시 어르신의 원수를 갚으려 싸웠을 겁니다."

"그래, 그렇게 그들과 싸워서 한 번은 이겼다고 치세. 하지만 그다음을 생각해 보게나. 내 친구 광손이 말하길, 그들이 사는 곳엔 자기보다 더 용맹하신 어르신이 우두머리로 있고 수많은 전사를 부리고 있다고 하네. 그런 어르신께서 과연 가만히 있겠나?"

"…으음, 듣고 보니 그렇군요."

"또한… 이 일이 벌어지게 된 건 상대를 알아보지도 않고 성급하게 공격을 결정한 내 잘못이 컸어. 사실 난 거기서 죽어도 할 말이 없는 처지였네."

"그럼, 그들과 친하게 지내려 하는 이유는……."

"우리의 터전을 짓밟고 있는 침략자들을 몰아내기도 힘겨운 와중에 더 적을 늘릴 수는 없어서지."

"역시… 큰 어르신의 현명함은 감히 제가 따라갈 수 없는 듯합니다."

"그렇게까지 추켜세울 필욘 없어. 그리고 광손과 이야기를 해보니 친구로 삼을 만한 그릇을 지녔더군."

"하긴, 저도 지켜본바, 몸도 마음도 커다란 사내라고 느껴졌습니다."

"그렇지? 차라리 이참에 내 딸이라도 시집보낼까?"

"아, 그거 좋은 방법인 것 같습니다. 그와 가족이 되면 향후 어르신께서 다른 일족을 통합하는 데 큰 도움을 줄 듯합니다."

둘이 이야기에 빠진 사이, 시간은 어느새 동이 틀 무렵이 되었고 바타안은 습격 신호를 보냈다.

"모두에게 전하게나. 오늘은 마음껏 목을 베어도 좋다고."

"예, 알겠습니다."

아미족은 본래 다른 부족과 다르게 적의 목을 사냥하는 풍습이 없는 부족이었다.

그것 때문에 다른 부족에서 경원시당하기도 했지만, 지금은 침략자들에게 본보기를 보일 겸 다른 부족들을 독려하려 참수를 권하면서 전투를 시작했다.

그렇게 습격이 시작됐을 때, 경계를 서던 잔평군의 군사들은 졸음을 참지 못하고 절반가량이 곯아떨어진 상태였고 그 틈을 노린 공격에 목이 달아나기 시작했다.

함께 경계 임무를 하던 짝이 머리가 몸에서 분리되는 광경을 바라본 병사들은 공포에 질려 얼어붙었고, 곧장 뒤를 따라가듯 원주민들의 공격에 목이 잘렸다.

"습격이다! 모두 일어나!"

노예로 사로잡은 여자들을 끼고 잠들었던 병사들은 황급히 옷과 무장을 갖추고 반격하려 했지만, 대비조차 제대로 하지 못한 상태에서 머릿수도 배 이상 많고 복수심에 불타는 부족 연합군의 습격을 이겨낼 순 없었다.

그렇게 2시간이 채 되지 않아 500명의 별동대는 몰살당했으며, 싸우지 않고 도망친 이들은 숲에 익숙한 전사들에게 추적당해 결국 머리만 남아 이들의 소중한 전리품이 되고 말았다.

"어르신, 우리의 승리입니다!"

"그래, 이 기세를 몰아 다른 이들도 해방해야 하네. 바로 다음 장소로 이동하세."

그렇게 바타안은 일주일이 채 가기도 전에 3개의 별동대를 찾아 같은 일을 반복했고, 고통받던 동족들을 구해냈다.

그렇게 원주민 연합군이 지형을 이용해 집요하게 침략자들을 괴롭히기 시작했고 그사이 적들이 도망가 바다를 정리하고 돌아온 최광손의 부대가 이들에게 가담했다.

또한 산동 수군이 대만에 도착해 복건과 대만 사이의 해상 봉쇄를 시작했다.

그러자 연합에 참여한 족장들과 구출된 이들은 맹주 바타안과 조선군이야말로 그들을 보호해 줄 강한 이라고 받아들이기 시작했다.

그렇게 외세 잔평국의 침략으로 인해 역사보다 빠르게 대만 원주민 왕국의 씨앗이 서서히 태동하기 시작했다.

                    *   *   *

1450년의 가을이 시작될 무렵, 신숙주 이하 사신단이 티무르 왕국에서 보낸 친선 사절단과 함께 귀환했다.

난 티무르의 사신을 맞이하기 전, 신숙주의 공을 치하할 겸 곧바로 천추전으로 불렀다.

"신, 예조참의 신숙주가 주상 전하의 명을 수행하고 돌아왔사옵니다."

"그래, 정말 노고가 많았네. 여정 중에 몸이 상하지는 않았는가?"

"사실대로 고하자면 신이 감히 불효가 될 일을 저질렀사옵
니다."

"무슨 일을 했길래 그러한가? 소상히 고해보게."

"예, 신이 한 치의 거짓도 없이 그대로 고하겠사옵니다."

신숙주는 사신단이 사막을 건널 당시 투구와 머리에 찬 열
때문에 실신하던 무관들의 사정을 이야기해 주었다.

이후 비전투손실을 방지하기 위해 자신이 나서 손수 머리
를 자르고 무관들에게 단발을 독려했다는 이야기를 들려주며
자른 머리를 보여주었다.

"그런 이유라면 고도 이해할 수 있네. 사실 열병으로 건강
을 해치고 불상사가 일어나 자식이 부모님보다 먼저 가는 것
이야말로 진정한 불효라고 할 수 있지."

"성상께서 이리도 신을 이해해 주시니 그저 감읍할 뿐이옵
니다."

나도 미래에서 온 놈 덕에 강제로 머리가 잘렸었고 짧은 머
리가 관리하긴 편했다.

"안심하게. 고가 삼사의 대간에게도 미리 일러 이 일을 문
제 삼지 못하게 할 테니. 그보다… 이참에 자네가 나서서 단
발에 관한 걸 공론화해 줬으면 하는데."

최근 남방 항로 개척 건으로 병사들이나 무관을 대상으로

단발령을 시행해 볼까 하는 고민을 하고 있었다.

그런데 마침 신숙주와 사신단이 선례를 보였으니 좋은 기회가 생긴 셈이다.

"성상께선 사대부에게 단발을 시행하려 하십니까?"

신숙주는 내 제안이 의외였는지 눈을 크게 뜨고 물었다.

"아닐세. 무관과 병사들을 대상으로 시행해 보려 하네. 그 이유는 자네도 잘 알고 있을 테고."

그러자 신숙주는 안도한 표정을 지으며 답했다.

"그런 연유라면 신이 나서보겠사옵니다."

그래, 대대적인 단발령은 조금 이르지. 이건 소수부터 시작해서 서서히 유행으로 만들어야 한다.

"그래, 그 이야기는 잠시 미루고, 티무르에서 겪은 일을 고에게 들려주게."

"예, 신이 그곳에 처음 도착했을 땐 티무르의 군주 울루그 벡이 장자 압둘이 일으킨 반란으로 유폐되어 있었사옵니다."

"뭐? 그게 정말인가?"

"예, 티무르의 수도 사마르칸트는 역도들에게 점령당한 상태였사옵니다."

"그럼 그 천인공노할 패륜아는 어찌 되었는가?"

"신이 고심 끝에 아흐마드 공을……."

그렇게 이어진 신숙주의 이야기는 내 예상을 뛰어넘었다.

신숙주가 압둘과 측근들의 환심을 산 후 연회에 초대해서 몰살하곤 울루그 벡에게 왕위를 돌려주었다는 이야길 들었을 땐, 차마 뭐라 말할 수 없는 기분이 들었다.

　이젠 사라진 미래에서 한명회가 벌인 짓을 신숙주가 일부나마 답습하다니. 사람 앞일이란 건 정말이지… 알 수가 없네.

　거기다 한동안 국정 고문 역할을 수행하며 나라를 안정시키기까지… 신숙주가 정말 큰일을 해냈다.

　그가 벌인 일의 여파는 본인도 아직 체감하지 못하겠지만, 이건 중동과 동유럽의 역사를 완전히 바꿔놓은 거나 마찬가지다.

　비록 같은 이슬람 신앙을 공유하지만 사실상 적성국이나 다름없는 티무르와 오스만이 지금 같은 대치 구도를 더 길게 유지하면, 실낱같이 유지 중인 로마가 살아남을 확률이 높아진다.

　오스만이 콘스탄티노폴리스를 함락할 당시 마음 놓고 수많은 병력을 동원할 수 있었던 이유 중 하나가 울루그 벡 사후 내전으로 혼란에 빠진 티무르 왕국의 정세 덕분이었다.

　그런데 신숙주가 벌인 일 덕에 티무르에서 반기를 든 유력자들이 몰살을 당했고 울루그 벡의 왕권이 반석에 올랐으니 앞으로의 역사가 크게 변할 것이다.

울루그 벡 사후 오스만이나 유럽으로 넘어가거나 사라진 각종 문화유산과 학술적 성과도 그대로 보존이 되겠지.

티무르의 혼란을 틈타 사마르칸트를 점령한 우즈베크 칸국의 역사도 다르게 흘러갈 테고.

내가 신숙주의 이야길 듣고 생각을 정리하고 있을 때, 침묵하고 있던 신숙주의 말이 다시 이어졌다.

"주상 전하, 티무르의 군주가 전하께 예와 감사를 표하려 사신과 함께 여러 진귀한 선물을 보냈사옵니다."

"그런가? 실로 예조참의의 공이 크네."

"소신은 불의한 난신적자의 무리에 맞서 군자의 도를 지키려 했을 뿐이옵니다. 감히 공을 내세울 만한 일이 아니옵니다."

"아니야. 그대가 정말 큰일을 해냈어. 자네가 한 일은 단지 하나의 나라에 국한된 일이 아니라 역사의 흐름을 뒤바꿀 만한 대사일세. 그러니 자부심을 가져도 좋네."

신숙주는 내게 극찬을 들은 것이 그저 기쁜지 미세하게나마 웃음을 보였고 나도 그런 신숙주가 나름 기특해서 웃으며 말을 이었다.

"사실, 고도 예조참의가 그만한 대공을 세우리라곤 예상 못 했었네. 그대에게 따로 큰 상을 내려야겠어. 또한 일전에 약조한 대로 예조판서로 승진시켜 주겠노라."

그러자 신숙주는 고개를 숙이며 답했다.

"그저 성은이 망극할 따름이옵니다."

"예조참의는 티무르의 군주가 보낸 선물이 무엇인지 아는가?"

"예, 티무르 왕국에서 최고의 장인이 심혈을 기울여 만든 어검과 학술 서적과 서화, 그리고 아국에 없는 가축과 종자들을 보냈사옵니다."

그러고 보니 내 어검은 지난 전쟁 때 분실하고 다시 만들지 않았었다.

오히려 수석 권총을 거꾸로 잡아 몽둥이처럼 쓰는 게 편해서 튼튼한 총을 새로 진상하게 했었지.

실전용으론 철퇴하고 창이 더 실용적으로 느껴져서 그런 거기도 하지만.

그건 그렇고 조선에 없는 가축이라니, 뭐가 있을지 정말 기대되는데?

"거기에 최고의 야철장이 울루그 벡의 명을 받아 그들의 야금술과 제련법을 알려주려 동행했사옵니다."

이건 전혀 생각지 못한 건데. 그저 커피콩이나 받아 오길 바랐는데, 규모가 엄청나게 커졌네?

"알겠네. 내일이 기대되는군. 자네도 그만 물러나 쉬게나."

"예, 그럼 신은 이만 물러나겠사옵니다."

난 그렇게 다음 날 티무르의 사신과 대면했고, 그들이 내게 직접 바친 어검을 보곤 나도 모르게 입이 살짝 벌어지고 말았다.

그들이 내게 진상한 건 바로 미래에 다마스쿠스 강철이라고 부르는 특수한 강철로 만든 검신에 손잡이를 금과 보석으로 장식한 호화스러운 장검이었다.

*　　　　　*　　　　　*

내 새로운 어검의 화려한 자태에 잠시 취해 있을 무렵, 역관의 목소리가 들려왔다.

"주상 전하, 사신 이브라힘이 삼가 말하길 티무르의 군주가 보낸 선물이 흡족하심을 여쭈었사옵니다."

난 잠시 감상을 멈추고 역관에게 답했다.

"그래. 이런 귀물을 선물해 준 그의 주인에게 감사의 뜻을 표한다고 전하거라."

그 후론 내게 보낸 울루그 벡의 친필 서신이 전달되었으며, 아랍어로 적힌 원문 말고 신숙주가 우리말로 번역하고 정음으로 적은 서신도 함께 전달되었기에 곧바로 내용을 살펴보았다.

그의 서신을 요약하면 다음과 같은 내용이었다.

대리인 신숙주를 보내 국난에서 나라와 자신의 목숨을 구해준 것에 감사하고 우리와 형제의 나라처럼 지내고 싶다는 이야기였다.

그리고 신숙주가 울루그 벡에게 내 자랑을 많이 했는지 약간 부담스러울 정도로 날 띄워주는 내용이 많았다.

아무튼 나로선 환영할 만한 일이다. 이리되면 티무르를 통해 여러 나라를 대상으로 교역을 확대할 수 있으니 새로운 비단길이 열린 거나 다름없기도 하다.

"주상 전하, 삼가 소신이 사신단이 준비한 선물 물목을 읊겠사옵니다."

후임 신숙주 덕에 확정적인 은퇴가 예정된 예조판서 민의생이 들뜬 목소리로 내게 고했다.

은퇴가 그리도 좋은가? 그러고 보니 근정전에 모인 대신들도 민의생을 부러운 듯 바라보고 있었다.

"계속하시게."

"예, 흑우(黑牛) 스무 쌍과 다종의 양 아흔 쌍, 그리고 마즈루안과 빈닥… 아즈와……? 주상 전하, 송구하옵니다. 정음으로 적혀 있긴 하나, 이것만으론 뜻을 알 수 없사옵니다."

그러자 신숙주가 나서서 답했다.

"주상 전하. 아뢰옵기 송구하오나 신이 예조판서 대감을 대신해 상세한 설명을 올려도 되겠사옵니까?"

하긴, 저기 있는 목록을 정음으로 번역 정리한 사람이 신숙주일 테니 잘 알고 있겠군.

"허한다. 예조참의가 예판 대감을 대신해서 계속하라."

"예, 알겠습니다."

민의생은 자칫 기분이 나쁠 수도 있는 상황이었지만 은퇴하는 자신의 뒤를 이을 신숙주에게 웃으면서 목록을 넘겼다.

"우선, 천축산 검은 소 스무 쌍은 조선의 소보다 몇 배 이상 타락(우유)을 낼 수 있는 소라고 하옵니다. 그 대신 고기 맛은 다른 소보다 떨어진다 하옵니다."

"그래? 정말 귀한 가축을 보내주었구나."

"거기에 캐시미르 장모종 양(羊)과 젖을 낼 수 있는 산양을 엄선해 아흔 쌍이 선별되었습니다."

저건 캐시미어 양을 말하는 건가 보다. 미래에 귀한 섬유 재료라던데, 생각지 못한 걸 얻었네.

"또한 곡물로는 마즈루안이라 부르는 종자를 보냈는데, 이것은 겉보기엔 소맥(밀)과 비슷하나 추위에 더 강하고 척박한 토양에서도 잘 자라는 특성이 있다고 하옵니다. 소신이 직접 시식해 본바, 소맥으로 만든 떡에 비교하면 식감이 거칠고 맛이 좋지는 않았사옵니다."

나도 신숙주가 설명한 작물이 뭔지 몰라서 급하게 검색해 본 결과, 마즈루안은 미래에 호밀이라고 부르는 작물이었다.

저것도 원산지가 중동 근처였구나. 미래엔 가축 사료하고 위스키의 재료로도 쓰인다는데, 북방에서 대량으로 재배할 만하겠는데?

"그리고 까후와 종자와 저들이 신성시하는 과일 아즈와를 보냈으며, 또한 신도 잘 알지 못하는 여러 가지 종자와 과일, 어검을 만든 재료인 우츠 강철과 여러 금속을 대량으로 보내 왔사옵니다."

내가 알기론 지금 조선을 제외하고 세계에서 금속공학이 제일 발달한 나라는 티무르 왕국이다.

티무르 왕국의 태조 절름발이 티무르가 다마스쿠스 지방을 정복하고 장인들을 전부 납치하다시피 수도로 데려갔다고 한다.

그러자 사절단 대표 이브라힘이 신숙주에게 뭔가 말을 건넸다.

"주상 전하, 티무르의 군주가 친히 제작하게 한 의복과 관을 바치겠다고도 합니다."

"그런가. 정말 분에 넘칠 정도로 과분한 선물들을 받았으니, 고가 친히 티무르의 군주에게 답서와 선물을 보내겠다고 이브라힘에게 전하거라."

"예, 그대로 전하겠사옵니다."

그렇게 사신 접견이 끝났고, 향후 미당과 여러 가지 물품을 교역하는 것에 대해선 차기 예조판서 신숙주에게 전권을 일임했다.

또한 사신단을 따라온 티무르의 장인들은 군기감과 장인청에 거처를 두고 기술 교류를 시작하라고 일렀다.

그다음엔 내관들과 내수소의 관원을 불러 선물로 받은 가축과 종자들을 따로 정리하도록 지시했다.

곡식 종자들은 농사를 담당하는 기관인 전농시에, 가축들은 사복시에 보내 관리하도록 지시했다.

이후 지시한 일을 끝마친 김처선이 내게 보고서를 가져왔다.

"전하의 분부대로 일을 마쳤사옵니다. 이것은 선물로 들어온 작물을 묘사한 그림들과 서면이옵니다."

"그래, 거기 두고 물러가거라. 저녁 수라를 들인 후에 읽겠노라."

난 저녁 식사를 마치고 중전의 침소를 찾아 그녀의 무릎을 베고 누워 보고서를 읽기 시작했다.

"전하, 서역에서 받은 선물이 그리도 마음에 드시옵니까?"

"그리도 티가 나오?"

그러자 아내는 슬며시 웃으면서 내 뺨을 살짝 쓰다듬었다.

"남들은 몰라도 소첩은 한눈에 알아볼 수 있사옵니다."

나도 웃으면서 아내에게 말했다.

"정말 귀중한 것들이 들어왔지요."

"소첩은 거기 적힌 것을 봐도 잘 모르겠는데, 어떤 것이 그리 귀한 것이옵니까?"

"일단 호밀이라 새로 이름 지은 이 작물은 척박하고 추운 곳에서도 잘 자라니, 화령에서도 추운 북쪽에 자리 잡은 이들과 가축의 식량 사정을 해결하기 적합하지요."

"그렇사옵니까?"

"그래요. 아, 선물로 받은 과일을 중전에게 맛보여 주러 가져왔어요."

내가 품에서 꺼낸 과일 아즈와를 본 아내는 고개를 갸웃거리며 물었다.

"이건 대추가 아니옵니까?"

"생긴 건 비슷하나 다른 과일이지요. 자, 아 해봐요."

평소에 사탕을 가지고 가끔 하던 짓이라 그런지 아내는 익숙하게 입을 벌려 내가 건네준 말린 대추야자를 맛보곤 소감을 말했다.

"부드러운 단맛이 사탕과는 다른 별미인 듯하옵니다."

사실 나도 대추야자 맛을 먼저 보곤 감탄했었다. 조선에서 이걸 키울 데가 없어서 안타까울 정도였으니.

그렇게 중전과 난 대추야자를 서로 입에 넣어주며 보고서를 마저 읽었고, 신숙주도 모르고 있던 것들을 사전으로 찾아

보곤 알게 되었다.

티무르에서 선물로 보내준 것들은 호밀과 중동산 밀과 보리, 그리고 헤이즐넛과 무화과, 인도산 후추와 석류였다.

후추는 그간 명나라를 통해 소량이 들어왔었는데, 다마스쿠스 강철 재료가 필요해진 지금은 티무르를 통해 인도와 무역을 시작할 필요가 느껴졌다.

이참에 인도에서 초석까지 대량으로 수입해 볼까?

아니지, 그러려면 해상 수송이 필요한데, 항로부터 마저 개척해야겠어.

그렇게 생각이 정리되자 난 아내와 함께 잠자리에 들었다.

*　　　　*　　　　*

우의정 황보인은 조정에서 누구보다 신숙주의 귀환을 고대하고 있던 사람 중 하나였다.

왕실에서 소비 중인 커피를 제외하고 시중에 풀린 커피가 바닥나자 그는 엄청난 금단증상을 겪었고, 어떻게든 커피를 사들이려 노력했으나 자신과 같은 처지에 빠진 사대부나 관료들이 많다는 절망적인 사실만 알게 되었다.

"대감마님. 제가 소식을 들었는데, 이르면 내일이나 모레쯤 백화상에 먼저 커피차가 풀릴 예정이라 합니다."

주말 휴일을 맞아 황보인은 가택 사랑채에서 허전함을 달래려 민들레차를 마시다 청지기의 말을 듣고 반색했다.

"그게 정말인가?"

"예, 그렇다 합니다."

"그럼 이러고 있을 때가 아니지. 이 소식을 절재에게 알려야겠어. 어서 사람을 보내게."

"예, 분부대로 합지요."

그렇게 황보인은 친우 김종서에게 하인을 보내 소식을 알렸다.

"좋은 소식 알려줘서 고맙네. 오느라 고생했을 텐데, 밥이라도 한술 뜨고 가게나."

"감사합니다, 대감마님."

"가만 있자……. 이 소식은 전농시 판사 영감에게도 알려야겠군."

황보인에게 소식을 전해 들은 김종서는 다시 이천에게 사람을 보내 소식을 알렸고, 그렇게 삽시간에 커피에 대한 소문이 한양 전역에 퍼졌다.

그로 인해 다음 날 백화상 앞에서 치열한 줄 서기 경쟁이 벌어졌고 승리한 이들은 개점 시간에 맞춰 곧장 커피를 살 수 있었다.

"대감마님, 여기 커피차 대령했습니다."

황보인은 하인에게 통보 몇 개를 꺼내 건넸다.

"고맙네. 자네도 고생이 많았을 테니 이거 받게."

"어이쿠, 감사합니다. 매달 쉰네에게 새경을 챙겨 주시는 것만으로 황송할 노릇인데……."

노비를 소유한 숫자만큼 추가로 재산세를 걷는 법안이 제정된 후, 사노비 대부분은 고용인이 되어 돈을 받으며 일하고 있었다.

"그건 나라에서 법으로 정한 일이니 내게 감사할 필요 없네. 어디까지나 자네가 일한 만큼 대가를 지급하는 거야. 그럼 마저 일 보게."

그렇게 커피를 손에 넣은 황보인은 준비해 놓았던 사당을 넣으려다가 잠시 생각에 잠겼다.

'그러고 보니 지난번에 티무르의 관원에게 대접받았던 사탕이 정말 특이했단 말이야……. 쿠랏이라고 했었지? 그걸 한번 만들어서 섞어볼까.'

황보인은 얼마 전 티무르 사신단이 벌인 잔치에 참석해 이국의 음식과 특산품들을 맛본 적이 있었다.

그리고 그곳에서 설탕처럼 익숙한 단맛을 내면서도 짠맛이 살짝 들어가 중독적인 맛을 내던 새로운 사탕에 큰 인상을 받아 만드는 법을 배웠다.

황보인은 직접 설탕을 중탕해서 액체로 만들었고, 약간의 물과 소금을 넣어 굳히지 않은 액체 상태로 맛을 보았다.

'굳이 다른 걸 넣지 않아도 괜찮은 맛이군. 이 정도면 타락과 함께 커피에 타도 충분하겠어.'

황보인은 그렇게 완성한 솔트 캐러멜 소스를 정성스럽게 추출한 커피에 섞어 향을 맡아보았다.

"으음……"

그렇게 완성한 커피를 마신 황보인은 전율하듯 몸을 떨었고, 그 맛을 김종서에게도 맛보여 주고 싶어 급하게 마차를 몰고 그의 집을 찾아갔다.

이후 황보인이 개발한 초당(焦糖)을 섞은 커피는 사대부들에게 선풍적인 인기를 끌기 시작했다.

       *   *   *

티무르의 사절단이 조선에 머무는 동안, 오스만에선 새로운 술탄이 즉위했다.

본래 오스만의 군주였던 무라트 2세가 레즈헤 동맹의 수장이자 알바니아의 군주 제르지를 공격하러 10만 대군을 이끌고 나섰다가 참패하고 실의에 빠져 그대로 세상을 떠나고 말았던 것이다.

메흐메트가 아버지의 뒤를 이었지만 나이가 어린 그를 얕보는 이들이 많아 먼저 내부 정리에 들어가야 했다.

전대 술탄 무라트의 충신이자 메흐메트의 스승이기도 한 할릴 찬다를르 파샤는 메흐메트를 탐탁지 않게 생각했고, 새로운 술탄 역시 그를 좋아하지 않아 물밑으로 치열한 암투가 벌어지기 시작했다.

할릴은 무라트 2세가 잠시 술탄 자리에서 물러났을 때 메흐메트가 콘스탄티노폴리스를 공략하려는 의지를 품고 있는 것을 알아채곤, 선대의 복귀를 종용하여 결국 메흐메트가 술탄의 자리를 내어 줄 수밖에 없게 만든 권신이기도 했다.

그 와중에 어린 술탄을 제어하려 이단의 혐의를 씌워 메흐메트의 측근들을 처형했었으니 그들의 갈등은 예정된 것이나 다름없기도 했다.

그런 상황에서도 동로마, 비잔티움 제국을 공격해 보려는 메흐메트는 언제 뒤를 노릴지 모르는 티무르 왕국의 눈치를 봐야 했고, 최대한 유화적인 태도를 보여 울루그 벡과 좋은 관계를 이어보려 노력했다.

하지만 그가 예상한 사태 이상으로 커다란 사건이 닥쳐왔다.

오이라트의 군주 에센 타이시가 서쪽으로 대대적인 진군을 시작한 것이었다.

그는 대원 제국과 황금 씨족의 후손이라면 몽골의 주인이자 정통 후계자인 타이순 칸에게 복종하라는 명분을 내세워 가까운 킵차크 칸국에서 분열한 나라들을 공격해 세력권을 넓혀가고 있었다.

항복하지 않으면 무자비한 살육을 벌이는 전통적인 방식을 내세운 에센의 방침 덕에 옛 몽골에서 갈라져 나온 후손들은 어쩔 수 없이 그에게 굴복해야만 했다.

그렇게 세력권을 넓혀가던 에센의 군대는 서서히 오스만과 모스크바 대공국의 영역과 가까워지기 시작했고, 타타르의 악몽이 재림할 시간이 가까워지고 있었다.

*   *   *

1451년의 새해가 밝아 화령에 거주하는 유력자들이 내게 인사를 올리려 한양으로 상경했다.

가별초 무관들은 가족과 재회하여 회포를 풀었고 그 김에 휴가를 주었다.

생각해 보니 조만간 2차 가별초 선발 대회가 열릴 차례였다.

말을 키우는 장소인 마장리 인근에 정식 경기장도 미리 지어두었고, 지금은 무관들의 훈련장으로 유용하게 사용되는 중이기도 했다.

난 새해 첫 상참(常參, 약식 조회)에서 대신들과 덕담을 주고
받은 후 곧바로 첫 안건을 꺼냈다.

"다음 가별초 선발 시험 운영은 어느 관서가 담당하는 게
좋겠는가?"

"신, 예조판서 신숙주가 감히 아뢰옵니다."

"그래, 말해보게나."

"본래 이런 국가의 대사는 예조에서 담당함이 마땅하나, 티
무르의 사신들이 아국에 머물고 있어 관원이 부족하옵니다.
하여 업무를 담당할 기구를 새로 만들거나, 육조의 관원들을
차출하여 일을 맡아 봄이 옳다고 여겨집니다."

그러자 형조판서 김종서가 곧바로 의견을 내었다.

"주상 전하, 예판 대감의 말이 일견 타당하나 모든 예조의
관원이 사신을 접대하고 있는 실정은 아니라고 알고 있사옵니
다. 또한 대종백(大宗伯, 예조)의 속아문(屬衙門, 하위 기관)과 관
원이 육조를 통틀어 가장 많으니, 대종백이 관장하는 게 지당
하다 사료되옵니다."

오, 김종서가 어설프게 일을 피해보려는 신숙주를 제대로
공격했네.

일부러 예조를 옛 주나라식 명칭으로 높여 부르면서 실태
를 꼬집기까지 하니, 신숙주는 조금 위축된 듯한 표정을 지으
며 답했다.

"형판 대감의 말씀도 지당하십니다. 하지만 예조에 소속된 관원이 많다 한들, 어찌 그들이 맡아 보는 공무를 소홀히 할 수 있겠습니까?"

"지금 예조의 속아문 중엔 사신을 접대 중인 예빈시와 전각사, 그리고 제사를 준비 중인 봉상시를 제하곤 별다른 일이 없지 않소. 또한 주상 전하께서 나라에서 여는 제례의 수를 대폭 줄이셨으니 새해맞이 재래연과 종묘의(宗廟儀) 말곤 별다른 대사도 없지요."

"그것도 그렇긴 합니다만……."

"그리고 본래 과거를 비롯해 나라에서 여는 시험 일체를 관장하는 게 대종백의 업무 아니오? 내 말이 틀렸다면 말씀해 보시오."

"대감의 말씀이 옳습니다."

신숙주는 김종서의 부관으로 오래 근무한 탓인지 점점 옛 직속상관에게 위축된 듯한 모습을 보였다.

그러자 차기 공조판서로 점찍어 놓은 현 공조참의 양성지(梁誠之)가 내게 말했다.

"주상 전하. 아뢰옵기 송구하오나 신 또한 형판 대감의 의견이 맞다 여겨집니다."

"신 또한 형판 대감의 고견이 옳은 줄 아뢰옵니다."

"신도 절재의 말이 지당하다 여겨지옵니다."

좌의정 김맹성과 우의정 황보인마저 김종서를 두둔하자 결국 대세가 기울어졌다.

병조판서 민신을 비롯해 다른 육조의 판서들도 신임 예조판서 신숙주에게 일감을 몰아주듯 그를 공격했고 결국 가별초 선발 대회는 예조에서 맡는 것으로 결론이 났다.

나 역시 이런 상황에서 웃으면 안 되지만, 약간은 장난스러운 표정을 지으며 신숙주에게 말했다.

"대신들의 의견이 이러하니 예판이 나서서 일을 진행해 보게나. 그러고 보니 그리운 이들도 다시 만나볼 기회가 아닌가."

신숙주는 북방에서 근무할 당시 건주위를 비롯해 많은 여진족에게 영향력을 행사했었다.

그런 걸 따져 보면 신숙주야말로 제일 적임자라고 할 수 있겠네.

그러자 신숙주는 조금은 우울한 표정으로 내게 답했다.

"신, 예조판서 신숙주가 삼가 주상 전하의 명을 받들겠습니다."

그래. 동유럽의 역사를 뒤바꾼 이라도 여기선 사직의 노예일 뿐이지.

"그럼, 다음 안건에 대해 논하도록 하지."

그렇게 이어진 회의는 일전에 논의된 바에 이어 진행 중인 대만의 일과 남방 항로 개척에 투입될 병사와 관원의 규모에 대해 의견을 주고받았다.

먼저 대만에 관한 안건이 정리되었고, 주둔지 겸 항구를 건설 중인 장소에 파견된 병사들을 3년을 기준으로 교대하는 방식으로 투입하기로 결정이 났다.

그렇게 대만에 관한 안건에 이어 이후 항해에 동원할 인력 수급을 논하자 김종서가 내게 말했다.

"전하, 대역죄를 제외한 중죄를 지은 죄인들을 남방 항해에 동원하는 것은 어떻겠사옵니까?"

"대감이 말하는 중죄의 기준은 어떤 경우를 이르는가?"

"대역죄에 연좌된 이들을 포함해서 장형 50대 이상의 중죄를 지은 이들을 대상으로 삼았사옵니다."

"그런가. 계속해 보게."

"또한 죄를 지은 장리와 탐관들을 대상으로 유배를 겸해 남방에 보내 나라에 공헌하게 함이 옳다 여겨집니다."

"음, 형판의 의견이 나름 타당하노라. 다른 대신들은 어찌 생각하는가?"

그러자 종신 영의정 황희가 나섰다.

"형판 대감의 의견은 지나치게 가혹한 처사가 될 수도 있사옵니다. 그러니 이 일은 신중하게 결정함이 옳다 여겨집니다."

그러자 김종서가 황희에게 반발했다.

"죄인을 나랏일에 투입해 공을 세워 과오를 씻게 만들자는 취지입니다. 영상 대감께선 어찌 이를 반대하십니까?"

황희는 김종서를 바라보며 냉정한 말투로 답했다.

"형평성의 문제네. 그 정책을 시행하기 전에 같은 죄를 지은 자와 처벌의 차이가 생기면 당연히 항의가 나올 수밖에 없는 것 아닌가."

"그게 싫다면 죄를 짓지 않으면 그만입니다. 어찌 대감께선 죄인들의 불평을 고려해 나랏일을 하시려 하십니까? 무릇 형벌이 지엄해야 두려워해 죄를 짓지 않는 법입니다."

그렇게 황희와 김종서의 논쟁이 시작되었고 대신들도 둘로 의견이 갈려 논의가 이어졌다.

대체로 신숙주를 비롯해 나이가 젊은 관료들은 김종서의 편을 들었고, 관직 생활을 오래 한 노신들이 황희의 편을 들어주었다.

대부분 크고 작은 죄를 지어 한 번이라도 탄핵을 당해본 이들이 대체로 황희의 의견에 동조한 듯 보였다.

그렇게 한참 동안 논의가 이어졌지만 결론이 날 것 같지 않아 내가 나서야 했다.

"그만. 오늘은 여기까지 하고, 다음 조회 때 이어서 이야기하도록. 그리고 형판 대감과 영상 대감은 훗날 이 정책이 미칠 영향에 대해 생각을 정리해서 고에게 서면으로 제출하게나."

"예. 신 형조판서 김종서, 주상 전하의 명을 받들겠습니다."

"신 영의정부사 황희가 성상의 명을 받들겠습니다."

"그래, 오늘은 다들 이만 물러나게나. 그리고 다들 새해 복 많이 받게."

그러자 대신들은 일제히 내게 합창하듯 답했다.

"성은이 망극하옵니다!"

그렇게 상참을 마치고 천추전에서 업무를 보던 중, 한명회가 보낸 장계를 받았다.

그 장계를 읽어보니 오이라트의 에센이 서쪽으로 병력을 움직이기 시작했다는 내용이 적혀 있었다. 명국에서도 이 사태를 두고 어찌 대처해야 할지 의견이 분분하다고 한다.

자극하듯 꺼냈던 말을 정말 실행하다니. 이거 잘못하면 티무르 왕국도 위험해지는 거 아냐?

오이라트에 사신을 보내야… 아니지. 에센이 내게 사신을 보내도록 움직여야겠네.

에센이 뭐라고 답할지는 모르겠지만, 내가 친정을 나설 수도 있다고 협박하면 그만이다.

그렇게 생각을 정리한 난 곧장 한명회에게 보낼 서신을 작성하기 시작했다.

*   *   *

서쪽으로 군대를 보낸 에센은 천산 북쪽 인근에 머물며 역참과 보급로를 정비하기 시작했다.

그가 나름대로 옛 역사에 대해 공부한 결과, 대원 제국 시절에 서쪽에 병력을 보낼 수 있었던 건 역참과 보급로가 원활하게 이어졌기에 가능했다는 결론이 나왔기에 신중하게 경로를 잇고 있었다.

"알락, 여기서 서남쪽에 위치한 티무르 왕국도 대원 제국의 후손이 세운 나라라고 보르지긴이 내게 말했었다."

"예, 그렇습니다. 타이시의 말씀대로 타이순 칸이 그 나라에 사람을 보내 화약을 거래한 적이 있던 걸로 기억합니다."

"그래. 그 화약을 내게 전부 바치는 척하곤 빼돌려 날 공격하긴 했지만."

알락은 웃으면서 에센에게 물었다.

"타이시, 티무르 왕국에도 사신을 보내 항복을 권유하시겠습니까?"

에센은 신숙주와 사신단이 에센의 영역을 통과할 때 그들에게 길잡이를 붙여주겠다고 제안했던 걸 기억하며 답했다.

"아니다. 사신은 보내되 항복 권유보다 정세를 파악하는 게 우선이야. 조선에서 그곳에 사신을 보낸 적이 있어. 그러니 티무르와 조선이 무슨 사이인지 먼저 알아내야 한다."

에센은 자금과 인력 문제로 북방 전선 재건이 원활하지 않아 움츠러든 북명의 사정을 파악하곤 과감하게 8할에 가까운 병력을 이번 원정에 동원한 상황이었다.

"알겠습니다. 사신을 보내 정세부터 알아보도록 하지요."

에센은 지난 3년간 서쪽과 교류를 시작하며 카자흐스탄 일대를 다스리던 킵차크 칸국이 분열해 여러 명이 칸을 자처하며 각자 나라를 세운 것을 알게 되었다.

그는 지금이 절호의 기회임을 직감하여 과감하게 원정을 시작했고, 지난 전쟁을 거쳐 발전한 군제와 화약 무기의 힘으로 분열된 옛 몽골의 후손들을 손쉽게 정복할 수 있었다.

에센은 천막에서 나가려던 알락을 다시 불러 세우며 말했다.

"알락, 자칫 상대를 잘못 건드리거나 조선에게 배후를 찔리면 내 도박은 실패로 끝난다. 그러니 내 앞에서 당돌하게 칸을 자처한 멍청한 놈들에게 보냈던 사신처럼 강하게 나가는 건 금물이야."

"예, 명심하겠습니다."

"솔직히 말해 지금까진 순조롭게 진행 중이지만… 아직까진 제대로 된 상대와는 붙어보지 못했다."

"예, 저도 그렇게 생각합니다."

"난 지난 전쟁 당시 명의 수도를 점령하면 모든 게 끝날 줄 알았다."

"……."

"하지만 난 아무것도 몰랐어. 결국 뼈에 사무칠 만한 교훈을 얻었지. 다시 그런 실수를 반복할 수는 없다."

"예, 저도 타이시께서 얻은 교훈을 깊이 새기고 있습니다. 그러니 이번 일은 제가 직접 나서지요."

*   *   *

에센이 보낸 선봉대가 시비리 칸국을 복속하고 모스크바 대공국의 숙적인 카잔 칸국을 공격하여 전쟁이 벌어지자, 자세한 사정을 파악하지 못한 모스크바의 장님 왕 바실리 2세는 가신들을 크렘린에 소집했다.

"내가 듣기론 타타르 놈들이 패가 갈려 싸우고 있다는데, 정확하게 무슨 일이 벌어지고 있는지 아는 이가 있나?"

바실리의 가신이 곧바로 그의 말을 받았다.

"대공 전하. 이유는 알 수 없으나 저들끼리 싸우는 것은 좋은 징조입니다. 우리도 군사를 준비해 저들의 배후를 공격하는 게 좋지 않을까요?"

"아니. 북쪽의 노브고로드가 아직 건재하고 반역자 드미트리를 지지하는 귀족들도 많아. 그러니 군사를 움직이기엔 이르다."

바실리 2세는 카잔 칸국에 대항하다 포로로 잡힌 적도 있었고, 그 후 모스크바의 대공 자리를 두고 사촌인 드미트리 셰마카와 내전을 벌였다가 패했었다.

그 과정에서 두 눈을 잃고도 악착같이 재기해서 마침내 승리를 거뒀지만, 유폐 중인 드미트리를 지지하는 귀족들을 억누르며 나라를 수습 중인 상황이었다.

"그렇다면 이대로 사태를 관망하시는 것도 나쁘지 않을 듯합니다. 누가 이기든 간에 타타르의 세력이 약화되는 건 마찬가지일 테니까요."

"그래. 아직은 정보가 부족하니 지금은 지켜보며 상황을 파악하는 쪽으로 가는 게 좋겠군."

그렇게 회의가 전쟁을 지켜보는 쪽으로 결론이 나자 바실리의 아들 이반은 그 소식을 전해 듣곤 저녁 식사 도중에 아버지에게 물었다.

"아버지. 제가 듣기론 남쪽 크림반도에 자리 잡은 타타르인들은 그나마 말이 잘 통한다는데, 차라리 그들과 손을 잡고 카잔에 대항하는 게 어떻겠습니까?"

시력을 상실해 시종의 도움으로 식사를 하던 바실리 2세는 입안의 음식을 삼킨 후 아들에게 답했다.

"아들아, 국정은 어린 네가 끼어들 문제가 아니다."

"죄송합니다. 상황이 염려되어 무례를 무릅쓰고 간언드렸습니다."

"내가 지금은 칸의 제후를 자처하곤 있으나 저들이 분열한 지금에 와선 독립은 시간문제일 뿐이야. 그러니 굳이 그 야만인들과 손을 잡을 필요는 없단다."

"하지만 야만인이라도 적의 적은……."

"그만! 다시는 내 앞에서 나라의 일을 논하지 마라. 차라리 그럴 시간에 검술과 예법부터 더 익히거라."

"알겠습니다. 아버지의 분부를 따르지요."

"그래, 네가 총명한 것은 누구나 다 알고 있지. 하지만 국정은 별개다. 감히 네가 이래라저래라 할 문제가 아니야."

"예, 대공 전하."

"알아들었으면, 그만 물러가거라."

그렇게 모스크바 대공국에서는 정보를 수집하며 상황을 관망했고, 오이라트의 선봉대장인 바얀은 볼가강 평원 일대에서 벌어진 회전에서 카잔의 군주 무함마드를 사로잡았다.

제5장
심양

　1451년의 봄이 시작될 무렵, 한양에서 2차 가별초 선발 대회의 예선이 시작되었다.

　내가 급하게 개최했던 첫 대회와 달리 많은 참가자가 몰려 예선전 기간을 길게 잡아야 했다.

　또한 참가자의 면면도 많은 변화가 있었다.

　구주에 거주 중인 영주나 유력자들의 자식들이 바다를 건너와 신청했고 무예 교류를 위해 조선에 체류하던 호소카와의 가신 중 일부가 대회에 참가했다.

　거기에 산동 출신의 무관도 바다를 건너 한양을 찾아왔다.

또한 화령에 거주하는 유목민들은 유력자들의 자제들을 제외하고도 수많은 이가 몰려서 그들의 거주지에서 자체적인 선발 대회를 거친 다음 한양에 왔다고 한다.

"한성 부윤, 그리고 의금부 진무, 이번 선별전이 열리는 동안 도성에서 불상사가 벌어지지 않도록 각별히 신경 써주게."

조회를 마치기 전, 내 당부를 들은 한성 부윤(漢城府尹) 김세민이 내게 고개를 숙이며 답했다.

"신이 성상의 명을 받들어 직분을 다하겠습니다."

그리고 의금부 진무(鎭撫) 추정현도 고개를 숙이며 내게 답했다.

"신도 성상의 명을 받아 국법을 시행하며 한 치의 예외 없이 단속하겠사옵니다."

"그래. 그럼 오늘의 조회는 이것으로 마치지."

그렇게 조회를 마친 난 천추전에 들러 각지에서 올라온 장계를 검토했다.

어디 보자……. 삼남 지방에선 요동 쪽으로 이주시킬 백성들 모집에 한창이고.

함길도와 평안도에선 내려와서 살길 청하는 여진 출신 백성들을 받아들여 집성촌을 만들고 호적 정리 작업이 한창이었다.

그리고 화령 절도사 박강이 보낸 장계를 보니 여러 부족의 영역과 목초지 분쟁을 중재하느라 고생이 많다고 한다.

거기에 오이라트와 접경 중인 화령 북면 방위선 재편이 한창인데, 한명회가 내 지시를 잘 처리한 듯 오이라트의 사신이 그곳에 도착해 입조 의사를 밝혔다고 한다.

그리고 요동에서 남빈이 보낸 장계를 보니 심양부(瀋陽府)의 개발이 나름대로 성공적으로 이뤄지고 있다고 한다.

그다음 산동에서 성삼문이 보낸 장계를 보니, 등주항에선 더 많은 신형 범선의 건조에 들어갔고 선원 모집에 힘쓰고 있는데 지난 전쟁 때 산동 수군을 우겸이 북경 방위에 동원한 탓에 뱃사람의 수가 적어 교육에 힘쓰고 있다고 한다.

그 부분은 김종서가 발의한 형벌 제도가 내년부터 정식으로 시행되면 산동에서도 중죄인들을 선원으로 동원할 수 있게 될 것 같다.

황희를 비롯한 나이 든 대신들은 교화의 명분을 내세우며 끝까지 반대했지만, 내 마음이 김종서의 의견 쪽으로 기울어졌으니 결국 김종서의 제안이 통과될 수밖에 없었지.

그리고 마지막으로 구주에서 보낸 장계를 보니, 남방 항로의 중계지로 쓰일 새로운 항구 건설과 삼지(三池, 미이케)에서 탄광 개발에 많은 인력을 쏟아붓고 있다고 한다.

그리고 지난 전쟁을 거쳐 삼국 무역 체제에 정식으로 편입된 덕에 상인들이 구주에 몰리고 있단다.

저긴 석현(石見, 이와미)의 은광 개발을 시작하면 더 바빠지겠네.

난 그렇게 장계 검토를 마치고 오이라트의 사신을 입조시키려 화령 절도사 박강에게 보낼 교지를 작성해서 도승지에게 전달했다.

그리고 다음 날부터 시작된 선발전 예선에선 전면 무료입장 정책의 영향으로 수많은 인파가 몰렸다.

경기장에선 공조참의 양성지가 입안한 먹거리 판매 정책의 대성공으로 인해 예측한 것 이상의 수입이 들어왔다.

거기에다 내가 제안한 돈 많은 이들을 위한 유료 특별 좌석 운영도 잘 먹혀 들어가 많은 수익을 창출해 냈다.

또한 사전에 허가받은 민간 상인이 들어와 부채나 햇볕을 가릴 물건 등 여러 가지를 판매했다. 그들의 수입 일부는 세금으로 납부될 것이다.

그렇게 가별초 선발 대회는 단순한 무관 선발이 아니라 대규모의 돈이 오가는 장소로 탈바꿈하기 시작했다.

*   *   *

옛 킵차크 칸국의 칸이었으며 칸국이 분열된 지금엔 카잔의 칸인 무함마드는 바얀에게 사로잡혀 천산 북쪽에 머물던 에센 앞으로 압송되었다.

그리고 무함마드는 그 자리에서 에센에게 자신이 아는 유럽의 정세에 대해 모든 걸 털어놓았다.

"그래, 네 이야기는 잘 들었다. 그런데… 네놈이 칸을 사칭한 죗값은 어떻게 치를 거냐?"

"타이시, 전 테무친의 직계 후손입니다. 칸을 사칭한 게 아니라 선대에게 물려받은 것입니다."

"그래서? 네 혈통과 정통성은 누가 증명하지?"

"제 아버지께서는 태조의 8대손 자바르……."

"그만! 이상한 신에 물들어 우리의 전통을 버리고 이름조차 괴상하게 지은 놈의 헛소리를 들어줄 생각 같은 건 없다."

"……."

"다시 한번 묻겠다. 네놈의 신을 버리고 복종하거나 죽거나. 둘 중 하나만 골라라."

에센의 강요를 들은 무함마드는 한참 동안 고민하다가 결국 고개를 숙이며 말했다.

"이름을 바꾸고 타이시의 충성스러운 신하가 되어 죄를 씻겠……."

그러자 에센이 끼어들어 무함마드의 말을 잘랐다.

"아니. 어디까지나 네가 충성을 바칠 대상은 타이시인 내가 아니라, 황금 씨족의 정통 계승자이신 타이순 칸이다."

"죄송합니다. 타이순 칸의 충성스러운 신하가 되겠습니다."

"그럼 네 충성을 증명하기 위해 자식들을 칸에게 바쳐라."

"알겠습니다."

에센은 복종한 유력자들의 자식들을 칸의 근위대 케식으로 임명한다는 명분으로 모집해 실질적으론 자신의 친위대로 만들었다.

그렇게 전통적인 몽골식 관습을 거스르지 않고 권력을 완벽하게 장악한 에센은 그 어떤 명분으로도 흠을 잡을 수 없었으며 초원의 백성들을 그를 존경하고 흠모하기 시작했다.

에센은 카잔 정벌의 일등 공신인 바얀에게 1만 명의 영민을 비롯해 큰 상을 내렸다.

"타이시의 관대함에 감사드립니다. 제게 다시 선봉을 맡겨 주시지요. 카잔의 남쪽에 자리 잡았다는 참칭자를 잡아 오겠습니다."

"아니, 지금 거길 공격하긴 이르다."

"적들이 우리의 전력을 잘 모르는 지금이야말로 빠르게 치고 나가야 하지 않겠습니까?"

"아까 그 머저리에게 들길, 카잔의 남쪽에 자리한 칸국 근처에 오스만이라는 나라가 있다고 한다. 그놈들은 10만 정도는 동원할 수 있는 강국이라 하더군. 그러니 그곳을 치는 건 당분간 보류한다."

"사정이 그러면 천산과 가까운 나라부터 공격해서 거점을 마련하는 게 좋을 듯합니다."

"그건 불가하다. 광무왕이 내게 경고를 보냈다. 티무르 왕국은 조선의 형제국이니, 그들을 공격하면 친히 군사를 이끌고 내 얼굴을 보러 오겠다고 하더군."

그러자 바얀은 지난 전쟁의 기억을 떠올렸는지 고통스러운 표정을 지으며 답했다.

"그럼… 원정 대상이 지극히 좁혀지는군요."

"그래. 거기다 보급 경로도 완전치 않다. 그리고 당장 추가 보급할 수 있는 식량하고 화약도 한계가 있고."

"그렇습니까?"

"그런 점을 고려하면… 이번 해엔 딱 한 번 정도의 전쟁이 가능하겠군."

"그럼 어딜 공격하시겠습니까?"

에센은 잠시 생각에 잠겨 있다가, 느긋한 말투로 답했다.

"카잔의 속국, 모스크바로 가라. 선봉은 네게 다시 맡기지."

"예, 절 믿어주신 타이시의 기대에 부응하겠습니다."

그렇게 바얀은 본대에서 보급품을 받아 점령 중인 카잔의 영토로 돌아갔고 여름이 시작될 무렵, 모스크바 대공국에 타타르의 공격이 시작되었다.

"대공 전하, 타타르 녀석들이 이곳 끄레믈(크렘린) 성을 향해 진군 중이랍니다."

바실리 2세는 소식을 가져온 이에게 되물었다.

"카잔 칸의 공격이냐?"

"그게… 아닌 것 같습니다. 카잔 칸이라면 변방의 마을만 습격해서 주민들을 납치해 갔을 텐데, 이번엔… 규모가 다릅니다."

"적들이 얼마나 왔길래 그러는가?"

"기병만 따져도 2만에 가깝다고 합니다. 그리고 일반 병사들도 비슷한 규모가 왔다고 합니다."

바실리는 자신의 상상을 초월한 숫자에 놀라 잠시 말문이 막혔다.

"…확실한 정보가 맞나?"

"예, 몇 번이고 확인했다 합니다."

"알겠다. 징병관에게 전해 병사들을 징집하고 나의 기사들에게 전령을 보내라."

그렇게 주변의 영지에서 최대한 긁어모은 징집병과 기사들을 동원했지만, 오이라트군에겐 턱도 없을 정도로 부족했고 그런 상황에서 바얀이 보낸 사신이 크렘린 성에 도착했다.

"모스크바의 대공이여, 항복하면 예케 몽골 울루스의 지배자이신 타이순 칸의 신하가 되어 번영을 누리겠지만 반항하면 불과 수레바퀴의 형벌을 받으리. 그러니 선택하라! 복종인가?

항전인가?"

바얀은 카잔 출신의 인사를 뽑아 이곳에 보냈고 그의 무례한 말투에 크렘린에 모인 바실리의 가신이나 기사들은 분개했다.

"울루스라니… 그대는 카잔 칸의 신하가 아니오?"

"그렇다. 칸을 자칭하던 무함마드는 타이시에게 벌을 받은 후, 위대한 울루스의 지배자이신 타이순 칸에게 귀부했다."

그제야 대략적인 상황이 파악된 바실리 2세는 말로만 전해 들었던 몽골제국이 부활했음을 느끼고 절망했다.

"으음… 잠시 생각할 시간을 주시오. 나의 신하들과 상의한 후 답을 주겠소."

"좋다. 기한은 해가 지기 전까지다."

그렇게 사신이 잠시 물러나자 그의 가신단과 기사들 사이에선 항복이냐 항전이냐를 두고 격렬한 의견이 오갔다.

"…우리의 전력으론 저들의 상대가 되지 못한다."

참담한 표정의 바실리 2세가 말을 꺼내자 좌중은 침묵했고 일부 다혈질의 기사들은 자신의 대공에게 절규하듯 소리쳤다.

"대공 전하! 어찌 싸워보지도 않고 그런 말씀을 하십니까?"

"그만! 자존심을 내세울 때가 아니다. 명목상 카잔 칸의 제후로 지낼 때처럼 내가 몽골의 칸에게 충성을 바친다고 하면 모두가 무사할 거다."

"저들은 성을 함락할 만한 능력이 없을 겁니다! 그러니 수비를 견고히 하시면 됩니다."

그렇게 항복 의사가 정해진 상황에서도 끝까지 항전을 주장하는 이들이 있었으나, 그런 의지도 길게 가지 못했다.

― 쾅! 쾅! 쾅!

짧은 천둥과도 같은 소리가 연달아 울렸고, 한 시간 만에 크렘린의 성벽 일부가 무너져 내렸다.

오이라트군의 무력시위에 모두가 공포에 질렸고 결국 바실리 2세는 성 밖으로 나와 바얀에게 무릎을 꿇고 항복했다.

"모스크바의 대공이자 류리크 가문의 정당한 상속자 바실리가 몽골의 칸에게 충성을 바치겠습니다."

바얀은 바실리 대공이 맹인인 걸 보곤 잠시 흥미로운 표정을 보였으나 곧바로 본론으로 들어갔다.

"이봐, 대공의 장자를 칸에게 바치라고 전해라."

그러자 성에 사신으로 갔던 이가 바얀의 말을 통역했다.

"모스크바의 대공이여. 바얀테무르 장군께서 말씀하시길, 그대의 장자를 칸에게 보내라고 하셨다."

바실리는 자신의 상상을 뛰어넘은 제안에 격한 반발을 보였다.

"그게 무슨… 비록 항복했지만 그건 용납할 수 없소!"

"장군, 대공이 그 지시를 거부했습니다."

"그럼 어쩔 수 없지. 이봐! 본보기로 수레바퀴보다 큰 녀석들을 죽여라."

그렇게 오이라트의 병사들이 활과 검을 꺼내 들고 바실리의 측근들 곁에 다가갔다.

"이게 무슨 짓이오? 당장 멈추시오!"

그렇게 무자비한 학살이 거행되려는 찰나, 성벽 위에서 상황을 지켜보던 바실리의 아들 이반이 성 밖으로 뛰어나왔다.

"제가 칸에게 가겠습니다! 그러니 멈춰주십시오."

"아들아! 안 된다. 거기가 어딘지 알고 가려는 게냐? 절대 허락할 수 없다."

"대공 전하, 절 보내주십시오."

"하지만……."

"모두가 살 수 있다면 그걸로 족합니다. 신께서 아버지를 가호하시길."

"장군, 대공의 아들이 스스로 나섰습니다."

"그래? 그럼 형벌은 멈추고 아들을 데려와라."

그렇게 러시아의 첫 번째 차르 이반 3세는 인질이자 에센의 친위병이 되기 위해 11살의 나이에 몽골로 보내졌다.

"신이시여! 어찌 이런 시련을 제게 내리십니까?"

양 눈의 안구를 잃는 과정에서 눈물샘이 상해 울 수조차 없는 바실리는 방 안에 틀어박혀 양 눈이 있던 자리를 쥐어뜯으며 피를 눈물처럼 쏟아내기 시작했다.

그렇게 반쯤 미쳐 버린 바실리를 더욱 미치게 하는 일이 생겼다.

물러날 줄 알았던 오이라트의 군대는 기병들만 돌아갔고 남은 보병들은 크렘린을 군사 거점 삼아 그대로 주둔한 것이다.

카잔 칸의 포로 생활도 해봤고, 믿었던 사촌에게 양 눈을 잃고도 대공까지 올라간 불굴의 남자 바실리는 결국 무너져 내리고 말았다.

사랑하는 아들을 잃은 자신을 탓하며 정치에서 손을 놔버렸고, 바실리에게 독살당했어야 할 그의 사촌 드미트리가 그의 자리를 차지하기 위해 귀족들을 움직이기 시작했다.

그렇게 모스크바엔 지워지지 않을 타타르의 멍에가 다시 씌워졌다.

*   *   *

1451년 여름이 한창일 무렵, 내가 전혀 예상하지 못한 사건이 터졌다.

아니, 단순히 사건이라기보단 왕실과 조정의 대사라고 할 수 있겠네.

난 부모님께 아침 문안 인사를 드리러 수강궁(壽康宮)을 찾왔다.

"주상, 이 아비가 어제 심양으로 가겠다고 한 건 빈말이 아니에요. 그러니 부디 윤허해 주시지요."

사흘 전, 아버지께선 심양으로 거처를 옮기겠다고 말씀하셨고 난 아버지를 말리기 위해 진땀을 빼는 중이었다.

"아바마마, 어찌 소자를 두고 심양으로 거처를 옮기시려 하시옵니까? 부디 뜻을 거두어주소서."

"어제에 이어 다시 한번 말씀드리는데, 지금 아국의 형세는 전부 지엄하신 주상의 권위로 유지되는 중이지요."

"소자가 이룬 것에 비하면 지나친 극찬이십니다."

"극찬이라니요. 주상께서 제위에 올라 이룬 업적을 되짚어보면, 광무라는 왕호에 걸맞은 위업을 이루고 계십니다. 명목상 명의 제후국이지만 실질적으론 남북조의 조정이 모두 주상의 눈치를 보기 급급한 실정이 아닙니까."

"그렇다 해도 소자가 이룬 것들은 어디까지나 아바마마께서 쌓아주신 반석이 뒷받침되었기에 가능했던 일이옵니다."

그러나 아버지는 내 말을 아랑곳하지 않고 하던 말씀을 이어가셨다.

"지금 아국은 짧은 시간에 지나치게 급격히 팽창 중이지요."

"예, 그렇사옵니다."

"주상께서 건재하신 지금은 아무런 문제가 되지 않지만, 만에 하나라도 세자를 비롯해 후대의 왕들이 주상의 위업을 제대로 이어가지 못한다면 속령들은 점차 떨어져 나갈 수밖에 없어요."

"아바마마께서 염려하시는 부분은 소자도 충분히 숙고하고 있사옵니다. 그렇기에 조선에 동화시킬 정책을 진행 중이며 또한 속령의 유력자들에게 의지하는 체제는 점차 시간을 두고 행정관을 파견하는 방식으로 개편될 것입니다."

"물론 현명하신 주상께서 훗날을 안배하고 계시겠지만, 세상만사가 전부 계획대로만 흘러가겠습니까? 그랬다면 멸망한 왕조 같은 건 없었겠지요."

"하오나……"

"사정이 그러하니, 주상을 대리하여 심양과 요동을 아국에 완전히 동화시키려 하는 겁니다."

"그것은… 소자가 파견한 관원들도 능히 해낼 수 있는 일이옵니다. 그러니 부디 소자가 아바마마를 계속 모시게 해주시옵소서."

"주상의 신하들도 나름의 능력이 있는 건 압니다. 하지만… 이 아비가 볼 땐 한참 모자라요. 머릿수만 모자란 것이 아니라 도량도 주상을 따라가려면 멀었어요."

"아니옵니다."

"아니요. 그들 중에서 주상께서 세우신 대계를 제대로 이해하고 있는 이가 얼마나 되겠습니까? 머리가 트인 소수를 제외하면 그저 주상께 명받은 대로만 따를 뿐이지요."

아버지가 뼈아픈 지적을 하셨다.

그나마 내가 세운 계획의 의도를 가장 잘 파악하고 있는 이는 나와 가까이 지낸 이들뿐임을 절감하고 있다.

모든 이들이 변화하기엔 너무나 짧은 시간이었지.

하지만 아버지께선 나의 그런 마음을 진작에 꿰뚫어 보신 것 같다. 거기에 그간의 내 행보와 대외적 관계나 여러 정책을 보시며 의욕이 생기신 듯하다.

"……"

내가 침묵하는 사이 아버지께선 다시 말씀을 이어가셨다.

"왜국에 속해 있던 구주를 아국으로 동화하는 건 일이 아무리 순조롭게 풀려도 백 년은 걸릴 일입니다. 그러니 지금 당장 아국의 여력을 집중해야 할 곳은 요동, 그중에서도 심양이라 할 수 있지요."

"예, 그렇기에 삼남 지방에서 모집한 백성들을 요동으로 이주시키고 있사옵니다."

"하지만 그들을 이끌어 나갈 이가 방향을 잘못 잡는다면 백성들은 중화에 감화되어 명국인이 되려 하겠지요."

아버지의 염려는 전부 맞는 말씀이시다.

내가 지난 전쟁 때 정통제를 폐위하고 천자의 자리에 오르지 않은 것은 역으로 조선이 중화사상이란 독에 오염되어 거꾸로 잡아먹힐까 봐 지금과 같은 구도로 만든 것이다.

"그러니 이 아비가 나서서 그들을 바로잡으려 해요."

"그것은 소자에게 주어진 책무이옵니다."

"그런 주상께선 지금도 하고 계신 일이 셀 수도 없이 많지요. 또한 주상께서 건재하신데 상왕이 나서는 게 도리가 아님을 알고 있어요."

내가 뭐라고 말을 꺼내기도 전에 아버지는 빠르게 말씀을 이어가셨다.

"하지만 도리를 따지면서 사정이 어렵다 하여 내버려 둘 순 없지요. 다른 곳은 몰라도 화령과 요동만큼은 명의 황제가 내려준 영지에서 벗어나 온전히 아국의 영토로 복속시켜야 합니다."

"아바마마께선 세자를 두고 이대로 가실 수 있겠사옵니까?"

내가 최후의 수로 홍위를 언급하자 이제껏 단호하던 표정의 아버지가 살짝 무너진 듯 보였다.

"…그건, 어쩔 수 없지요. 그리고 세자에겐 기본적인 학문은 전부 가르쳤어요."

"아바마마, 부디 소자를 불효한 자로 만들지 말아주시옵소서."

"그렇게 말씀하셔도 주상께서 마음을 돌릴 때까지 주청은 계속 이어질 겁니다. 내일 다시 뵙지요."

"예, 소자는 이만 물러나겠습니다."

결국 난 아버지의 고집을 꺾지 못한 채 수강궁에서 물러나야 했고 이어서 열린 조회에서도 대신들과 함께 이 일에 대해 많은 의견을 주고받았다.

일부 대신들은 아버지의 의견을 존중하겠다는 태도를 보였으나, 아버지를 섬겼던 몇몇 노대신들은 조회가 끝나고 상왕전인 수강궁을 찾아가 뜻을 돌려보겠다고 했다.

그렇게 일주일가량이 흘러 영의정 황희나 좌의정 김맹성 같은 대신들도 나서서 아버지를 설득하려 했지만, 뜻을 꺾을 수 없었다고 한다.

또한 아버지께선 최후의 방도로 끼니를 거르시기 시작하서서 난 고기가 잔뜩 올라간 상을 차려 아버지께 바치며 수라를 거르지 말라고 애원했지만, 아버지의 결심은 단호하셨다.

그렇게 고기마저 통하지 않자 난 어쩔 수 없이 아버지의 뜻을 따라야 했다.

결국 아버지와 요동을 비롯해 화령의 동화정책과 개척에 관해 긴 이야기를 나눴다.

어느 정도 계획의 윤곽이 잡히자 아버지께선 끝에 덧붙이듯이 말씀하셨다.

"주상, 이참에 몇몇 대군들을 데려갈 생각입니다."

"누굴 데려가려 하십니까?"

"임영대군과 계양군, 그리고 광평대군과 영응대군을 데려가려 하오."

"아바마마의 뜻대로 하시옵소서."

어가 행렬이 준비되자 나와 문무백관의 배웅을 받으며 아버지는 어머니와 후궁들, 그리고 동생들을 데리고 심양으로 떠나셨다.

그리고 나도 북명에 배편으로 전령을 보내 이번 일에 대해 통고하며 심양에 심왕부를 설치하겠다고 전했다.

*   *   *

심양에선 원나라 시절, 심왕부로 쓰이던 건물을 개조해 행궁을 짓기 시작했다.

북명 조정에선 광무왕에게 잘 보이려 예산을 투입해 호화스러운 왕부를 짓도록 지원했고 황제는 상왕 세종에게 심왕 작위를 내리곤 다시 처소에 틀어박혔다.

상왕의 어가 행렬은 1451년의 추수가 한창일 무렵, 심양에 도착했다.

"전하, 이쪽으로 드시지요."

상왕 전담 내관 엄자치가 세종을 임시 거처로 안내했다.

"잠시 거할 곳치곤 지나치게 호화스러운 장원이구나."

"예, 본래 이곳 유지의 사택이었다고 들었습니다."

"원주인은 어찌 되었는가?"

"몇 달 전 경사(북경)로 이주했다고 들었습니다. 그것을 조정에서 사들였다 하옵니다."

"그런가. 행궁이 완성되면 대군들의 사저로 쓰면 되겠군. 자네도 여정 중에 노고가 많았을 테니 물러나 쉬고 있게. 필요하면 부르겠네."

"예, 저녁엔 요동 절제사가 전하를 알현할 예정이옵니다."

"알겠네."

엄자치가 물러나자 세종은 의자에 앉아 가져온 서류들을 빠르게 읽기 시작했고 읽어보면서 답답한 마음을 품었다.

'아직 토지 파악도 덜 되었고 왕실 사유지하고 민간의 경작지 구분도 명확치 않군. 지금은 이것부터 해결해야겠어.'

그렇게 세종이 업무에 열중한 사이, 시간이 흘러 남빈이 상왕의 거처를 찾았다.

"신, 요동 절제사 남빈이 심왕 전하를 뵙사옵니다."

남빈은 말을 마침과 동시에, 상왕에게 사배를 올렸다.

"그래, 잘 왔네. 거기 앉게나. 그리고 내게 신이라 칭하지 말게. 자네는 주상의 신하일세."

"송구하옵니다. 전하의 말씀을 유념하겠습니다."

"그나저나 자네도 못 본 사이에 많이 변했어. 얼굴 본 게 10년 전쯤인가?"

"예, 그렇습니다."

"내 누이… 자네 모친이 아들이 이리 의젓하게 장성한 모습을 봤으면 좋았을걸……."

남빈은 얼굴도 기억나지 않는 어머니 정선공주를 떠올리곤 잠시 숙연한 표정을 지었다.

"심왕 전하께서 소장의 맏이를 잘 돌봐주셨다고 들었습니다. 그 은혜가 망극할 따름이옵니다."

세종은 소친시로 일하며 세자 이홍위를 호종하는 남이에게 학문을 가르치기도 했다.

"자넨 내게 생질이 아닌가. 또한 그 아이도 아비인 자넬 닮아 그런지 자질이 빼어나 가르치는 맛이 있더군."

아들의 칭찬을 들은 남빈은 기분 좋은 표정을 지으며 말을 이어갔다.

"앞으로 소장이 전하를 모실 테니 필요한 게 있으시면 하교하시지요."

"그런가? 그럼 이걸 보게. 여기서부터 여기까지 전부 정리가 엉망이고 다른 문건과 대조해 보니 누락된 부분도 많네. 이건 자네가 처리한 건가?"

난데없이 토지에 관련된 서류를 받은 남빈은 당황했고 세종은 남빈이 뭐라 대답하기도 전에 쉬지 않고 말을 이어갔다.

"그리고 이건 계산이 잘못되었네. 자넨 보고만 받고 검토는 하지 않았는가?"

"아, 그것이… 소장도 나름대로 검토는 했습니다."

"허어, 이게 틀렸는지 모르고 조정에 보고를 올릴 생각이었나?"

"그것이……."

"이대로는 안 되겠군. 자네 휘하 관원들을 당장 여기로 모으게나."

"전하, 오늘은 시간이 너무 늦었습니다. 그러니 다음 기회에……."

"지금 일을 이렇게 처리하고 잠이 오는가? 엄 내관, 거기 있나?"

"전하, 소관을 부르셨사옵니까?"

"그래, 커피 좀 준비해 주게나. 당장 해야 할 일이 많아."

"예, 분부대로 하겠습니다."

그렇게 영문도 모르고 늦은 저녁에 불려 나온 심양의 관리들은 생전 처음 마셔보는 커피 맛에 감탄하면서도, 당장 자신들이 해야 할 업무의 양을 보곤 절망감을 느꼈다.

업무를 지휘하는 세종의 분위기는 은퇴한 후 보이던 느긋한 모습과는 딴판으로 변해 있었다.

'그래, 이제야 좀 사는 것 같군. 역시… 뒷방 늙은이로 조용히 사는 건 성미에 안 맞아.'

결국 세종은 열기구를 동원하고 이순지와 함께 만든 기초적인 삼각측량법을 이용해 심양 근방에 있는 토지의 실측을 빠르게 끝냈다.

또한 여유가 생긴 경작지에 최근 조선에 새로 들어온 작물인 호밀을 먼저 경작하게 했다.

그리고 이어서 가져온 대량의 순무 종자를 조선에서 온 이주민과 심양에 살던 농민들에게 나누어 주며 겨우내 재배를 권장하기 시작했다.

그렇게 여름엔 밀과 보리, 그리고 가을부턴 호밀과 순무를 경작하도록 주기를 정했고, 다른 작물을 경작하던 농지에 호밀을 이어서 재배할 경우엔 파종하는 구멍의 간격을 줄이고 땅을 깊게 파도록 조치했다.

그 후 조선에서 가공해 가져온 석회 고토를 척박한 토지에 뿌려 토질 개선을 시작했다.

그렇게 심양이 차츰 변모하기 시작할 무렵, 여러 야철장은 요하 일대를 돌며 새로운 철광을 찾기 위해 탐색을 시작했다.

*　　　　*　　　　*

요동에서 여러 가지 일들이 일어나고 있을 때, 남방에선 대만에 건설 중이던 기본적인 항구가 완성되었고 그 거점을 바탕으로 대월국(베트남)으로 이어진 항로를 개척할 수 있었다.

현재 대월은 몇십 년 전 명에서 독립하여 황제국을 칭하고 있는 나라다.

그런 상황에서 조선의 사절단이 수도 동낑(東京, 하노이)을 방문하니 황실의 권위를 세울 기회라 여겨 사절단의 입조를 허락했다.

"영감, 대월은 공맹의 도를 받드는 국가라서 그런지 이주(대만)에서 고생한 것에 비하면 정말 딴판이군요."

최광손의 부관 왕충이 숙소에 도착해 상관에게 감상을 털어놓자 곧장 대답이 돌아왔다.

"그런가? 아까 대월국왕을 알현했을 때 살펴보니 보령은 10살 남짓한 데다가 수렴청정 중인 대비가 국정을 좌지우지하는 거 같아 보이던데. 그리고 기분 탓인지 대비가 굉장히 무례하게 나온 듯 보였어."

"알현 자리를 파한 후 역관이 제게 일러주더군요. 대왕대비가 마치 천자께서나 쓸 법한 말들을 했다고요. 영감께서 자칫 진노하실까 봐 그런 부분은 일부러 통변하지 않았답니다."

"역시나 그럴 것 같았어. 내가 다른 건 몰라도 분위기는 잘 읽지."

"저도 듣고 나니 화가 났었습니다만, 지금 당장 싸움이나 분쟁은 안 됩니다."

"나도 아네. 내 이래 봬도 먹물깨나 먹은 사람인데, 나라를 상대로 싸움을 걸겠어?"

"예, 그리 학식을 갖추신 분이 유구국을 처음 방문했을 때 왕세자에게 서투른 명국 말을 쓰다가 큰 실수를 하셨지요. 제가 영감의 언행을 수습하느라 얼마나 고생하였는지 아십니까?"

"왜 갑자기 잊고 있던 걸 끄집어내나?"

"그리고 이주에서도 시간을 끌겠다며 혼자 나서서 아미족의 전사를 때려눕히셨지요."

"그건 결과적으론 잘 풀렸잖아?"

"그런 걸 천운이랑 결과만 보고 끼워 맞추기라고 하는 겁니다."

"좀스럽게 지나간 일 가지고 타박 좀 그만하게. 자네 말 유념할 테니 그만하게."

"그럼 여기 머무는 동안만이라도 알현같이 대외적인 업무는 제가 처리하겠습니다."

최광손은 몇 번의 항해를 거치며 친구나 다름없어진 왕충에게 웃으면서 답했다.

"아이고, 우리 나리께서 그리 신신당부하시니 쇤네는 그저 따르겠습니다요."

"이참에 첨절제사 자릴 제게 물려주시는 겁니까?"

"허이고, 우리 왕 대인께서 관직 욕심이 대단하시네. 안됐지만 전하께서 직접 본관을 산동 첨절제사로 제수하셨으니 이룰 수 없는 꿈은 깨게."

"저도 진지하게 한 말은 아닌데 어째서 정색을 하십니까? 저도 광무왕 전하의 신하인데 그런 걸 모르겠습니까."

민망해진 최광손은 분위기를 바꾸려 대화 주제를 바꿨다.

"집이 그립지 않나? 난 조선에 두고 온 아들 녀석이 보고 싶네."

"저도 요즘 제 고향 노산(嶗山)이 그립습니다. 그래도 이번 항해를 마치면 산동으로 돌아오라 했으니 몇 달만 지나면 고향에 갈 수 있겠습니다."

"거, 예전에 듣기론 노산 남쪽에 있는 만에다 새로운 항구 건설이 한창이라고 하던데. 그게 산동에 있을 때 들은 소식이니 지금쯤이면 완성되었으려나?"

"아마도 그렇겠죠. 주상 전하께서 그곳에 청도(青島, 칭다오)란 이름을 지어주셨답니다."

"거기에 항구를 짓는 의미가 뭔지 알고 있나?"

"글쎄요. 거기까진 생각해 보지 않았습니다."

"지금 산동에 자리 잡은 항구는 전부 북쪽에 몰려 있잖나.

그런데 남쪽에 짓는 이유는 뻔하지."

"설마……."

"그래, 일전에 전하께서 교지로 나와 자네의 공을 치하하실 때 직감한 건데 말이야……. 조정에선 지금보다 더 많은 배를 만들어 남쪽으로 보낼 생각인 거고, 우린 앞으로도 남방을 떠돌게 될 운명이란 거야."

*   *   *

아버지를 심양으로 보낸 난 그간 소홀히 하고 있던 문화 관련 쪽 사업을 손보기로 마음먹었다.

지금의 조선에서 주요 문화 소비재라고 할 수 있는 건 내가 세자 시절에 완성한 역사 소설 용비어천가와 뿌리 깊은 나무, 그리고 그것을 골자로 삼는 왕실 연극 재래연이라 할 수 있다.

물론 매해의 마무리마다 미래의 할로윈 축제처럼 백성들을 모아 귀신 분장을 하고 나례(儺禮)를 치르기도 하지만, 이것만으론 뭔가 모자란다고 느끼는 실정이었다.

사대부들도 나름대로 문화생활을 영유하겠다고 어설픈 재래연을 열기도 한다.

그렇지만 그 소재는 어디까지나 자기들 조상을 대상으로 한 역사 이야기에서 벗어나지 않는다.

미래의 여러 가지 창작물로 여흥을 즐기는 내가 볼 땐 정말 답답하기 그지없는 현실이기도 하다.

"…그런 연유로 내년부터 문인들을 발굴할 창구를 새로 열려 하는데, 대신들의 생각은 어떠한가?"

내 설명을 들은 대신들은 의아한 표정을 짓고 있었고 황보인이 내게 질문을 던졌다.

"아뢰옵기 송구하오나, 성상께서 말씀하신 문예전(文藝展)이란 것은 과거가 아닌 별개의 시험이옵니까?"

"그렇네. 관원을 선발하는 시험이 아니라 저작을 뽑는 선별 과정이라네."

그러자 편전에 모인 대신들은 일제히 실망한 표정을 지었다.

아니, 응당 사대부라면 이런 기회가 생기면 좋아해야 정상 아닌가? 그리고 지금도 예비 노예… 아니, 인재 수급은 해마다 하고 있잖아.

"그렇다면 예조에 맡기심이 옳은 듯하옵니다."

"다른 대신들도 그리 생각하는가?"

"그렇사옵니다. 예판 대감에게 일임하소서."

지금 대답하는 김맹성도 그렇고 다른 이들의 분위기를 살펴보니 몇몇을 제외하곤 큰 관심은 없어 보인다.

따지고 보면 저들의 감성이 이렇게 메마른 건 아버지와 내 탓이 크다고 생각한다.

"그럼 예조판서는 관원들과 천추전으로 들라."

신숙주는 내게 고개를 숙이며 답했다.

"성상의 명을 받들겠습니다."

그렇게 조회를 마치고 내게 불려 온 신숙주와 예조의 관원들에게 내가 생각한 문예전에 관해 자세한 설명을 이어갔다.

"문예전의 응시 대상은 남녀노소, 연령을 불문에 부쳐 제한이 없게 할 생각이고, 시서화(詩書畫)는 상관없지만 소설 부분만큼은 원문이 한자라 해도 정음으로 작성한 언해본을 제출케 해야 하네."

"명심하겠사옵니다. 그럼 응시의 시작은 어느 시기로 잡으시겠사옵니까?"

"조보로 전국에 소식을 먼저 알려야 하니 이르면 내년 가을이나 늦어도 내후년의 봄부터 시행하는 것이 좋겠네."

"과거 시험의 응시생처럼 참가자들을 도성으로 불러들일 요량이시옵니까?"

"그 부분은 고도 고민 중이지만, 조금 시간을 두고 논의해 봐야겠네."

"응시자가 관아를 통해 저작물을 예조로 보내게 하는 방법도 나쁘지 않을 듯합니다."

신숙주의 말을 듣고 나니 그간 벼르고 있던 게 생각났는데 운을 떼봐야겠네.

"이참에 우편(郵便) 제도를 정비해서 온 나라에서 개인 간에 서신이나 물품을 주고받을 수 있게 하는 게 좋겠군."

그러자 신숙주가 물었다.

"주상 전하, 소신이 우편이라는 말은 처음 들었는데 역참을 달리 말씀하시는 겁니까?"

"기존의 역참에서 좀 더 발전한 개념이라 보면 되네. 현재 먼 곳에 서신을 주고받을 땐 그곳에 가는 사람에게 따로 부탁하거나 나랏일을 하는 전령이나 파발에게 사적으로 부탁하는 게 보편적이라 알고 있네."

"그렇사옵니다."

"그 일을 세분화하고 나라에서 관장하여 서신을 모아 일정한 기일마다 수신인에게 보내는 걸 우편이라 이름 지어봤네."

내 말을 듣고 있던 예조 관원들의 표정이 어두워졌기에 웃으면서 말했다.

"이 일은 역참을 맡은 승여사(乘輿司)와 그 상위 기관인 병조에서 할 일이니, 그대들은 안심해도 좋다."

그러자 예조의 관원들은 안도한 표정을 지었다.

그 와중에 신숙주는 궁금한 게 많은지, 내게 질문했다.

"우편 제도를 시행한다면, 서신을 보내는 이에게도 비용을 받으실 생각이시옵니까?"

"그렇지. 운영예산을 뽑아내려면, 당연한 절차이기도 하네.

또한 운송 거리별로 차별화된 요금을 받을 생각이네."

"신이 사료건대, 운영 초기엔 적자를 보겠지만 훗날엔 중요한 일이 될 듯합니다."

"고의 생각도 그러하네. 그건 그렇고 문예전을 전국적으로 시행하기 전에 도성에 거주하는 사대부들의 소양을 먼저 보고 싶네."

"도성에 거하는 관료들과 선비들을 대상으로 문예전을 미리 시행하시려 하십니까?"

"그렇네. 작은 규모로 먼저 시행해 보면 그 경험을 바탕 삼아, 이후의 일에 도움이 될 거라 보네."

그러자 신숙주는 웃으면서 내게 답했다.

"장원은 예조에서 나올 것입니다."

"예판이 그리 나오는 걸 보니, 사적으로 저작 중인 게 있나 보군?"

"예, 신이 서역에서 보고 들은 것을 정리해서 책을 쓰고 있사옵니다."

"그런가. 그것 참 기대되는군."

"그리고 예조의 좌랑인 자원(子元)의 재주도 대단합니다. 속작시(速作詩, 시 빨리 짓기) 부분에선 누구에게도 져본 적이 없을 정도의 문재를 갖추고 있사옵니다."

신숙주가 예조 좌랑 서거정(徐居正)을 추어올리자, 나도 기록에서 그의 행적을 보아 알고 있어서 웃으면서 답했다.

"고도 좌랑의 소문을 들은 적이 있네. 문재도 대단하지만, 서역에서 데려온 고양이를 그리 좋아하여, 시도 여러 개 남겼다지?"

서거정은 티무르에서 귀환하며 페르시아 장모종 고양이를 여럿 데려왔고, 그중 몇 마리는 왕실의 가축을 담당하는 사축서(司畜署)에 바쳐 내 아이들이 가끔 보러 간다고 들었었다.

"부끄럽지만, 사실이옵니다."

그렇게 신숙주는 예조 관원들의 글재주를 칭찬하며, 관원들의 면면을 내게 알려주려 노력했고 그들은 내게 글재주를 인정받을 기회라고 여겼는지 들뜬 분위기가 되었다.

아무래도 예조는 신숙주를 판서로 올리면서 세대교체도 할 겸 다른 관서보다 나이가 적은 이들을 중심으로 개편해서 그런지 다들 의욕이 넘쳐 보였다.

난 이들이 뭔가 방향을 잘못 짚은 듯 보여, 곧바로 본론을 꺼냈다.

"자네들의 문재가 뛰어난 건, 고를 포함해 많은 이들이 알고 있네."

"과찬이십니다."

난 신숙주뿐만 아니라, 예조의 관원들을 바라보며 답했다.

"문예전은 글재주가 뛰어난 인재를 선발하려는 게 아니라네. 고(孤)가 바라는 건 사대부뿐만이 아니라 백성들이 널리 읽을 수 있는 쉽고 재미있는 이야기일세."

그러자 마냥 웃고 있던 신숙주가 진지한 표정을 지으며 답했다.

"소신이 어심을 헤아리지 못하고 재주를 뽐내려 했으니 그저 송구할 따름이옵니다."

신숙주가 내게 사과를 하는 사이, 서거정이 내게 물었다.

"아뢰옵기 송구하오나 육예에 속한 시서화가 아니라면, 성상께서 바라시는 이야기를 짓는 데 오랜 시간이 걸리리라 사료됩니다."

서거정이 내게 묻는 사이, 다른 관원들도 그의 의견에 동조하는 듯 보였다.

"그래, 자네 말이 맞아. 재야의 선비들이면 모를까. 나랏일을 하느라 바쁜 관원들은 많은 시간을 내기 힘들겠지. 그래서 고가 관원에 한해선, 특별한 상을 내릴 생각이네."

"어떤 상을 이르십니까?"

"장원에겐 언제든지 쓸 수 있는 한 달짜리 급가(給暇, 휴가증)와 별도의 은상을 내려주고, 차등을 가려 총 열 명에게도 보름과 한 주일짜리 급가를 하사하도록 하지."

그렇게 내 말이 끝나자 천추전의 분위기가 급변했다.

                    *   *   *

천추전에서 일어난 일의 소문은 금세 온 조정에 퍼졌고, 조
정에선 때 아닌 소설 열풍이 불었다.

많은 이들이 휴가에 눈이 멀어, 평소보다 배는 빠르게 업무
를 마치고 틈틈이 뭔가를 적어댔다.

소재에 제한이 없다고 하자, 대중에게 익숙한 고려 시절의
가요를 변형해서 남녀 간의 사랑 이야기를 적는 이들이 가장
많았다.

어떤 이들은 화공까지 동원해 삽화를 삽입했고, 주변 사람
들에게 보여주거나, 고용인들에게 손수 읽어주며 그들의 반응
을 살폈다.

그렇게 시간은 해를 넘겨 1452년이 되었고, 소문을 들은 도
성의 사대부들 역시 자신의 이름을 드높이려 그 열풍에 동참
했다.

그렇게 많은 소설이 집필 과정에서 내용이 유출되어 저자
들에게 영향을 끼치기도 했고, 일부는 서로 자신의 작품을 베
꼈다며 다투는 일도 벌어지고 있었다.

그런 와중에 도성의 어느 집안에선, 아직 어린 티가 가시지
않은 도령이 고용인을 불러 자신이 쓴 책을 보여주고 있었다.

"도련님, 이번 이야기는 여운이 많이 남는 거 같습니다."

"그래? 어떤 부분이 그런가?"

"양생이란 이가 끝내, 처녀 귀신을 잊지 못해서 홀로 산속에서 살아가는 마지막 장면이 그렇습니다."

"그 부분은 본래 행복한 결말로 가려다가, 너무 뻔한 이야기가 될 것 같아 일부러 그리 정한 것이었는데, 그게 정말 마음에 들었단 말인가?"

"예. 쇤네도 노총각이라 그런지, 양생과 제가 겹쳐 보였나 봅니다."

"그런가, 읽어줘서 고맙네. 다음 이야기가 완성되면 다시 부르지."

"예, 이만 물러가겠습니다."

"좋아, 첫 번째 이야기는 보여준 이마다 전부 호평했으니, 이걸 최종본으로 정해야겠군."

그렇게 제목 미정의 이야기를 만복사저포기(萬福寺樗浦記)라고 이름 지은 도령은 곧바로 다음 이야기 구상에 착수했다.

'흠……. 다음 이야기는 뭐가 좋을까? 주인공은 평범한 남자? 아니면 유생? 일단 뻔한 이야기는 시중에 유독 많이 돌고 있으니, 강렬하게 시선을 잡아끌 게 필요하단 말이야.'

그렇게 도령이 작품의 구상에 골몰할 무렵, 그의 계모가 아들을 찾았다.

"열경(悅卿)아, 너도 이제 나이가 열여덟인데, 슬슬 뭐라도 해야 하지 않겠니?"

"안방마님, 걱정하지 마시지요. 지금 쓰고 있는 작품만 문
예전에 당선되면, 문인으로 이름을 날릴 수 있을 겁니다."

"네가 어렸을 적에 신동이었단 말은 수차례 들었다. 그런데
작년에 과거에 떨어졌다고, 낙심해서 이상한 것에 물든 것은
아닌지 걱정되는구나."

"그게… 제가 그간 공부한 경전이나 유학의 도는 과거 시험
에 하등 도움이 되지 않았습니다."

"그럼, 새로운 학문을 배워서 입신을 노려야지. 그리고 작년
에 남가에서 들어온 혼담은 왜 거절했니?"

"그건… 소자가 일가를 이루기엔 모자라다 생각이 들어서
그랬습니다, 안방마님."

"네 아버지도 몸이 불편하신데, 어서 가정을 이루고 손주를
안겨 드려야지. 그리고 말이야, 자꾸 안방마님이라고 부르는
거 듣기 싫다. 계모라고 날 무시하는 거야?"

"……."

"왜 대답이 없어?"

"소자는 이만 물러가겠습니다."

"아직 말 안 끝났어. 가긴 어딜 가?"

도령은 그렇게 계모에게 한참을 더 시달리고 간신히 자신의
방으로 돌아왔고, 돌아가신 어머니를 그리워하며 눈물을 흘

렸다.

아픈 아버지 곁에서 집안을 장악하고 자신을 집에서 쫓아내려는 계모도 미웠고, 계모에게 휘둘리는 아버지도 원망스러웠다.

'아, 어디론가 떠나고 싶다. 그냥 가까운 절이라도 들어가 버릴까?'

그렇게 한참 동안을 고민하던 도령은 문득 자신만이 이런 처지가 아닐 거라 생각하곤, 뭔가가 떠올랐다.

'그래, 나처럼 고달픈 삶에서 눈을 돌리고 도망치고 싶은 이들이 한둘이겠어? 그들을 위로하는 글을 써보자.'

그렇게 소재를 정한 도령은 주인공부터 설정하기 시작했다.

'주인공은 집안에서 차별받는 서자로 정할까? 아니지, 요즘 적서자 차별도 사라졌는데, 서자 출신은 별로군. 차라리 대역죄에 억울하게 연좌되어 몰락한 이가 낫겠어.'

그렇게 주인공의 나이는 작가와 같은 18살로 정해졌고, 몰락한 사대부 출신이 되었다.

이후로 떠오르는 생각은 점점 탄력을 받기 시작했으며, 도령은 이야기의 방향을 정했다.

'음, 주인공은 일견 평범해 보이지만, 육예에 능하고, 그중에서도 말타기와 활 실력이 대단하다고 하자.'

그렇게 기본 방향이 정해지자, 거기에 살이 붙기 시작했다.

'그리고 금군이었던 아버지가 역적으로 몰려 사사되기 전에 숨겨놓았던 철갑과 명마를 몰래 찾았다고 하면 될 것 같네. 그럼 주인공은 이만하면 된 것 같고, 이야기는 어찌 진행해야 하나……'

그렇게 한참을 고민하던 도령은 주인공이 저런 처지라면, 조선에서 아무것도 할 수 없음을 깨닫고 곧바로 후회했다.

그렇게 몇 시간 동안 구상했던 설정을 내팽개치려는 순간, 문득 뭔가가 떠올랐다.

'현실에서 안 되면 새로운 세상으로 보내면 되잖아? 한번 써보자.'

그렇게 조선 최초의 환상 작품이 쓰이기 시작했고, 일주일 후 작품을 완성한 도령은 주변 사람들의 열광적인 반응을 보곤, 표지에 자신의 이름을 당당하게 적어 예조에 보냈다.

그 소설의 제목은 김생이세정벌기(金生異世征伐記)였고, 저자의 이름은 김시습(金時習)이라 적혀 있었다.

제6장
고립

　1452년의 봄, 도성에 거주하는 인원들을 대상으로 한 문예전이 마감되었다.

　내가 생각한 것 이상으로 많은 작품이 예조에 접수되었고, 나도 관원들이 1차 심사로 걸러낸 작품들을 심사하기 위해 읽어보기 시작했다.

　응모작 대부분은 남녀 간의 사랑 이야기가 대부분이라, 먼저 소설 종류를 분류해서 읽기 시작했다.

　그렇게 애정소설 부분에서 먼저 잘된 것을 고르고 나니, 귀신과 괴이를 다룬 공포소설이나 역사소설, 전쟁소설 같은 게 남았다.

그중에서 가장 완성도가 높은 걸 몇 가질 꼽으려니, 역사소설로는 양성지가 저자인 동국지(東國志)와 서거정이 지은 삼국기(三國記), 그리고 신숙주의 천일야화(千一夜話)가 뽑혔다.

동국지는 대몽 항쟁과 고려의 몰락기를 다룬 대하소설이었고, 삼국기는 조선 사대부가 흔히 품고 있는 신라 중심의 사관에서 벗어나, 고구려와 백제를 동등한 입장에 두고 삼국의 이야기를 그려낸 역사소설이었다.

그리고 신숙주의 천일야화는 히자르 압산(Hezar Afsān), 미래에 아라비안나이트라고 불리는 이야기를 번안하여 대중이 읽기 쉽게 개작한 소설이다.

중동의 흥미로운 풍습이나, 사회적이나 역사적인 배경이 자연스럽게 잘 설명된 데다 대중들이 흥미를 느낄 만한 이야기만 잘 골라서 넣었다.

그리고 서구에서 18세기에나 나올 천일야화가 300년은 빠르게 조선에서 먼저 번역되었으니, 먼 훗날 역사적인 가치도 상당히 높아질 거란 생각이 들었다.

그렇게 잘된 것을 구분하다 보니, 정말 특이한 제목의 소설이 하나 눈에 띄어 그것을 뽑아 들었다.

제목은 김생이세정벌기라고 쓰여 있었는데, 그 뜻을 풀어보자면 김 씨의 다른 세상 정벌 이야기 정도가 되려나?

그런데 저자의 이름이 생육신(生六臣)의 필두 김시습이란다.

본래 김시습은 수양이 왕위에 오르자, 벼슬에 오르지 않고 평생 떠돌아다니며 권력자를 조롱하며 살아간 인물이었다.

미래에 김삿갓이라 불리는 유랑 시인 김병연(金炳淵)의 대선배 격인 인물이기도 하지.

난 김시습이 언젠가 과거에 급제하길 손꼽아 기다리고 있었는데, 이렇게 내 눈에 띄다니……. 이거 문예전으로 생각지 못한 대어를 낚았네.

그렇게 잠시 생각에 잠겨 있다가 김시습의 작품을 읽어본 난… 배꼽을 잡고 웃었다.

미래에선 이런 걸 이세계 장르라고 하던데, 이런 게 벌써 나오다니.

김시습은 조선 최초의 한문 소설이자 괴담 및 이계물이기도 한 금오신화의 저자이지만, 이건 내가 알고 있는 금오신화와는 전혀 다른 이야기였고 대략적인 내용은 다음과 같았다.

김생이세정벌기의 주인공 김생은 대역죄 연좌로 몰락한 가문 출신이며, 금군이었던 아버지의 판금 갑옷과 랜스, 그리고 명마를 비밀리에 물려받아 조선을 떠나 북방을 유랑하기 시작했다.

그러나 그는 도적의 습격을 받았고, 주인공 김생의 무예 실력을 감당하지 못한 도적들은 물러나는 척하며 그를 강가로 유인했다.

이후 도적들은 여럿이 달려들어 김생을 말에서 끌어 내렸고, 결국 머릿수에 밀린 주인공은 물에 빠져 익사하고 말았다.

그렇게 죽은 줄 알았던 김생이 다시 눈을 떠보니, 호랑이 요괴 추이(貙耳)가 그를 잡아먹으려 하고 있었다.

결국 김생은 사투 끝에 추이를 제압하고 잃어버린 말 대신 타고 다니며, 자신이 미지의 세상에 건너오게 되었음을 알게 되었다.

김생이 건너온 곳은 산해경에 나오는 환수들과 사람들이 공존하여 살아가고 있으며, 전국시대처럼 여러 나라가 난립해 있는 세상이었다.

이후 김생은 여러 사건에 휘말려 전쟁터에서 승승장구하며, 어느 소국의 아름다운 공주를 아내로 맞이했다.

결국 김생이 그 나라를 평정하고 나서 왕이 되었고 김씨 왕조가 시작되자, 이웃 나라의 침략이 시작되는 것으로 이야기가 끝맺음 되었다.

잠깐, 이거 결말이 왜 이래? 여기서 끊으면 어쩌라고?

그렇게 뒷장을 넘겨보니, 다음 편으로 이어진다고 씌어 있었다.

그렇게 허탈해하던 내게, 미래의 지식 하나가 떠올랐다.

이런 게 절단마공이라고? 허, 누군지 몰라도 이름 한번 참 잘 지었네.

"그래서, 이다음 권은 없었다는 건가?"

내가 심사를 마친 후, 부름을 받고 온 신숙주가 답했다.

"그러하옵니다. 심사를 담당하던 관원들도 완성하지 않은 소설을 보냈다며 분개했었지만……."

"그러기엔 다음 이야기가 너무 궁금하니, 탈락시킬 수 없었 겠군."

"…그러하옵니다."

"알겠네. 장원과 나머지 입상작은 여기 적어두었네. 그리고, 입상자들을 궁으로 부르게. 친히 상을 내려 그들을 치하하려 하네."

"관원 중에서 수상한 이들은 어찌하시겠습니까?"

"원하는 이가 있다면, 행사에 참석하도록 하게나. 물론 그럴 만한 여유가 있는 이만."

"예, 그리 전달하도록 하겠습니다."

신숙주는 내 대답을 예상한 듯, 피식 웃으면서 물러났다.

그렇게 예조에서 수상작이 발표되었고, 동시에 서책 보급을 위해 국가에서 운영하는 책방 신설과 서책 인쇄에 대량의 예 산이 투입되었다.

나도 이 기회를 살려 당분간 경연(經筵)을 쉬겠다고 통보하 고, 그 시간을 이용해 미래의 지식 중 조선에 적용 가능한 것들을 분류하여, 서적으로 옮겨 적으며 시대에 맞게 개작을 시작했다.

경연이 재개되면 신료들과 토론할 교재로 쓰일 책들이니, 심혈을 기울여야겠지. 그렇게 내가 처음으로 적기 시작한 건, 이마누엘 칸트(Immanuel Kant)의 사상을 요약한 철학서였다.

*　　　　　*　　　　　*

"도련님! 저기 맨 위쪽에 도련님의 존함이 정음으로 적혀 있습니다."

"내 안력이 좋지 않아 잘 안 보이는데, 몇 번째인가?"

"도련님 존함 옆에 아원(亞元)이라 적혀 있고, 순서는 맨 위에서 두 번째입니다."

"그게 정말인가? 내가 차석이라니! 이게 꿈인가, 생시인가?"

노복과 함께 육조 거리를 찾은 김시습은 자신의 이름이 무려 차석에 오른 것이 너무 기뻐 정신을 차릴 수가 없었다.

김시습 주변에 서 있던 이들은 저마다 탈락한 자신의 처지를 한탄하며 한숨을 내쉬었고, 일부는 기뻐하는 어린 도령의 모습을 보고 질투심을 느꼈다.

그렇게 김시습이 노복과 함께 기쁨에 취해 있을 무렵, 포고를 담당하던 관원이 당선자들을 찾기 시작했고, 김시습은 인파를 헤치고 접근하여 말을 건넸다.

"나리! 소생이 김가의 시습입니다."

"도령께서 아원을 차지한 열경 선생이시오?"

"예, 그렇습니다."

그러자 담당 관원의 눈빛이 돌변했고, 김시습은 순간 상대의 모습에 오한을 느꼈다.

"신분을 증명할 호패는 가져오셨소?"

"예, 여기 있습니다."

호패를 확인한 관원은 곧장 태도를 바꿔 말했다.

"본관을 따라오시게. 수상 절차가 남았네."

"알겠습니다. 김 서방, 자넨 먼저 돌아가게나."

"예, 도련님. 쇤네는 이 경사스러운 소식을 주인마님께 알리겠습니다."

"그러게."

김시습은 들뜬 마음으로 다른 입상자들과 함께 예조 관원을 따라 이동했고, 건물 안에 들어서자 유독 자신에게 눈길이 쏠리는 걸 느낄 수 있었다.

그 후 주상 전하를 알현한다는 소식을 전해 들은 입상자들은 과거 시험에라도 급제한 듯 기뻐했다.

그렇게 예조에서 내려준 공복(公服, 예복)과 복두(幞頭, 관모)를 차려입은 수상자들은 서로의 도움을 받아 복장을 점검한 후 궁에 입조했다.

그 후론 정신없이 빠르게 시간이 흘러갔다.

김시습은 어머니의 상을 치르느라 개선식에 나가지 못해, 시상식이 거행된 근정전에서 주상의 용안을 처음으로 보게 되었다.

게다가 장원을 차지한 서거정이 업무에 치여 불참하자, 차석인 김시습이 수상자 대표로 나서서 어사주를 받아야 했다.

김시습은 대전의 지엄한 분위기에 압도되었고, 긴장하여 같은 쪽의 손과 발이 함께 나가는 등, 머릿속이 텅 빈 듯 아무것도 생각할 수 없었다.

결국 김시습은 시상식에서 자신이 무슨 말을 하고 어떠한 말을 들었는지도 기억 못 한 채, 뒤늦게 정신을 차려 보니 자신이 낯선 책상에 앉아 있음을 알게 되었다.

"저기… 나리, 소생이 어째서 여기 있는 것입니까?"

그러자 천일야화로 입상했고, 그 결과 휴가증을 확보해 기분이 좋은 예조판서 신숙주가 의아해하며 답했다.

"매월당(梅月堂), 자네 갑자기 왜 그러는가?"

"매월당이라니요……? 혹여 절 이르신 말씀입니까?"

"그렇네. 주상 전하께서 친히 별호를 지어주셨는데 기억 안 나는가?"

김시습은 그제야 어렴풋이 뭔가 떠오르는 것 같았지만, 자신이 어째서 집에 가지 않고 이곳에 앉아 있는지 의문을 품었다.

"그럼, 전 여기서 뭘 하면……."

"어전에서 한 말을 잊었는가?"

"그게 제가 너무 정신이 없어서 잘……. 그리고 나리께선 누구신지……."

"본관은 예조판서라네."

"소생이 대감을 몰라뵙고 무례를 범했습니다. 부디 무례를 용서해 주시지요."

"그건 별로 개의치 않네. 자넨 주상 전하께 다짐한 대로 여기서 김생이세정벌기 다음 이야기를 쓰게나. 본관도 기대하고 있어."

"예? 그게 무슨 말씀이신지요."

"오늘부터 이곳이 자네의 작업실이니, 예조로 출퇴근하면서 아무 걱정하지 말고 글에만 전념하면 된다는 이야기일세."

"예? 그럼 소생이 매일 예조로 등청을 하란 말씀이십니까?"

"그렇네. 따로 필요한 게 있거나, 용변이 급하면 거기 줄을 잡아당겨 신호를 보내게."

"……."

"오늘은 어디까지 쓸 수 있겠나?"

"그것이 저도 잘……."

그러자 신숙주는 티무르에서 정난을 일으켰을 때처럼 분위기가 돌변했다.

"설마, 자네. 주상 전하께 허언을 한 것은 아니겠지? 만약 그렇다면……."

김시습은 그제야 어사주를 받고 나서 다음 이야기가 궁금하다는 주상 전하께 원하신다면, 바로 뒷이야기를 써서 보이겠다는 대답을 한 것이 뒤늦게 기억나 자신이 어째서 그런 말을 했는지 후회하기 시작했다.

"아, 아닙니다. 어찌 소생이 그럴 수 있겠습니까? 최선을 다해 쓰겠다는 말을 하려던 것뿐입니다."

"그럼 기대하고 있겠네. 혹시 모르니 오늘 자네가 써낼 분량을 정해주지."

그렇게 김시습은 예조에 감금되어 김생이세정벌기의 후속 편을 쓰기 시작했고, 문예전에서 수상한 작품들은 대량으로 인쇄 작업에 들어갔다.

그와 동시에 전국 각지의 저잣거리엔 풍속서관(風俗書館)이라는 이름의 책방이 건설되기 시작했다.

*   *   *

한편 모스크바 대공국이 몽골, 실질적으론 오이라트의 속국이 되고 나자, 근처에 자리 잡은 나라들과 오스만에선 발등에 불이 떨어진 듯, 연일 대책 회의에 들어갔다.

본래 1세기 후에나 급격하게 팽창하는 러시아 차르국에 대항해 동맹을 맺었던 원역사와 다르게 크림 칸국과 오스만의 군사동맹이 체결되었고, 그 과정에서 동로마를 공격하려던 메흐메트의 계획은 뒤로 밀릴 수밖에 없게 되었다.

또한 동로마를 따라 오스만에게 복속당할 운명이었던 소국들 역시 연합을 결성해 오스만의 위협을 벗어날 수 있었다.

그렇게 오스만 쪽이 소란스러워지자, 발칸 반도에 자리 잡은 나라들 역시 오스만의 압박에서 조금이나마 숨을 돌릴 수 있게 되었다.

한편 오이라트의 사신이 도착한 티무르 왕국에선 울루그 벡이 칸의 호칭을 사용하지 않는 조건으로, 양국 간의 교류를 시작하는 방향으로 이야기가 진행되었다.

그리고 천 년의 고도(古都) 콘스탄티노폴리스에선 로마의 황제, 콘스탄티노스 11세가 외국에서 들어온 정보를 정리해 읽어보며 고심에 잠겨 있었다.

"교황청에선 이번 일에 대해 별다른 반응이 없단 말인가?"

그러자 제국 재상 루카스가 답했다.

"그렇습니다. 그쪽도 사정이 좋지 않은지, 신앙으로 시련을 이겨내야 한다는 말을 전해 왔습니다."

"언제나 듣던 지겨운 소리군. 그럼 알바니아에선 우리와 손잡을 의향이 있다고 하던가?"

"레즈헤의 수장, 제르지 공도 관심을 보이는 듯합니다만, 지난번 무라트의 침공을 막아낸 여파로 사정이 좋지 못한 듯합니다. 잠시 생각할 시간을 달라고 하더군요."

"흠, 그럼 트란실바니아에도 전령을 보내봐야겠군. 이교도의 술탄이 타타르인들을 방비하고 있는 지금이야말로, 제국이 살아날 단 한 번의 기회라고 보네."

"예, 저도 알고 있습니다. 오스만에서 황도 북쪽에 건설 중이던 요새 공사도 전면 중지 중이라 하더군요. 신께서 우릴 버리지 않았다는 증거겠지요."

"그래, 모든 상황이 아국에 좋은 방향으로 흘러가고 있어. 거기에 베네치아만 완전히 우리 편으로 끌어들인다면, 반오스만 연합을 만들어 이 난관을 극복할 수 있을 거라 보네."

"베네치아인들은 오스만과 교역으로 큰 이득을 보고 있는데, 그러려면 오스만보다 더 큰 이득을 주어야 할 것입니다. 그들에게 제시할 대안이 있으십니까?"

"아직은 없지. 그러니 오스만의 적성국인 티무르와 교류를 시작하고 향신료를 들여와 베네치아와 중계무역을 하는 건 어떻게 생각하나?"

루카스는 잠시 눈살을 찌푸리며 답했다.

"폐하, 이교도를 몰아내려 이교도와 손을 잡으려 하시는 겁니까? 나중에 교황청에서 문제 삼을 수도 있습니다."

"내가 신앙을 버리는 것도 아닌데, 뭐가 문제인가? 그리고 일전에 술탄에게 황제를 넘겨줄 테니, 아국의 영토를 보존한 채 오스만의 제후로 받아달라고 간청하지 않았었던가."

"그랬었지요."

"결국 끝까지 아국을 침략하려는 술탄에게 무시당했었지. 이제 와선 술탄이 내 요청을 거절한 게 정말 고마운 일이 되었지만."

"그래도 이 일은 대주교를 비롯해 폐하의 봉신과 상의해 봐야 하지 않겠습니까?"

"그러지. 지금 당장 그들을 소집하게."

그렇게 소집된 회의에선 어떤 수를 써서든지, 나라를 살려보려는 황제의 강한 의지로 말미암아 외교 안건이 통과되었고, 티무르에 파견될 사신단이 결성되었다.

그러나 그들이 황도를 떠나지 않아도 되는 일이 먼저 발생했다.

티무르에서 보낸 배가 먼저 콘스탄티노폴리스에 입항한 것이었다.

*   *   *

1452년의 여름, 조선 전국을 대상으로 한 문예전이 본격적으로 개시되었고, 그와 동시에 누구나 자유롭게 책을 보고 가거나, 원하는 서적을 살 수 있는 풍속서관이 각지에서 영업을 시작했다.

그렇게 사대부부터 양인들까지 신분을 가리지 않고 누구나 다양한 책을 즐길 수 있는 시대가 다가오자, 많은 변화가 생겼다.

전국에 설립된 기초학교 소학당에 자식을 입학시키는 이들이 예전에 비해 늘었고, 사람들이 여럿 모이면 천일야화나 김생이세정벌기 같은 소설을 주제로 이야기꽃을 피우게 되었다.

거기에 최근 정음으로 완역되어 주마다 한 편씩 서관에 배포 중인 삼국지연의도 선풍적인 인기를 끌고 있었다.

하지만 누구나 그런 변화를 달가워하는 건 아니었다.

지방의 유지, 토호(土豪)들은 최근 소작인들 대부분이 경작지를 무상으로 주고, 정착 비용을 부담해 주는 조정의 이주 정책으로 심양이나 미타주, 혹은 해삼위(海參崴, 블라디보스토크) 일대로 이주하고 있어 인력난에 시달리고 있었다.

그런 이유로 토호들은 어쩔 수 없이 전보다 비싼 비용을 치르고 사람을 고용해서 농사를 짓거나, 사람을 구하지 못하면 땅을 휴경해야 했다.

또한 그간 소학당에서 교육을 받은 백성들이 숫자를 깨우치고 글줄을 익혀 의식 수준이 높아지자, 부당한 관행이나 불공정 계약엔 정면으로 반발하여 곧바로 소송으로 이어지게 되니 토호들 입장에선 여간 골치가 아픈 게 아니었다.

거기다 엎친 데 덮친 격으로 최근 대폭 인상된 노비세 때문에 사노비의 수가 급감하기까지 했다. 이에 토호들은 조정에 불만을 품었으나, 전례가 없을 정도로 강력한 왕권을 자랑하는 광무왕에게 반기를 들거나 항의의 의사를 보일 만한 배짱을 가진 이가 그들 중엔 없었다.

거기다 요동 근방에서 반기를 들었다가 가별초에게 참패하고, 한양으로 압송되어 목이 잘린 하르친 족장과 그 일족의 소식은 널리 퍼져 그들의 행동을 더욱 제약했다.

결국 토호들은 다른 방식으로 살아남기 위해, 상업에 투자하거나 여러 운송업이나 광맥 개발 같은 일에 눈을 돌리기 시작했다.

그렇게 나름대로 토호들이 현실에 수긍하며 살아가는 와중에 충청도, 속리산으로 유명한 보은현(報恩縣)에선 소작 문제로 토호와 백성들이 갈등을 빚고 있었다.

"우리 나리께선 이런 척박한 땅뙈기로 대체 얼마나 해먹으시려고 소작세를 절반이나 처먹으려 하시오? 나라에서 정한 소작료는 더도 덜도 말고 딱, 1할인 거 모르시나?"

보은현의 양인 대표로 나선 젊은이가 토호에게 빈정대듯 말하자, 나이 지긋해 보이는 이가 소리쳤다.

"네 이놈오옴! 감히 뉘 앞이라고 그딴 언행을 일삼느냐? 당장 무릎을 꿇고 예를 갖추지 못할까!"

"쉰네가 이렇게 말하는 게 어디 국법에 저촉되기라도 합니까? 그러게 이런 뭐 같은 대우를 받기 싫으면 먼저 국법을 지키셨어야지."

그러자 노인의 아들이 진노한 아버지 대신 나서서 말을 이었다.

"자네가 바로 북면에 산다는 홍 씨로군. 내 일전에 건넛마을에서 일어난 소송 당시, 자네가 나서서 중재했다는 소식은 이미 들었네."

"아, 그러십니까? 그래서 하고 싶은 말씀이?"

"자네가 보기엔 부당해 보일지라도, 우리 나름대로 사정이 있네."

"그게 뭡니까?"

"저들이 먼저 작년에 농사를 망치고 종자와 곡식을 빌려 갔네. 그러면서 이번 해에 우리 집안의 경지를 부쳐주기로 약조했고."

"그게 소작세와 무슨 상관입니까?"

"또한 이번 소작세는 어디까지나 우리가 빌려준 거에서 이자까지 쳐서 다시 받기로 계약서에 명시된 부분이라네."

"하, 이 어르신이 큰일 날 소릴 하네. 그거야말로 국법을 정면으로 거스르는 짓인데? 지체 높으신 분이 무지렁이인 나보다 법을 더 모르시네?"

그러자 정곡을 찔린 토호는 갑자기 태도를 바꿔 큰소리를 쳤다.

"어허, 정녕 좋은 말로 하려고 했더니, 기고만장하기가 이를 데 없구나. 정녕 혼쭐이 나야 예를 갖추겠느냐?"

"그리고 말은 바로 합시다. 작년에 이들이 농사를 망친 건 댁들이 제멋대로 저수지의 물길을 그쪽 땅으로 돌려서 그런 거잖아!"

"그런 일 없네. 어디서 감히 엄한 사람을 모함하려 드는가?"

"허, 그쪽이 현령에게 대체 얼마를 처먹였는지 모르겠지만, 내 이 일은 관찰사께 직접 상신하여 따질 거요. 그때도 지금처럼 뻔뻔하게 나올 수 있는지 두고 봅시다."

그러자 홍 씨 곁에 모여 있던 백성들이 토호들에게 야유를 보내며 험악한 분위기를 연출했다.

"우우우우!!"

상황이 이리되자 동원한 노비도 적은 토호들이 위축될 수밖에 없었다.

그렇게 백성들의 지지를 이끌어낸 홍 씨는 양손을 번쩍 들어 올리며 더 큰 호응을 유도해 분위기를 띄웠다.

하지만 소식을 듣고 달려온 현령과 군사들의 중재로 무력 충돌 사태까진 가지 않았다.

그렇게 이 사건은 충청도 관찰사가 머무는 청주에까지 소식이 퍼졌고 송사가 접수되었다.

결국 감찰관이 보은현에 파견되어 현령의 업무를 정지시킨 후 본격적인 조사에 들어가게 되었다.

*   *   *

난 충청도 관찰사 권극화(權克和)의 장계를 받았고, 보은현에서 일어난 사태의 전말을 내 나름대로 파악해 보기 위해 장계를 자세히 읽어보았다.

그런데 토호를 고발한 이가 홍윤성(洪允成)이라고? 하, 이놈이 본래 사대부가 아니라 양인 출신인 건 알았지만, 전혀 예상치 못한 곳에서 이름을 보게 되네.

한명회가 수양의 두뇌이자 책사였다면, 홍윤성은 수양 녀석이 반란을 일으키게 부추긴 인물 중 하나다.

또한 권람을 수양에게 추천하여 한명회를 끌어들이게 만든 핵심 인사라고 할 수 있다.

그리고 희대의 살인마 기질을 가진 정신병자기도 하지. 자

기 숙부를 손수 살해하고 암매장한 것도 모자라, 백성들을
제 기분 내키는 대로 죽이거나, 멋대로 두들겨 팬 극악한 놈
이다.

거기에 기록대로라면 권력욕이 대단한 그놈이 반드시 좋은
의도로 백성을 대변하려 나서진 않았을 터, 분명 겉으로 드러
나지 않은 뭔가가 있을 거다.

그렇게 의심을 품고 사건의 경위를 처음부터 따져 보니, 양
측의 주장이 첨예하게 갈라지는 부분이 있었다.

본래 토지가 척박한 보은현의 백성들은 몇 년 전에 완공된
저수지의 물을 이용해 나름대로 만족할 만한 경작을 하고 있
었다고 한다.

작년에 한창 무더울 무렵 논에 대던 물길이 말라 버렸고,
상류를 거슬러 올라가 보니, 물길이 전부 토호들의 경작지로
흘러 들어가게 틀어져 있었다고 한다.

피해를 본 백성들은 그런 상황에서 물길을 다시 정상화하
고 토호들을 찾아가 항의도 해봤지만, 그들은 모르는 일이라
며 그들을 돌려보냈고, 며칠이 지나자 다시 물길이 틀어졌다
고 한다.

결국 그런 일이 몇 번 더 반복되자, 밤에 보초까지 섰지만,
얼굴을 가린 이들의 습격을 받아 두들겨 맞고 물러나 농사를
망칠 수밖에 없었다고 한다.

그런데 저런 상황에서 현령은 대체 뭐 했지? 구휼 업무를 소홀히 한 건가?

결국 토호들이 법으로 정해진 소작세에다 더해 빌려준 곡식에 이자까지 쳐서 5할을 받아먹으려고 했다는 게 이번 사건의 쟁점이었다.

음……. 분명 토호들의 잘못은 확실하다. 사정이야 어쨌건 국법을 제멋대로 어기고 고리 이자까지 받으려 했으니, 혐의가 확인되면 최소 전가사변형 확정이네.

그런데, 작년에 농사지을 인력이 없어서 땅의 절반 이상을 놀렸던 토호들이 수령을 매수하고 물길을 제멋대로 돌렸다는 점이 이상하게 느껴졌다.

요즘 보은의 토호들은 임업, 그중에서 약재로 널리 쓰이는 대추 생산에 주력하고 있기도 하다.

난 이 부분의 모순을 보고 직감했다. 이건 분명 홍윤성이 중간에 농간을 부린 거라고.

하, 이놈은 수양 놈에게 발탁되지 않았어도 그 본성은 어디 가지 않는구나.

법을 도구로 토호들을 제거하고 그 자릴 본인이 차지하려고 한 듯한데, 넌 상대를 잘못 만났어.

내가 네놈의 본성을 훤히 파악하고 있는데, 그런 협잡질이 먹힐 성싶으냐?

난 곧장 가별초 후임 훈련에 한창이었던 가별초 대장 이브라이를 불렀다.

"주상 전하, 신을 찾으셨다 들으셨습니다."

"그래, 그대가 출정할 일이 생겼노라."

"예, 명을 내려주시지요."

"형판 대감을 호종하여, 곧바로 보은현에 다녀와야겠네."

"형조판서면… 김종서 대감을 이르십니까?"

"그렇네. 김 대감은 태생이 문관이지만, 북방에서 오랜 시간에 걸쳐 단련된 이니, 행군엔 별문제 없을 거네."

"그럼 소신이 해야 할 일을 일러주시옵소서."

"형판이 진행하는 수사에 협조하고 무력을 쓸 일이 생긴다면 주저함이 없이 휘두르게. 다만 그 상대가 누구인지는 형판이 결정하게 될 거네."

그렇게 가별초가 출정 준비를 할 무렵, 곧바로 김종서를 천추전으로 호출했다.

"형판 대감도 보은현의 소식을 들었는가?"

"예, 그러하옵니다."

"충청도 관찰사도 나름대로 감찰관을 보내서 조사하고 있는 듯하나, 고가 그 사건의 경위를 살펴보니 수상한 점이 발견되어 그대를 보내려 하네."

"신도 어제 형조에 하달된 관찰사 권극화의 장계를 읽어보았습니다만, 어떤 점이 수상하다 여겨지시옵니까?"

"분명 토호들이 백성들의 불행을 기회 삼아 고리 빚을 지우고 소작세를 올리려 한 것은 국법을 어긴 것이 분명하지. 하지만 그 계기를 만든 건 토호들이 아니라, 다른 이가 끼어들어 농간을 부렸다고 생각하네."

"그럼, 물길을 돌려 농사를 망치게 한 것은 토호들이 아니라, 다른 이가 행한 것으로 추측하셨사옵니까?"

"그렇네. 이 사건으로 토호들이 사라지면, 가장 큰 이득을 볼 이가 누구겠는가?"

"그야, 토호들의 혐의가 확실하다면 가산을 적몰하고 전가사변형이 확정적이니, 그들의 땅을 불하받을 백성들이 아닐지요. 또한……."

김종서는 말을 잇던 도중, 곧바로 뭔갈 깨달았는지 말끝을 흐렸고, 내가 그의 말을 이어갔다.

"이 사건과 전혀 연관이 없던 인물이 있지."

"당사자도 아닌데, 전면에 나서 소송을 진행한 홍윤성이란 양인이 수상하시다 여기신 것이옵니까?"

"그렇네. 손해를 본 당사자도 아닌데, 그들을 부추겨 소송을 대신한 이는 어떤 이득을 보겠는가?"

"만약 직접적인 이득은 없어도, 백성들의 인망을 얻고 민의를 대변하는 이가 되어, 나름대로 권세를 얻을 수 있으리라 사료되옵니다."

"고도 그리 생각하네. 또한 이 일을 대가로 백성들이 불하받은 토지 중 일부를 자신의 것으로 만들려 하겠지."

그러자, 김종서는 북방에서 대호(大虎)라고 불리던 예전의 눈빛을 띠며 내게 답했다.

"신이 이 일을 철저하게 조사하여, 공명정대하게 법을 집행하겠나이다."

그래, 그리고 내가 이 일을 김종서에게 맡긴 건, 계유정난의 복수를 할 기회를 준 거다.

"알겠네. 가별초로 하여금 그대를 호종하게 일러두었으니, 준비되는 대로 출발하게나."

"신, 형조판서 김종서가 성상의 명을 받들겠습니다."

*　　　*　　　*

김종서는 도성을 떠나 수원에 도착했고, 말을 갈아타기 위해 역참에 들렀다.

"대감, 말을 갈아탄 후엔 더 빠르게 달려도 될 듯합니다. 대감의 승마 솜씨가 소장이 생각한 것보다 대단하시군요."

김종서는 지도를 보며 군문의 경험으로 대략적인 계산을 하며 답을 했다.

"그런가? 아무튼 이 정도 속도면 내일이면 보은에 도착할 것 같군."

그런 와중에 김종서는 역참에 들러 우편물을 보내거나, 자신에게 온 물품을 찾아가려 줄을 서 있는 백성들을 보며 웃음을 지었고, 가별초의 대장 이브라이는 의아한 듯 물었다.

"뭐가 그리도 흐뭇하십니까?"

"십여 년 전만 해도 볼 수 없던 광경이라 그렇네. 민과 관이 이리 가까워진 것도 그렇고, 정말 많은 게 변해가고 있다는 생각이 드네."

"소장도 십여 년 전에 이런 삶을 살게 될 거라곤, 차마 상상도 못 해봤습니다. 정말 많은 게 변하고 있지요."

"그러고 보니, 자넨 과이심(科爾沁, 코르친) 출신이라 했지? 거기선 예전에 법을 어떻게 집행했었는가?"

"지금은 주상 전하께 충성하며 조선의 법을 따르고 있지만… 예전엔 가친과 몇몇 족장들이 모든 것을 관장하셨습니다."

"어떤 방식으로?"

"보통 원국 시절의 법전인 통제조격(通制條格)이나, 지정조격(至正條格)을 참고해서 집행했지요."

"아, 자네가 말한 법전은 상왕 전하께서 예전에 연구를 마쳤었네. 지금은 역관 시험에도 문제로 출제되곤 하지."

그러자 이브라이는 놀란 듯이 답했다.

"그렇습니까?"

"그렇네. 옛 원국의 법전은 아국의 법전 작성에도 나름대로 도움이 되었다네."

김종서의 말대로 세종조에 후기 고려법에 큰 영향을 준 원나라의 법전을 연구했었고, 그 연구 결과는 현재 경국대전 편찬을 도맡고 있는 형조판서 김종서에게 참고 자료가 되었다.

거기에 각국의 법전을 수집하는 김종서는 티무르 왕국에서 신숙주가 들여온 이슬람의 율법까지 참고하고 있었다.

"그건, 처음 듣습니다."

나름대로 몽골계 출신인 걸 자랑스럽게 생각하던 이브라이는 대원 제국의 유산이 조선에 조금이나마 영향을 미쳤다고 하니, 기분이 좋아졌고 엉뚱한 생각을 품었다.

'사실 황금 씨족의 혈통이 아니라 그렇지, 대칸의 자리에 가장 잘 어울리는 건 주상 전하신데……. 그 잘난 에센도 지금은 주상 전하의 눈치를 보는 신세가 아닌가. 음, 언젠간…….'

이브라이가 잠시 상념에 젖자, 그사이 김종서는 준비를 마치고 말 위에 올랐다.

"이보게, 가별장. 뭐 하는가? 어서 출발하세."

"아, 잠시 딴생각을 하느라 그랬습니다. 그럼 출발하시지요."

그렇게 김종서와 가별초는 다시 말을 달리기 시작해 다음 날 보은현에 도착했다.

*　　　　　*　　　　　*

김종서는 보은현에 도착하자마자, 고을을 조사하고 있던 감찰관과 관원들을 만나 업무를 인수·인계받았고, 그들이 모아 온 정보를 입수해 머릿속에 넣어두곤, 이후 할 일을 지시했다.

그리고 다음 날 관아에 들러 현령을 만났다.

"어째서 작년에 농사를 망친 백성들의 구휼에 소홀했나?"

그러자 보은현령 이석형이 김종서에게 주눅이 든 채 답했다.

"대감, 그것은 재정이 부족하여……."

그러자 김종서는 기가 찬 표정으로 현령의 말을 끊었다.

"작년에 조정에 보고된 재정 기록을 보면, 보은에 비축된 구휼미가 일만 오천 섬가량이었어. 그걸 전부 사용하고도 모자랐단 말인가?"

"예? 예, 그렇습니다."

"그럼 어째서 조정에 사정을 보고하고 구휼미를 추가 요청하지 않았지?"

"…소관이 판단을 그르쳤습니다."

"자네, 이 일을 쉽게 생각하고 있나 본데, 주상 전하께서 본관에게 전권을 위임하셨네. 정녕 치도곤을 당해야 바른 대로 말할 셈인가?"

그러자 현령은 고통스러운 표정을 지으며, 천천히 입을 열었다.

"사실대로 고하자면… 소관이 구휼미에 손을 댔습니다."

"허, 이제야 죄를 실토하는군. 이보게, 가별장. 죄인을 포박하고 옥에 가두게나."

그러자 옆에서 판금 갑옷을 차려입고 서 있던 가별초 대장 이브라이가 가별초 대원들에게 지시를 내렸고, 그 모습을 본 현령은 마저 할 말이 있는 듯, 다급하게 말을 이어갔다.

"하지만, 소관이 구휼미에 손을 댄 건 어디까지나 백성들의 일자리를 마련해 주기 위함이었습니다, 대감! 그러니 소관의 말을 잠시 들어주소서."

그러자 김종서는 이브라이에게 손짓으로 신호를 보내 멈추게 하곤 질문을 이어갔다.

"계속해 보게, 구휼미는 어디에 사용되었는가?"

"처음부터 말씀드리자면, 이곳 보은현에 고명한 불승(佛僧)이 거주 중이고 백성들도 그를 많이 따르고 있습니다."

그러자 김종서의 표정이 험악하게 변했다.

"그래서, 나라의 구휼미를 불승에게 가져다 바치기라도 한 건가?"

현령은 다급한 표정으로 손사래를 치며 답했다.

"아, 아닙니다. 사정을 끝까지 들어주시지요. 그가 거하던 절간이 낡고 오래되어 그곳에 드나드는 백성들이 절을 개수하겠다고 나서서, 각출로 돈을 모아 토목업자를 불러 절을 고쳐 지었던 일이 있었습니다."

"그래서? 그게 구휼미와 무슨 상관이란 말인가?"

"그러자 인근에 살던 백성들이나 유랑민들이 몰려와 전례에 따라 자신들이 불사에서 요역을 할 테니 구휼미를 품삯으로 지급해 달라고 요청했기에, 소관은 그대로 따랐습니다."

"……."

김종서가 침묵하자, 현령은 변명하듯 말을 이어갔다.

"다음 해에 거두는 곡식으로 구휼미를 메꾸면 될 거 같아, 일을 그리 처리한 것이었습니다."

"하, 어처구니가 없군. 나랏일도 아닌 불사 건설에 백성들을 요역시키고, 품삯을 지급했단 말인가?"

"소관은 어디까지나, 백성들을 생각해서……."

"아니. 사정이야 어떻든, 자의적으로 판단해서 구휼미를 제 멋대로 쓴 건, 국법을 우습게 봤다는 방증이겠지."

"…결코 그런 의도는 아니었습니다."

김종서는 그런 현령에게 관심이 없는 듯, 고개를 돌려 이브라이에게 부탁했다.

"가별장, 죄인을 엄중히 가두고, 감찰관들에게 전해 현령이 말한 승려를 이곳으로 데려오도록 조치하게나."

"예, 그리 전하겠습니다."

다음 날 아침, 김종서는 관아에 도착한 승려에게 질문했다.

"자네 이름은?"

"소승은 신미(信眉)라고 합니다."

"법명 말고 본명을 대게. 여긴 관청이고 그댄 어디까지나 이곳에 참고인으로 불려 온 몸이야. 본관에게 같잖은 위세가 통할 거라고 생각하는 건가?"

그러자, 신미라고 이름 밝힌 승려는 차분하게 말을 이어갔다.

"소승의 속명은 영동 김(金)가의 수성(守省)이라 합니다."

"영동 김가라고? 그럼 전농시소윤(典農司少尹) 김수온(金守溫)과는 무슨 사이인가?"

"속세에서의 관계를 군이 밝혀야 한다면, 그는 소승의 동생입니다."

그러자 김종서는 뭔가 갈피가 잡힌 듯, 고개를 끄덕였다.

'보은현령이 어째서 불사에 그리 신경을 썼는지 알 것 같군.'

생각을 정리한 김종서는 곧바로 질문을 이어갔다.

"보은현령과 자네의 동생이 지기 사이인 걸 알고 있었나?"

"속세의 일엔 그다지 관심이 없어 잘 몰랐습니다. 소승은 그저 불공을 닦고, 오욕칠정을 끊어 깨달음을 얻기 위해 수양할 뿐입니다."

"그렇게 소탈한 이가 자신이 머무는 절간에 그리 공을 들였단 말인가? 알아보니, 수많은 재목과 기와를 운수한 것도 모자라 단청까지 마련하여 절간을 크고 호화롭게 지었더군."

"소승은 어디에 거하든 개의치 않지만, 그곳에 머무는 이들이 많아 그들이 편히 지낼 수 있다면 그것도 좋다 여겼을 뿐입니다."

"홀로 불공을 닦는데, 많은 인원이 절에 머무를 이유가 있느냐? 행여라도 불손한 마음을 품고 사람을 모은 것은 아니고?"

그러자 신미는 담담한 표정을 지으며 답했다.

"아닙니다. 소승은 승을 찾아온 백성들에게 정음을 비롯해 어릴 적에 배웠던 예법과 학문을 가르치고 있습니다."

신미의 말을 들은 김종서는 의외의 말을 들었다는 듯 질문을 이었다.

"자네가 백성들에게 정음과 학문을 가르친다고? 그게 정녕 사실인가?"

"예, 그리고 소승이 시주받은 재물은 전부 불경을 정음으로 언해한 책을 찍어내는 데 쓰이고 있습니다. 결코 사적으로 쓰인 적은 없었습니다."

"그건 조사해 보면 밝혀질 일이로다."

그렇게 김종서는 한참 동안 신미를 강하게 추궁했지만 질의 만으론 별다른 혐의를 찾을 수 없었다.

"그럼, 소승은 이만 가봐도 되겠습니까?"

"아니, 아직 혐의가 밝혀지지 않았으니 옥에 가두진 않겠지만, 당분간 참고인 자격으로 관청에 머물 것을 명하노라."

"예, 대감께서 원하신다면 그러지요."

그렇게 신미가 물러난 후, 김종서는 이 일은 주상에게 장계를 올리고 비답을 받아 처리해야겠다고 마음먹게 되었다.

이후 김종서는 재판 준비를 하며 감찰관들을 부려 그가 의심쩍게 생각하던 부분을 조사했고, 나름대로 큰 성과를 건질 수 있었다.

그렇게 재판 날짜가 다가오자 토호들의 고발인인 홍윤성, 그리고 고리 빚을 지운 토호들이 관청에 소환되었다.

소작인들과 홍윤성, 그리고 토호들이 관아 마당에 줄을 맞춰 서자 김종서는 유독 덩치가 큰 이를 바라보며 물었다.

"네가 회인에 산다는 홍가렷다. 맞나?"

"예, 그렇습니다, 대감마님."

"본관이 송사에 관한 사정을 살펴보니, 그대는 본래 피고소인에게 소작하거나 빚을 지지도 않았고 농사를 망친 적도 없더군. 그런데 어째서 소작인들을 대신해서 저들을 고발했지?"

"예, 소인은 본래 소싯적부터 과거를 보려 나름대로 글공부를 했고, 아는 사람들의 송사에 도움을 준 적이 있습니다. 이번에도 아는 이들이 억울한 빚을 지었으니 그들을 위해 대신 나선 것뿐입니다."

"그런가. 본관이 직무 정지 중인 현령을 대신해 송사를 진행하겠네."

"예, 그럼 소인이 대감께 먼저 한 말씀 올리겠습니다."

그렇게 본격적인 송사가 시작되었고, 홍윤성은 토호들의 죄를 열거하며 자신은 억울한 백성들을 대신해 나선 것이라며 열변을 토했다.

"그래, 자네 말은 잘 들었네. 그런데… 자네의 사람들과는 말이 다르군?"

"그게 무슨 말씀이십니까?"

"내 어제 사람을 보내 자네 주변인들의 진술을 받아 왔는데, 자네가 말하는 것하곤 영 딴판이라서 그러네."

"대감, 소인의 의제들이 무슨 말을 했는지는 모르겠지만 그게 지금 중요한 안건입니까?"

"그래, 무척 중요하지. 어째서 수로를 변경해 저들의 농사를 망치고 가여운 백성들에게 상해를 입혔느냐?"

그러자 홍윤성은 천연덕스럽게 토호들을 가리키며 김종서의 말에 대꾸했다.

"그건 소인이 저지른 일이 아닙니다. 어찌 저들의 죄를 소인에게 전가하시려 하십니까?"

그러자 김종서는 홍윤성의 말을 무시한 채, 곧바로 말을 이어갔다.

"그리고 자넨 송사를 대행해 주고 나서 참 많이도 받아먹었더군."

"예? 그게 무슨 말씀이신지?"

"자네에게 송사를 대행시켜 승소했던 이들에게 들었네. 수고비라며 알짜배기 땅을 떼 받아냈다지? 어디 보자……. 그렇게 모은 땅마지기를 전부 합쳐보면 1등급 토지로 1결(약 3,300평)은 되겠군."

그러자 그런 사실을 모르고 있었던 소작농이나, 토호들은 홍윤성을 바라보며 웅성대기 시작했다.

"그것이……."

김종서는 잠시 당황한 홍윤성의 말을 자르며, 하던 말을 이었다.

"재주가 참으로 용한데, 그 비결이 뭔가? 이참에 본관도 퇴직하고 자네같이 송사 대행으로 나서고 싶은 마음이 드네만."

"어찌 대감께서 소인의 비루한 재주를 극찬하십니까? 어디까지나, 소인도 먹고살기 위해서 행한 일입니다."

"그래? 그런 것치곤 데리고 다니는 수하, 아니, 자네 말론 의제라고 했지? 의동생이 꽤 많은 듯하군. 그들도 따로 하는 일은 없어 보이는데, 그들의 생계를 책임지려고 그런 것인가?"

"예? 예, 그렇습니다. 소신의 의동생들을 먹여 살리려면 그래야 했지요."

"그런가? 그런 것치곤 동생들을 많이 챙겨주지 않은 것 같군. 먼저 자백하는 이에게만 죄를 묻지 않겠다는 조건을 걸었더니 누가 먼저라고 할 것 없이 자네의 죄상을 고발하기 바빴네."

그러자 홍윤성은 자리에 주저앉아 버렸고, 넋이 나가 버리고 말았다.

그렇게 홍윤성에게 뭔가가 있다는 걸 알게 되자, 이제껏 침묵하고 있던 토호들이 큰소리를 치며 홍윤성을 비난하기 시작했고, 어느 중년 사내가 김종서에게 고개를 숙이며 읍했다.

"형조판서 대감, 소생은 저 무도한 자에게 송사를 당한 박가라고 하옵니다. 부디 소생과 부친의 억울함을 풀어주시옵소서."

"자네들 차례가 오려면 멀었네. 그러니 정숙하게."

"대감, 저런 왈패 두령의 말은 더 들어볼 것도 없습니다. 당장 저들의 패거리를 잡아들여……."

그러자 이제껏 차분한 말투로 재판을 이어가던 김종서가 자리에서 일어나며 크게 소리쳤다.

"네 이놈! 어디서 죄인이 송사를 방해해?"

비록 체구는 작지만, 북방에서부터 꾸준히 몸을 단련한 데다 타고난 인상마저 위협적인 김종서가 몸을 움직이자, 가별초를 제외하고 장내에 모인 모든 이가 움츠러들었다.

"대… 대감, 죄인이라니요. 소생은 그저……."

"네놈들의 죄는 이미 명백하게 밝혀져 판결이 정해져 있었다. 이 자리는 잘잘못을 가리는 게 아니라, 사특한 죄인들을 처벌하기 위해 모이게 한 자리였노라!"

그렇게 장내의 모든 이들이 경악한 가운데, 김종서의 말이 이어졌다.

"죄인 박정문, 그리고 박경현은 나라에서 정한 법을 무시하고 소작인들의 어려움을 기회로 삼아 거액의 이자를 붙여 금전 및 미곡을 편취하려 했으며, 소작료를 멋대로 올리려 한 정황이 인정되어 채권 관리법 위반과 소작법 위반으로 형을 집행하겠다."

그러자 당사자인 소작인들은 기뻐했지만 김종서의 분위기에 눌려 내색을 하지 못했고, 김종서의 말이 계속 이어졌다.

"또한 죄인 홍윤성은 금전을 편취할 목적으로 사특한 무리를 부려 타인에게 누명을 씌우고, 김돌석을 비롯한 스물다섯 명에게 상해를 입히고 그들을 속여 송사를 진행하게 한 점을 미루어 사취협잡죄와 상해죄로 유형(流刑)에 처한다. 또한 여죄가 추궁되는 대로 형기가 늘어나게 될 것이다."

잠시 숨을 고른 김종서가 이어 말했다.

"주상 전하를 대리한 본관이 죄인들에게 장형을 선고한다. 장형은 100대이며 이를 감하기 위한 속전(贖錢, 벌금)은 받지 않는다. 또한 죄인들은 특별법 시행으로 인해 처벌 후 전가사변이 내정되어 있노라."

그러자 나이 든 토호 박정문이 김종서에게 따지듯 크게 소리쳤다.

"이보시오, 대감! 세상에 이런 법이 어디 있단 말입니까?"

"본관의 판결에 이의가 있는가?"

"그렇소, 소작료는 짜고 올린 게 아니라 이 고을의 관행이었단 말입니다."

그러자 김종서는 어이가 없다는 듯, 반문했다.

"죄인은 진심으로 그 관행이란 것이 국법보다 위라고 믿고 있는가?"

김종서의 정론에 말문이 막힌 박정문은 곧바로 말을 돌려 카랑카랑한 목소리로 고함쳤다.

"…그리고 소작법이 바뀌었으면 미리 알려줘야 하는 게 순리가 아니오? 우린 몰랐었으니 죄를 인정할 수 없소이다!"

"대체 어느 세상에서 살고 있는지는 모르겠지만, 전조 고려 시절의 폐단이자 수확의 절반을 거두는 악습이었던 병작반수(並作半收)는 태조 대왕께서 새 나라를 여시며 사라졌노라.

핑계를 대려면 좀 더 그럴듯하게 댔어야지. 여봐라, 당장 죄인의 형을 집행하라!"

그러자 관원들이 달려들어 죄인들을 형틀에 묶기 시작했고, 박정문은 형틀에 묶이며 억울하다는 듯 외쳤다.

"아무리 형조판서 대감이라도 내게 이럴 수는 없소이다. 어찌 사대부끼리 이럴 수 있단 말입니까?"

"그럼 애당초 법을 어기지 말았어야지. 그리고 누가 사대부인가? 기록을 살펴봤지만, 그대나 그대의 아들은 생원이나 진사 시험조차 본 적이 없던데?"

그렇게 재산을 배경 삼아 가짜 사대부 노릇을 하며 으스대던 토호들과 달라진 사회 분위기를 타고 법을 공부해서 사기를 치던 협잡꾼은 동시에 형틀에 묶였고, 관원들의 매타작이 이어졌다.

"한 대요!"

"아이고!!"

"두 대요!"

"으아악!"

그렇게 매타작이 이어지던 중 김종서가 잠시 끼어들었다.

"이보게, 장리."

"소인을 부르셨습니까, 대감?"

"그렇네. 혹시라도 죄인이 크게 상하거나 죽으면 안 되니,

적당히 치고 옥에 가둔 다음 치료부터 하게. 그리고 남은 횟수는 완전히 치료되면 다시 집행하게나."

"네, 대감의 명을 받들겠습니다."

그렇게 장리가 물러나자, 이제껏 가만히 지켜보고 있던 가별초 대장 이브라이가 김종서에게 물었다.

"호판 대감, 죄인들을 그냥 죽을 때까지 치지 않는 연유가 무엇입니까?"

그러자 김종서는 웃으면서 답했다.

"죄인이긴 해도, 장차 나라를 위해 일해야 하는 일꾼들이네. 어찌 함부로 대할 수 있겠는가? 그러니 저들은 오래오래 살아 몸으로 속죄해야 하네."

"아, 그렇군요……."

이브라이는 조금은 질린 듯한 눈빛으로 김종서를 바라봤고, 한동안 보은현의 관아에선 비명이 끊이질 않았다.

제7장
전함

　보은현에서 보낸 김종서의 장계가 내게 올라왔다.

　장계의 내용을 보니, 금전을 갈취할 목적으로 그간 양민들의 송사에 관여하면서 폭력과 협박을 일삼은 홍윤성과 패거리들의 죄상과 그간 드러나지 않았던 여죄를 밝혀냈다고 한다.

　그리고 법적 한도 이상의 고리 빚을 지우고 소작세를 불법으로 거두려 한 토호 일가를 엄벌하고 가산을 몰수한 후, 죄질의 경중을 구분해 원양 선원 종사나 대만으로 전가사변형에 처했고 현령의 업무를 대행 중이라고 적혀 있었다.

역시, 김종서답게 내가 바란 대로 일을 깔끔하게 처리해 주었네.

대만으로 전가사변 된 이들은 완성된 항구 마을에 거주하며, 주둔 중인 병사들의 식량 생산을 담당하게 될 거다.

나중에 정착촌의 규모가 커지면, 대만 원주민 왕국과 협동 농업을 시작하고, 조선에서 키울 수 없었던 작물인 커피와 사탕수수를 키우게 할 예정이기도 하다.

그건 그렇고 김종서가 장계 말미에 보은현령의 죄상을 고하며, 그의 처분은 내게 맡긴다고 하니 이 부분은 고민을 해봐야 할 것 같았다.

그런데 그 부분에서 내가 전혀 생각지 못한 이름이 나와서 놀랐다.

원역사에선 수양, 안평과 친하게 지내다 위독했던 나와 아버지를 위해 불공을 드리려 궁에 드나들어 실록에 이름을 남긴 불승 신미의 이름이 언급된 것이었다.

바뀌지 않았던 역사 속의 내가 무슨 생각을 했는지 모르겠지만, 선교종 도총섭(禪敎宗都摠攝)의 직책을 내려주고, 밀전정법(密傳正法) 비지쌍운(悲智雙運) 우국이세(祐國利世) 원융무애(圓融無礙) 혜각존자(慧覺尊者)라는 길고도 거창한 칭호를 지어 준 신미(信眉)가 보은현에 머물고 있었단다.

진양대군 이유가 수양대군이 되기도 전에 폐서인되고, 아버지도 건강해지셔서 왕실과 엮일 일이 사라져 버린 신미는 지방에 머물고 있었나 보다.

김종서가 조사하길 신미가 직접 지은 죄가 없다곤 하지만, 지금처럼 주변에서 제멋대로 재물을 가져다 바치면서 숭배하게 둘 순 없지.

김종서에게 장계를 받고 일주일 후, 도성으로 압송된 현령과 함께 신미가 의금부에 도착했고, 그와 동시에 그를 평소에 알고 있던 이들은 곧바로 내게 상소를 올려 벌을 내리라고 고했다.

"그래, 네가 신미라는 승(僧)이더냐?"

일주일가량, 의금부 옥에 갇혀 있다가 친국장에 끌려 나온 신미는 나를 보곤 곧바로 사배를 올리며 예를 표했다.

"미천한 불승 신미가 주상 전하를 뵙사옵니다."

"그래, 그대가 어째서 여기에 오게 되었는지 알고?"

그러자 신미는 무표정한 얼굴로 내게 답했다.

"소승이 속세와의 인연을 완전히 끊지 못해, 세태에 휩싸여 이리된 것 같사옵니다."

난 순간적으로 어이가 없어 웃음이 나올 뻔했지만, 이내 표정을 다잡은 채 말을 이어갔다.

"고는 여기 있는 좌부승지 박팽년에게 그대의 옛이야기를 들었노라."

그러자 신미는 잠시 박팽년을 바라보며 눈가를 미세하게 찌푸렸으나, 곧바로 득도한 듯한 표정을 지으며 내게 답했다.

"그렇사옵니까?"

"그대의 과거 행적에 대해 할 말은 없는가?"

"……."

"어째서 말이 없지?"

신미가 침묵하자, 내 곁에서 사초를 작성하던 유성원이 내게 말을 걸었다. 사관의 덕목은 존재감을 지우는 거라며 언제나 조용히 있던 그에게 전혀 볼 수 없던 모습이었다.

"주상 전하, 소신은 신미라 자청하는 죄인 김수성과 같은 학당을 다닌 지기를 두고 있어 그의 행적을 들은 바가 있사옵니다."

"그런가? 그럼 자네가 알고 있는 것을 말해보게."

"일찍이 수성이 학당에 다닐 적에 행동이 방자하고 음란했으며 그를 좋아하는 학도들은 없었다고 합니다. 또한 그의 아비 김훈이 죄를 짓고 파직되자, 그런 아비를 부끄럽게 여겨 몰래 머리를 깎고 도망치다시피 절간에 들어가 버린 불효 불인한 이옵니다."

"그런가? 계속해 보게."

"또한 아비를 부끄럽게 여겨 승려가 된 주제에 뻔뻔스럽게도 다시 아비 앞에 나타나 강제로 술과 고기를 끊게 했고, 이후 김훈의 친우 박여(朴旅)가 그의 건강을 염려해 고기를 권하여 다시 고기를 먹게 되자, 그런 아비를 질책하고 강제로 불전에 참회례를 강요하며 백 번의 절을 올리게 했습니다. 그 결과 수성의 아비는 병을 얻어 세상을 떠나게 되었으니, 유학과 세속의 법도를 제외하더라도 그는 불자로서도 용납할 수 없는 죄를 지었나이다."

"그런가? 일러줘서 고맙네."

그렇게 유성원은 자신이 알고 있는 사실을 전부 털어놓고, 다시금 조용히 철필(펜)을 들어 사초를 기록하기 시작했다.

그러자 이제껏 조용히 듣고 있던 신미가 입을 열었다.

"그건, 사실과는 다릅니다."

"어떤 면에서 다른가?"

"본래 신의 아비는 술로 인해 건강이 좋지 않았고, 소승은 그런 아비가 염려되어 채식을 권한 것이옵니다."

"그럼 참회례와 강제로 절하게 한 건 뭐지?"

"그건, 소승과 했던 약조를 어겨 부처님께 죄를 빌고 용서를 받으라고 행한 것이었습니다."

"그래서 결과적으로 그대의 아비는 중병을 얻었다고 하는데, 그것도 사실과 다른가?"

"그것 또한 오해입니다. 술로 얻었던 병이 악화된 것뿐이옵니다."

"그래, 그 이야기는 어차피 증명할 수 없는 옛이야기고, 그 부분은 이번 일과 상관없으니 일단 넘어가도록 하지."

그러자 대신들이 잠시 신미의 죄를 성토하며 시끄럽게 소리 쳤고, 내가 불편한 표정을 지으며 그들을 바라보자 곧바로 조용해졌다.

"그대가 백성들에게 학문과 정음을 가르친 공이 있다곤 하나, 결국 수령이 나라의 구휼미를 사사로이 쓰게 만들었노라."

"소승은 그런 사정이 있는지 몰랐습니다."

"그래? 보은현령이 그대의 동생 김수온과 절친한 사이라서 사찰에 시주도 하고 설법을 들으러 자주 드나들었는데도 몰랐다고?"

"…정말 모르는 일입니다."

"그댄, 자신에게 해가 되지 않으면 그냥 잠자코 있는 성미로군."

"그런 것은 아닙니다."

기록을 보니 말년엔 수양에게 붙어서 자기 막냇동생의 벼슬 청탁까지 넣었다던데.

"정 그렇게 나온다면 어쩔 수 없군. 이번 일의 책임에서 자네의 동생도 무사하지 못하게 될 걸세."

그러자 신미는 처음으로 감정을 드러냈고, 고통스러운 표정을 지었다.

"성상께선 미천한 소승에게 바라시는 게 있으십니까?"

"그래, 나라를 위해 일을 하며 속죄하라. 내 듣자 하니 너의 범어 실력이 대단하다고 들었다."

너도 나름대로 능력은 있으니, 역사에 이름은 남기게 해줄게. 그런데 미래에서처럼 감히 내 아버지를 대신해서 정음을 만들었다는 허황된 이야기는 나오지 않게 조치해야겠지.

그러자 박팽년이 내게 무릎 꿇으며 고했다.

"전하! 어찌 이런 간승(姦僧)에게 나랏일을 맡기려 하시옵니까? 이는 부당하신 조치라 사료되옵니다. 그러니 부디 명을 거두시고 벌을 내리소서."

"좌부승지는 끼어들지 말라."

"전하, 부디……."

그러자 신미가 조금은 안도한 표정을 지으며 내게 답했다.

"소승 신미가 삼가 전하의 명을 받들겠습니다."

"아니, 승이 아니다. 이번 일로 그대의 승적을 박탈할 것이니, 이젠 양인 김수성이지. 또한 그댈 사역원(司譯院)에 배치할 것이다."

그러자 무릎 꿇고 있던 박팽년은 조금 민망한 표정을 지었고, 장내의 관료들은 이내 내 의도를 짐작했는지 희미한 웃음을 지었다.

"사역원이라 하심은……? 대체 소인에게 무슨 일을 맡기려

하십니까?”

신미, 아니, 김수성은 내 조치에 당황한 듯 불안한 표정을 지었다. 중요한 자리에 두고 쓸 거라 생각한 건가?

“거기서 불경 번역과 역관들 교육에 힘쓰거라. 그리고 배는 타봤나?”

“아직 없사옵니다. 그건 어찌하여 물으시는지…….”

“천축으로 출항할 때, 자네를 동승시키려 해서 그러네.”

“그게 무슨 말씀이시옵니까? 출항이라니, 소인은 대체 무슨 영문인지 모르겠습니다.”

“정말 속세의 소식에 어두운가 보군. 앞으론 조보 좀 보고 살게. 내년에 산동에서 천축국을 목표로 항해에 나설 계획이네.”

인도로 향하는 항로의 중간 기항지인 인도차이나반도 쪽은 아무래도 불교의 영향 때문에 산스크리트어를 공용어처럼 쓰고 있다.

산스크리트어를 역관들에게 가르친다 해도 습득 난도가 높아 일이 년 교육하는 거 가지곤 해결이 안 될 거 같거든. 그러니 앞으로 넌 불경 번역기 겸 역관으로 일해줘야겠어.

난 망연자실해하는 김수성을 내버려 두고, 옆에 앉아 있던 보은현령을 바라보며 말했다.

“그럼, 이제 전 보은현령 이석형의 처결을 할 차례로군. 죄인은 고에게 할 말이 있는가?"

그러자 이제껏 잠자코 있던 이석형이 내게 답했다.

"사감으로 판단을 그르쳐 나라에 해를 끼친 죄인이 어찌 주상 전하께 변명을 할 수 있겠습니까. 소신의 죄가 명백하니, 그저 전하의 처결을 기다릴 뿐이옵니다."

"알겠다. 그대의 죄가 가볍지는 않으나, 사적으로 횡령을 일삼지 않았고 백성들에게 구휼미가 돌아가게 되었으니 전가사변 대신 죄인 홀로 다두국으로 유형을 보내는 것으로 죗값을 치르게 하겠다."

그러자 이석형은 내게 절을 하며 답했다.

"성상의 배려에 감읍할 따름이옵니다."

그렇게 사건을 마무리 지은 난 대만행 배에 탈 죄인들을 모으기 시작했고, 이번 사건 말고도 조선 각지에서 중죄를 짓고 처벌받았던 이들이 대만으로 떠나기 위해 도성으로 모이게 되었다.

                    *   *   *

한편 베네치아 공화국의 도제(Doge, 최고 지도자·공작위) 프란체스코 포스카리(Francesco Foscari)는 최근 로마를 통해 들어온 새로운 향신료가 첨가된 음식들을 맛보곤 직감했다.

그동안 오스만의 눈치를 보며 교역 특권을 얻어 비싸게 거래하던 후추 같은 향신료보단, 미당이라고 부르는 이 새로운 향신료가 상상조차 할 수 없는 이문을 남길 수 있을 거라고.

"이런 귀한 선물을 받았으니, 임페라토르(황제)의 연합 제안을 받아들이는 방향으로 가야겠군."

그러자 프란체스코와 식사를 하고 있던 전담 화가 겸 보좌관이기도 한 젠틸레 벨리니가 물었다.

"대공의회의 일원들이나 10인회의 의원들이 반대하지 않을까요? 10인회가 각하의 실각을 노리고 자코포 공자님을 뇌물죄로 고발했는데, 과연 순순히 각하의 뜻을 따르겠습니까?"

"그들이 내 아들을 고발한 것도 모자라 그렇게까지 치졸하게 나온다면, 그들의 식견이 없음을 증명하는 것이나 마찬가지겠지."

프란체스코는 스튜가 담겨 있는 쟁반을 스푼으로 휘저으며 말을 이어갔다.

"사실 난, 이 미당이란 것이 없었어도 술탄이 콘스탄티노폴리스를 공격하면 지원군을 보냈을 거다."

"어째서 그렇습니까?"

그러자 프란체스코는 부드러운 말투로 자신의 식견을 자랑하듯 설명을 이어갔다.

"지금 향신료 무역이 이뤄지는 건 어디까지나 로마가 버티고 있기에 가능한 것이지. 만약 로마가 오스만에게 정복당한다면, 우리가 가지고 있던 무역 특권이 그대로 보장되겠느냐? 만약 내가 술탄이라면 로마를 합병함과 동시에 모든 무역로를 차단해 버릴 거다."

"전 이해가 잘 가지 않는군요. 어차피 아국과 오스만은 교역을 이어가고 있지 않습니까? 그런 상황에서 로마가 사라진다고 교역을 끊을 이유가 있습니까?"

"그래. 로마가 사라지면 온전히 흑해로 이어지는 무역로를 독점할 수 있게 되니, 값을 올리기 위해서라도 당연한 절차지. 술탄이 제시하는 가격을 받아들여야 무역이 재개될 것이고."

프란체스코는 티무르와 맘루크의 영향력을 지나치게 과소평가하고 있지만, 나름대로 통찰력을 발휘해 메흐메트가 품고 있는 의도를 꿰뚫어 보고 있었다.

"아… 그렇겠군요."

프란체스코는 자신의 예상이 틀림없을 거라 으스대며, 말을 이어갔다.

"물론 그런 상황이 온다 해도 내가 나서면 로마와 체결한 조약의 특권을 이용해서 어떻게든 입항을 강제하도록 만들겠지만."

"그런 상황에서 말씀하신 조치가 가능합니까? 각하께서 말씀하신 조약이란 건 어디까지나, 베네치아가 명목상으로 로마의 산하국을 자처하며 맺은 조약이지 않습니까?"

"그래. 그렇지만 이교의 술탄은 로마의 황위와 적통을 자신이 이어가길 원하고 있어. 그런 상황에서 400년이 넘게 이어진 전통의 조약을 어기는 건 힘들 거다."

"아, 그런 맹점이 있었군요."

"그리고 조약을 지킴으로써 우릴 속국으로 만들 명분이 생기니, 그 제안을 완전히 거부하기도 힘들 테고."

"으음, 제가 생각할 땐 로마가 함락되고 나서 오스만이 조약을 이어간들 상황이 예전 같지는 않을 것 같습니다. 이교도들은 명분을 만들어 입항할 수 있는 배의 수를 줄이려 들 거 같습니다."

"그럴 거다. 그리고 로마가 사라지면 다음 목표는 우리가 되겠지. 탐욕스러운 술탄이 거기서 멈출 리가 없고, 우리와 전쟁을 벌이게 될 거다."

"이교의 술탄이 어떤 인물인지 정말 궁금하네요. 듣자 하니 나이도 아직 어리다고 하던데."

"글쎄다. 나이만 어리지, 노회한 늙은이나 다름없는 것 같다."

프란체스코는 스튜가 담겨 있던 대접을 바라보며 말을 이어 갔다.

"이런, 이야기에 집중하다 보니 스튜가 식었구나. 일단 식사부터 마치자꾸나."

"예, 각하."

이후 1453년의 시작과 함께 교황청과 카스티야와 아라곤, 그리고 오스트리아와 프랑스의 왕가에 베네치아의 사절과 함께 미당이 도착했다.

* * *

1453년의 가을, 모스크바를 복속한 오이라트의 군대는 카스피해 북쪽에 위치한 킵차크 칸국의 옛 수도 사라이(Sarai)를 점령했다.

그곳에 거주하던 유랑민, 카자크가 반항하자 본보기로 수레바퀴의 전통을 집행하곤, 살아남은 이들을 노예로 부리며 사라이의 성벽을 개수하고 전진기지로 삼았다.

그렇게 사라이가 정리되자 에센이 본대를 이끌고 그곳에 입성했다.

그 후 에센이 가장 먼저 관심을 보인 것은 바로, 모스크바에서 전리품으로 거둬 온 초기형 플레이트 아머와 그것을 만들 수 있는 장인들이었다.

에센은 그간 몇 번이고 광무왕에게 선물로 받았던 흉갑을 견본 삼아 갑옷 복제를 시도했었지만, 열처리 기술이 모자라 전부 실패했었다.

결국 흉갑의 경면을 흉내 내 두정갑 가슴 부분에 매끄럽게 다듬은 철판을 장착하는 것으로 만족해야 했었다.

에센은 모스크바에서 데려온 장인들을 부려 사라이를 끼고 흐르는 볼가강에 공방을 만들었고, 그 후 생산한 판금 갑옷을 적은 수나마 자신의 친위병들에게 입혀준 뒤, 그 성능을 실험해 보곤 나름대로 만족했다.

하지만 에센이 구명줄로 애용 중인 조선제 흉갑의 성능이 새로 만들게 한 판금 갑옷보다 우월한 것을 보며, 아직은 광무왕의 군대에 맞설 수 없다는 것도 새삼 깨닫게 되었다.

거기다 전쟁 당시엔 미처 몰랐었지만 조선군과 교전하고 살아남았던 병사들에게 정보를 모은 결과, 조선군은 오이라트나 명에서 사용하는 것보다 월등한 화기들을 사용하고 있기도 했다.

"알락, 차라리 조선의 장인들을 납치할 방법은 없을까?"

알락은 티무르에 사신으로 갔다가 에센의 천막에 들어오자마자 에센의 푸념을 듣곤, 웃으면서 대답했다.

"타이시께서 그리 간절하게 광무왕의 얼굴을 다시 보고 싶으시다면 굳이 말리지 않겠습니다."

전혀 예상치 못한 말을 들은 에센은 전쟁 이후 처음으로 놀란 표정을 지으며 말을 이어갔다.

"…너, 요즘 들어 묘하게 뻔뻔해진 것 같구나."

"타이시께서 먼저 우스갯소리를 하셨으니 답한 것뿐입니다. 그리고 본래 제 성격은 이쪽에 가깝기도 하고요."

"난 그냥 답답해서 해본 말이었다. 그리고 난 진심이었어."

그러자 알락은 진저리를 치며 답했다.

"타이시, 전 두 번 다시 광무왕과 마주치고 싶지 않습니다. 그리고 지금은 복속한 영토에 먼저 신경 써야 할 때입니다."

"그래, 잘 알고 있다. 이번 원정은 내가 생각해도 운이 따라 주었고 지나치게 거대한 영역을 한꺼번에 점령했지."

"예, 규모만 따지면 타이시께선 대원 제국의 영토를 대부분 수복했다 해도 과언이 아닐 겁니다."

그러자 에센은 눈살을 찌푸리며 답했다.

"그래 봤자 사람이 사는 곳은 얼마 되지도 않고, 대원 제국의 후신 중에서 가장 알짜배기인 티무르의 영역엔 당분간 얼씬도 못 하게 되었는데, 그게 진심으로 하는 말이냐?"

그러자 알락이 자세를 바로 한 채, 말을 이었다.

"사실 타이시의 기분을 맞춰 드리려고 한 말이었습니다. 속하도 현 상황은 잘 알고 있습니다. 겉으로 보이는 영역은 넓으나 명국을 점령했을 때와 비교하면 전리품을 비롯해 얻은 게 거의 없다시피 하고, 오히려 사용한 식량이나 화약 같은 걸 따져 보면 손해만 본 상황이지요."

그렇게 실속 없는 현실을 지적당한 에셴은 신경질적으로 들고 있던 술잔을 집어 던지며 말했다.

"거기다 칸을 자청했던 멍청이들의 대우도 신경 써야 하지. 그나마 유일하게 마음에 드는 건 모스크바를 점령한 거야."

"예, 지금이야 참칭자들이 타이시에게 복종하고는 있지만, 본국에 남아 있는 병력이 얼마 없는 걸 알게 되면 다른 마음을 품을 수도 있지요. 그리고 다른 문제도 있습니다."

"뭐지?"

"회교도입니다."

"회교도면, 혹시 알라인지 뭔지 하는 신을 모시는 놈들 말이냐?"

"예. 일전에 타이시께서 카잔의 무함마드를 굴복시키면서 그의 믿음을 버리도록 강요하시지 않았습니까."

"그게 어쨌단 거지?"

"제가 이곳으로 이동하며 사정을 들어보니 같은 신앙을 믿고 있던 영민들의 반발이 뜻밖에 거세답니다."

"그 정도는 몇몇 마을에 본보기를 보이면 금방 가라앉을 일 아닌가?"

"그것뿐만이 아닙니다. 크림과 오스만도 우릴 신앙의 적이라고 규정하고 그 명분으로 병사들을 모으고 있답니다."

"하, 별 시답잖은 게 명분이 되는군. 여기 놈들은 우리가 싸웠던 중원 놈들이나 조선과는 다르다는 게 새삼 실감이 되는 군."

"그렇습니다. 그러니 이전과는 다른 방식으로 나가야 합니다."

"내가 어찌 조치해야 좋겠나?"

"제가 알기론 대원 시절, 쿠빌라이 칸께서는 경교(景敎, 기독교)와 회교(回敎, 이슬람)를 허락했었습니다."

"나도 사서를 봐서 안다. 예전엔 그랬지만, 지금 그것들을 믿는 이들이 초원에 남아 있더냐? 그런 이국의 신을 믿느니 차라리 텡그리를 믿으라고 하는 게 낫지 않나?"

"에센께서도 텡그리를 부정하시긴 매한가지 아닙니까."

"내가 믿진 않아도 텡그리는 우리의 전통이니 따르는 이들이 많으니까 한 이야기다."

"전통을 잊고 살아가는 이들이 많으니, 이번엔 다른 방식으로 가야 합니다."

"그러니까, 네 말은 그들의 믿음을 허락하라는 거냐?"

"전면적으로 허락하진 않아도 적당히 용인하는 선으로 눈 감아주실 수는 있지 않겠습니까? 모스크바에서 데려온 장인 들도 칠 일에 한 번씩 안식일이란 걸 지켜야 한다며 쉬게 해달 라고 요구 중입니다."

"그놈들은 중요한 일을 맡은 녀석들이니 그 정도 요구는 들어주도록 해라. 그건 그렇고 내 듣자 하니, 경교와 회교의 사이가 좋지 않다던데 맞나?"

"네, 제가 듣기론 그들은 같은 신을 모시는 종교라고 합니다. 무슨 이유에선지 모르겠지만 서로를 증오하고 이단이라고 몰아가더군요. 모스크바 출신과 카잔 출신 간의 반목과 증오가 상당해 보였습니다."

"이참에 경교를 우대하는 척하고, 모스크바의 노얀과 전사들을 불러 내 친위 전력으로 삼는 게 어떻겠냐?"

"어째서 회교가 아니라 경교입니까?"

"오스만이 내게 맞서 신앙을 무기로 내세우니, 나도 신앙이란 것을 무기로 써보려 한다. 경교를 우대하면 모스크바 주변 나라를 복속하는 데도 도움이 될 듯하고."

"음, 그것도 좋을 듯합니다. 그럼 모스크바의 노얀들을 이곳으로 부를까요?"

그러자 이제껏 침묵하고 있던 에센의 시종 겸 예비 친위대인 이반이 에센에게 능숙한 몽골어로 말을 걸었다.

"이 미천한 종이 주인께 감히 한마디 올려도 되겠습니까?"

"그러고 보니 네놈이 대공의 아들이라고 했었지? 허락할 테니 말해라."

"타이시께서 노얀이라 하신 이들은 모스크바의 보야르(Boyar, 귀족)를 지칭하신 것 같은데 맞습니까?"

"호칭이야 어쨌든 네 아비에게 충성을 바치던 놈들을 지칭한 거다."

"그들은 타이시께서 개종하지 않는 이상, 진심으로 충성하지 않을 겁니다."

"그 이유는?"

"우리는… 죄송합니다. 말이 헛나왔군요. 부디 제 무례를 용서해 주십시오."

이반은 당황한 듯 고개를 숙였고, 에센은 잠시 눈을 찌푸렸지만 이반을 용서했다.

"알겠으니 하던 말이나 계속해라."

"아무튼 저들은 지배자가 아무리 강력한들, 같은 신앙을 가지고 있지 않으면 굴복하지 않습니다. 카잔의 무함마드에게도 겉으로만 복종하는 척했을 뿐입니다."

"어째서?"

"그러려면 제가 섬기고 있는 신에 대해 타이시께서 듣고 이해하셔야 하는데, 이 미천한 종에게 설명할 기회를 주시겠습니까?"

그러자 알락과 에센은 이반의 속내를 눈치챘고, 알락이 먼저 이반에게 말했다.

"아이야. 네가 믿고 있는 신앙으로 타이시를 설득해서 뭐라도 해보려는 속셈인 것 같은데, 그런 수작이 통할 것 같으냐?

감히 어디서……."

그러자 에셴은 오히려 그런 알락을 손짓으로 저지했다.

"아니, 한번 들어보기나 하지. 계속해 봐."

그렇게 이반은 성경을 비롯해 동방 정교회의 교리에 대해 요약해 쉽게 설명했고, 이반의 알기 쉬운 설명 덕에 에셴은 그 나름대로 기독교에 대해 이해할 수 있었다.

"그러니까, 네 말의 요점은 내가 이제껏 지은 죄에 대해 회개하고 세례라는 의식을 받는다면 나도 너희의 신앙을 받아들인 게 되는 거란 말이군."

"예? 그것도 맞는 말씀이지만, 증인들을 세우고 사제에게 성사를 거쳐야 합니다. 또한 진심으로 뉘우치고……."

그러자 에셴은 이반의 말을 끊었다.

"아니. 내게 필요한 건 신이 아니라 그저 명분이다. 너희 족속들과 동질감을 가지게 할 정도면 족해."

"…알겠습니다."

결국 이반에게 들은 신앙과 교리에서 자신에게 필요한 부분만큼만 받아들인 에셴은 곧바로 세례 절차를 갖추려고 했지만, 성직자가 없어 의식을 미뤄야만 했다.

결국 에셴은 이반의 제안대로 모스크바 대공국의 귀족들과 성직자들을 부르고, 그들을 증인 삼아 세례를 하는 것으로 정했다.

그렇게 난데없이 에센에게 초청받아 사라이에 도착한 모스크바의 귀족들과 바실리 2세의 유폐당한 사촌이자 정국을 장악한 드미트리는 이슬람의 흔적이 옅게나마 남아 있는 사라이의 풍경을 보며 질색했다.

드미트리는 크렘린의 성벽이 무너지고 바실리가 항복하던 자리에 없었기에, 직접 눈으로 보기 전까진 오이라트군을 평가절하 하며 바실리를 비웃었었다.

하지만 무수한 실전을 겪으며 엄정한 군기를 갖추고 잘 정비된 갑주와 무기로 무장한 정예 기병이 차마 셀 수 없을 정도로 그들의 진행로 양쪽을 채우고 있는 광경을 본 드미트리는 과거의 자신이 진정 어리석었음을 깨닫게 되었다.

"모스크바의 노얀이여, 예케 몽골 울루스의 지배자이자 고귀한 황금 씨족의 적통을 이은 타이순 칸을 대리하여 이곳에 왕림하신 타이시에게 예를 갖추거라."

드미트리와 귀족들은 카잔 출신 역관의 말을 들으며 사신에게 미리 배우고 연습한 대로 몽골식 예법에 맞춰 몸을 움직였다.

이들은 먼저 절을 하고 나서 드미트리가 대표로 나서서 손에 들고 있던 짧은 셉터(Scepter)를 동양식 홀(笏)처럼 다뤄 허리에 꽂은 후 몸을 숙여 인사했고, 이후 정해진 절차대로 손을 움직이며 발을 세 번 굴렀다.

이후 고개를 세 번 조아리는 삼고두(三叩頭)를 행하고, 에센의 천수를 비는 말을 세 번 외침으로써 길었던 인사를 마칠 수 있었다.

그렇게 인사를 마친 귀족들에게 역관이 곧바로 본론을 꺼냈다.

"타이시께서 말씀하시길, 그분께서 너희의 신앙을 받아들이겠다고 하셨다. 너희 중에 가장 높은 사제가 누구냐?"

그러자 드미트리는 자신의 귀를 의심하며, 반문했다.

"다시 한번 말해주겠소?"

"타이시께서 너희의 신을 받아들여 세례를 받으시겠다고 말씀하셨다. 그대들은 이곳에 증인으로 불려 나온 것이다."

그러자 억지로 이단의 군주를 찾아오며 순교까지 각오하고 나섰던 동방 정교회의 고위 사제 니콜라이가 앞으로 나섰다.

"제, 제가 바로 주님의 종이자 그분의 말씀을 퍼트리는 일을 하는 이입니다."

"타이시께서 바로 세례라는 의식을 할 수 있는지 물으셨다. 할 수 있겠느냐?"

니콜라이는 이단, 그중에서도 가장 무섭다는 타타르의 군주를 개종시킨다는 업적을 세울 수 있다는 생각에, 이제껏 품고 있던 공포심마저 잊고 흥분하여 크게 대답했다.

"그렇습니다! 대신 몸을 담글 수 있는 물이나 강이 필요하니, 여기서 장소를 옮기셔야 합니다."

귀족들도 놀라긴 마찬가지라, 대체 이게 무슨 일인가 싶어 자기들끼리 이야기를 나누었다.

"드미트리 공, 대체 이게 무슨 일이랍니까?"

"도저히 영문을 모르겠군요. 난데없이 타타르인이 주를 받아들이겠다는 것부터가……."

그렇게 귀족들이 상황을 파악하려는 순간, 그들은 에센의 시중을 드는 바실리의 아들 이반을 발견했고 그제야 상황이 파악된 듯 호들갑을 떨었다.

"이반 공자께서 저 흉악한 타타르의 군주를 감화시킨 것이 분명하오. 아아… 우릴 살리기 위해 자진해서 나섰던 것도 모자라, 이런 큰일을 하시다니 저분은 정말……."

"대공께서도 이 일을 아시면 정신이 돌아오지 않을까요?"

"대공께선 부인의 목소리도 구분 못 할 지경이라고 하시던데, 이미 늦었을 듯싶습니다."

"안타깝군요. 그래도 이반 공자만 장성하면, 우리에게도 희망이 있어요."

그렇게 드미트리는 이반을 보며 불안감을 느꼈고, 그와 동시에 모스크바의 귀족이나 기사들이 착각에 빠져 있을 무렵, 에센은 증인들과 호위병을 동반해 사라이에 붙어 있는 볼가강으로 이동해 세례 준비를 마쳤다.

니콜라이 사제는 모든 세례의 절차를 마치고 마지막으로 에셴이 강물에 들어오도록 요청했다.

몽골식 전통에 따라 물가를 꺼리는 에셴은 인상을 쓰며 입고 있던 갑옷을 벗었지만, 광무왕에게 선물로 받았던 흉갑만은 벗지 않은 채 사제와 함께 강으로 들어갔다.

이윽고 에셴은 알아들을 수 없는 기도문이 니콜라이의 입에서 흘러나왔고, 에셴은 차가운 수온 때문에 자신도 모르게 몸을 떨어야 했다.

"이봐, 의식은 언제 끝… 흡!"

방심하고 있었던 에셴은 말을 이을 수 없었고, 난데없이 자신의 주군이 사제에게 뒷목과 코를 잡혀 뒤로 넘어지듯 물속에 처박히는 광경을 본 친위대는 칼을 뽑아 들기 시작했다.

그러자 모스크바의 귀족들이나 동행한 다른 사제들이 필사적으로 소리치며 사정을 역관에게 설명했고, 호위병들이 물속으로 뛰어드는 사태는 막을 수 있었다.

잠시 후 물속에서 나온 에셴은 입안으로 들어간 물을 뱉어내며, 어처구니가 없는 듯 웃기 시작했다.

'그 꼬맹이 녀석, 날 골탕 먹이려 세례가 이런 거라고 설명하지 않은 건가. 배짱 한번 두둑하군. 마음에 들었어.'

그렇게 명목상으로나마 주의 종이 된 에셴은 십자가를 목에 거는 것으로 세례를 마무리 지었고, 이반에게 수건을 받아

젖은 몸을 닦으며 관중들에게 과시하듯 손을 흔들었다.

그 광경을 본 모스크바의 귀족들은 손뼉을 치며 이단의 군주가 신의 품으로 들어온 것을 진심으로 기뻐하기 시작했다.

그렇게 타타르의 군주가 세례를 받았다는 소식이 동유럽 일대에 금세 퍼지게 되었다.

*   *   *

1453년의 겨울, 난 신료들과 함께 그간 내가 작성한 서적들을 교재 삼아 진행되었던 경연을 마치고 집무실인 천추전으로 향했다.

그리고 요즘 소설 저작과 더불어 열중하고 있는 취미 겸 나랏일이기도 한 함선 설계에 집중하기 시작했다.

기존의 지벡이나 갤리온 생산이 본격적으로 이뤄지고 있으니, 몇 가지 전함들을 시범적으로 만들어보려고 한다.

전함은 크기와 돛의 개수, 그리고 포문 수로 종류와 등급이 갈리게 된다.

우선 현 상황에서 유용하게 쓰일 것은 두 개의 사각형 돛을 장착한 쾌속선인 브릭(Brig), 그리고 대형 전함인 프리깃(Frigate)이라 할 수 있다.

물론 이제야 본격적으로 범선 생산에 첫발을 떼었으니 설계만 한다고 당장 만들 수 있을 리는 만무하겠지만, 이후 개선점을 찾아가며 시도부터 해보려고 한다.

난 그렇게 한 달간 전자사전에 있는 전공 서적이나 범선 설계 관련 지식을 전부 긁어모으고, 실제 존재했던 배들의 도면을 참고해 브릭과 프리깃의 초기형 설계도 초안을 완성했다.

내 사심이 많이 들어가 20세기에나 나올 법한 범선의 형태도 일부 반영되긴 했지만, 구현할 수 없으면 현실과 타협도 해야 할 듯싶다.

브릭과 프리깃의 도면 초안을 완성한 것도 모자라, 내 개인적인 덕심과 사심이 잔뜩 들어간 배들을 여럿 그리다 보니 나도 모르게 그림 실력이 늘게 되었지만, 사전에 남아 있는 사진이나 기록화와 비교해 보니 부족함을 느꼈다.

게다가 그림을 그리다 보니, 자주 손을 더럽혔고 그 원인인 목탄이 불편하게만 느껴졌다.

지금 한창 개발 중인 연필의 시제품이 어서 나왔으면 좋으련만, 쓸 만한 연필이 나오려면 시간이 좀 더 걸리려나 보다.

그렇게 설계에 매진하던 중 생각의 방향을 바꿔 보니, 반드시 내가 전부 도맡아서 할 필요가 없음을 느꼈다.

사직의 노예들을 놀려서 뭐 하겠어.

그렇게 마음먹은 난 작년에 예조 산하에 새로 마련된 노예 사역장… 아니, 사실은 김시습을 비롯해 인기 작가들을 모아

둔 작업실인 문예관에 발걸음을 옮겼다.

그러자 오늘도 노예들 단속에 한창인, 예조 판서 신숙주가
나를 맞이했다.

"주상 전하, 이곳까지 어인 행차이십니까?"

그러자 문예관에서 작업 중이던 이들이 일제히 하던 일을
멈추고 내게 예를 표했기에 난 손짓으로 그들을 제지했다.

"그대들은 괘념치 말고 하던 일에 매진하라. 예판, 고가 화
공들에게 따로 부탁할 게 있어서 왔네."

"어떤 일을 이르십니까? 혹여 전하께서 집필 중이신 신작의
삽화를 넣으려 하십니까?"

신숙주는 내가 시간 날 때마다 쓰고 있던 서한연의(西漢演義),
미래엔 초한지(楚漢志)로 유명해진 소설의 집필 때문에 이곳에
온 것으로 착각했나 보다.

"그건 아닐세. 그것과 별개로 고가 구상한 것이 있어 나름
대로 그려보긴 했지만, 뭔가 모자란 듯하여 도움을 받아야 할
것 같아서 그러네."

내가 내민 도면을 받아 훑어본 신숙주가 답했다.

"이것은 산동으로 보낼 배의 도면이옵니까?"

"그렇네."

"신이 이런 쪽엔 문외한이지만, 전하께서 고안하신 선박은
참으로 아름답게 느껴지옵니다."

"그런가? 빈말이라도 칭찬 고맙네."

"어찌 신이 전하께 마음에도 없는 말을 하여 강상(綱常)의 죄를 지을 수 있겠사옵니까? 이는 진심이옵니다."

"그건 그렇고, 문인들의 창작 활동은 잘되어 가고 있는가?"

"그러하옵니다. 신이 이렇게 시간이 나는 대로 문예관에 들러 이들의 의욕을 불어넣어 주고 있사옵니다."

그러자 본래 도화원(圖畵院)의 화공이지만 내 지시로 만화 그리기에 열중하고 있던 이들이나 김시습을 비롯한 작가들이 신숙주의 말에 흠칫한 듯, 고개를 떨구고 있었다.

"그런가? 자네의 공이 실로 크네. 조만간 자네와 이들에게 따로 상이라도 내려야겠어."

"성상의 은혜에 감읍드릴 뿐이옵니다."

화공들은 내 지시에 따라 기존의 화풍을 바꿔 붓이 아니라 철필을 이용해 가는 선으로 사물을 표현하는 새로운 방식의 그림을 그리고 있었고, 그들의 작품은 주자소로 전해져 목판화로 변해 인쇄될 예정이며, 그간 인기리에 출판 중인 작품들을 원작으로 한 만화가 풍속서관을 통해 퍼지게 될 거다.

"신이 정묘한 그림을 잘 그리는 이들을 불러오겠나이다. 잠시만 기다려 주시옵소서."

"알겠네."

그러자 신숙주가 만화의 배경 작업 중이던 세 명을 뽑아 왔고, 그들은 내 지시에 따라 목재로 만든 여러 가지 운형자를 이용해 내가 그린 초안을 정밀한 그림으로 가다듬기 시작했다.

그렇게 한 주일가량, 내가 문예관에 드나들며 선박 설계에 골몰하고 있을 무렵, 반가운 이가 문예관을 찾아왔다.

"신, 산동 절제사 성삼문이 성상을 알현하옵니다."

"청죽, 그간 잘 지냈는가? 한 달 전에 급가(給暇, 휴가)를 내고, 자네가 본국에 온다는 기별을 듣긴 했지만, 그게 오늘일 거라곤 생각도 못 했네. 대체 이게 얼마만이지?"

"5년이 다 되어갑니다."

"시간이 벌써 그리 흘렀나? 내 그댈 산동에 남겨두고 온 게 엊그제 같은데."

"신도 정신없이 지내다 보니, 전하를 알현하기 전까진 시간을 세는 것을 잊었었사옵니다."

"그나저나, 여긴 어쩐 일인가? 볼일은 끝났고?"

"아닙니다. 신은 그 전에 전하를 알현하러 왔사옵니다."

"그런가. 잘 왔네. 여기 앉게나."

난 성삼문에게 의자를 권했고, 성삼문은 곧바로 예를 표하며 앉았다.

"그래, 이번에 잠시 돌아온 게 혼사 때문이라 했지?"

광무정난 1등 공신이자, 종신 산동 총독이나 다름없는 성삼문은 일가를 데리고 산동으로 이주해 남부럽지 않게 사는 중이기도 하다.

"예, 그러하옵니다. 본국의 몇몇 가문에서 제 둘째 아들에게 혼담이 들어왔사옵니다."

"그중 생각해 둔 가문이라도 있는가?"

"사실 몇몇 명국 조정의 대신들도 명회를 통해 신에게 혼인의 의사를 보여 고민 중이옵니다. 그 문제로 가문의 웃어른들과 상의하러 들른 것이옵니다."

"하하, 복에 겨운 고민을 하게 됐으니 좋은 일 아닌가? 그나저나, 가문만 생각하지 말고 자네 아들의 의사도 존중해 주게나."

그러자 성삼문이 의아한 듯 내게 물었다.

"어떤 점을 염려하시기에, 그러하십니까?"

난 잠시 전처들의 끔찍한 기억을 떠올리며 말했다.

"고가 불행한 혼사를 겪어봐서 하는 당부라네. 다들 가문 간의 결합만을 중요하게 보지만, 혼인 당사자들이 행복하게 살 수 있는가는 별개의 문제라네."

그러자 성삼문은 내 예전 아내들의 악명을 떠올린 듯, 민망한 듯한 표정을 지으며 내게 답했다.

"신이 본의 아니게 전하의 심려를 끼쳐 황공하옵니다."

"자네를 책망하려는 것이 아니네. 다른 이들은 몰라도 자네가 며느리 문제로 골치 썩이는 것은 바라지 않아서 한 말이니, 새겨듣게나."

내 걱정스러운 진심이 전해졌는지, 성삼문이 고개를 숙이며 답했다.

"신이 반드시 성상의 분부를 잊지 않겠사옵니다."

그래, 난 내 자식들도 예전의 나처럼 끔찍한 결혼 생활을 하게 두진 않을 거다. 물론 여염집과 다른 사정상 자유연애는 불가능하겠지만, 적어도 선별된 후보자들과 서로 알아가는 과정을 겪게 만들 셈이기도 하다.

잠시 분위기가 어색해지자 성삼문은 화공들이 한창 작업 중인 배의 도면으로 눈을 돌렸고, 곧바로 대화 주제를 바꾸려 했다.

"이것은 전하께서 새로 구상하신 선박의 도면이옵니까?"

"그렇네. 자네가 이뤄낸 성과를 토대로 내 나름대로 따로 구상한 것들이네."

그러자 여태 대화에 끼어들지 못한 채, 나와 성삼문을 바라만 보고 있던 신숙주가 절친한 친구에게 새된 목소리로 말을 걸었다.

"청죽, 도면은 보이고 내가 여기 있는 건 안 보이던가? 허어, 자네가 봐주길 기다리다 목이 빠지겠네."

"전하를 뵙느라 못 본 척할 수밖에 없는 걸 알면서 왜 앙탈인가. 이 친구야, 혹여 내가 전하께 결례를 저지르고 파직되길 바라는 건가?"

난 친구 사이답게 정겨운 인사를 나누는 그들의 모습을 보곤, 웃으면서 말했다.

"그러고 보니 자네가 있었는지도 잠시 잊고 있었군. 고는 신경 쓰지 말고 이야기하게나."

그렇게 10여 년 만에 만난 지기 둘은 허락하에 반갑게 이야기를 나눴고, 잠시 후 그들의 대화 주제는 선박으로 바뀌게 되었다.

"청죽, 듣자 하니 자넨 등주에서 배 만드는 일을 감독했었다지? 전하께서 구상하신 선박은 제조할 수 있겠나?"

"이것 중 두 개의 돛이 달린 쾌속선은 지금이라도 당장 제조가 가능할 듯싶네만……. 이건… 장담할 수 없겠군."

성삼문이 그 말을 하며 집어 든 건 전열함으로 구분되는 대형 전함의 초기 시안이었기에 내가 말을 꺼냈다.

"그건 단지 구상만 한 거고, 당장 제작이 가능할 거라곤 생각하지 않네."

"하지만, 이걸 실제로 만들 수만 있다면 실로 바다 위에서 움직이는 요새와 다름없을 것이옵니다. 복층 구조에 무려 70문이 넘는 포구는 실로… 장엄하게까지 느껴지옵니다. 여기에 적재할 화포는 정하셨사옵니까?"

성삼문이 보고 감탄한 것은 후대 프랑스의 걸작, 테메레르 (Temeraire)급 전열함을 참고한 설계도였다.

"아직 정하진 않았네. 아직 구상 단계이기도 하고 이걸 만들려면 어마어마한 재원이 들 것 같아 일단 구상한 것을 그려놓기만 하던 중이라네."

그러자 성삼문이 엄숙한 표정으로 바꾸며 내게 답했다.

"이 배를 신에게 맡겨만 주신다면 성심을 다해 완성해 보이겠사옵니다. 부디 윤허하여 주시옵소서."

"여기 들어갈 재화는 어찌 해결하려고 하나? 지금 산동에 그만한 여유가 있는 건가?"

"이번 해부터 본격적으로 명국에 사탕을 팔아 거둔 재화가 주체할 수 없을 정도로 많사옵니다. 신이 재화를 소모할 새로운 정책을 짜낼 지경이었으니, 별문제가 되지 않을 것이옵니다."

"그런가? 그러고 보니, 산동에서 올해 치 재정 보고가 아직 올라오지 않아 고가 미처 사정을 몰랐었군. 일단은 좀 더 논의를 거쳐보도록 하지."

그렇게 전혀 생각지도 못했던 성삼문의 방문으로 전열함 제작에 대한 의견이 한창 오가고 있을 때, 낯익은 얼굴이 문예관을 찾아왔다.

"실례하겠습니다. 소관은 군기감에서……."

장영실의 제자인 최공손이 중심에 있던 날 발견하곤, 황급하게 절을 올렸다.

"신, 군기감승(軍器監丞) 최공손이 주상 전하를 뵙사옵니다."

"그래, 자넨 여기 무슨 일로 찾아왔는가?"

"그게, 일전에 삽화 자료용으로 부탁받은 갑주 도면을 빌려주러 왔사옵니다."

"자네가 종5품으로 승진한 게 작년인데 아직도 이런 잔심부름 같은 걸 하는가?"

"다들 맡은 일로 손이 바빠 시간을 낼 수 없기에 신이 직접 들렀사옵니다."

"그렇군. 이참에 자네도 이리 와보게. 이걸 어찌 생각하는가?"

그렇게 전열함의 도면을 살펴본 최공손은 마치 홀린 듯한 표정을 지으며 답했다.

"무척이나 크고… 아름답사옵니다."

분명 극찬이긴 한데, 왜 묘하게 기분이 나쁘게 들리지? 영문을 모르겠네.

"자네의 스승인 가선대부를 제외하고, 가장 고명한 화포 전문가가 보기엔 여기에 어떤 화포가 들어가야 좋겠나?"

그러자 최공손은 조금 들뜬 듯이 답했다.

"거함에는 거포가 제일이라 사료되옵니다. 신이 시험 제조

중이던 신형 화포를 탑재한다면 실로 무적의 전함이 될 것이옵니다."

나도 일전에 군기감에 들러서 최공손이 말한 화포를 본 적 있으며, 그건 미래의 도량형으로 약 150mm 구경에 포신 무게만 2t에 가까운 요새 방어용 대형 포다.

구주와 산동에서 들어오는 구리가 많아지자 승인한 안건이기도 했지.

그러자 성삼문이 덧붙이듯 그의 의견에 동조했다.

"군기감승의 말이 지당하옵니다. 이런 거함엔 거포가 제격이라 할 수 있습니다."

그리고 신숙주가 신이 난 듯, 친구의 의견에 동조했다.

"신 또한 청죽의 의견이 옳다 여겨지옵니다. 또한 신이 사료건대; 이 배가 완성된다면 주상 전하의 위엄을 만방에 널리 떨칠 수 있다고 여겨지옵니다."

하, 역시 시대를 막론하고 거함·거포는 선망의 대상인 건가.

"경들의 마음도 알겠지만, 현실적으로 따지자면 전부 거포로만 무장하는 것은 무리일세. 또한 해전이란 무릇 원거리에서만 이뤄지는 것도 아니니 여러 가지의 화포를 실어 용도에 맞게 사용해야 하지 않겠나."

그러자 성삼문이 내게 물었다.

"적선이 접근하기 전에 화포를 일제히 발사하면 해결될 문제가 아니겠습니까?"

"해전에서 관통력이 강한 화포만 쓰면 의외의 문제가 생기지."

"어떤 문제를 이르십니까?"

"실전에서 움직이는 배를 대상으로 하단을 노려 쏘는 것은 생각보다 힘드네. 포환이 선체의 윗부분을 관통해 버리면 그것만으론 유효한 피해를 줄 수 없노라."

그러자 가만히 듣고 있던 최공손은 무기를 만들어보기만 하고, 실전을 겪지 않아 미처 몰랐는지 내게 질문을 던졌다.

"아뢰옵기 송구하오나, 신은 전하께서 일러주신 이치에 대해 잘 모르겠사옵니다. 미욱한 신을 일깨워 주시옵소서."

"맹선급 이하의 작은 배면 모를까, 판옥선이나 보선같이 거대한 배를 침몰시키려면 맹화유탄같이 특수한 화탄이 아닌 이상 철환을 백 발 가까이 쏘아야 하네. 그러니 거포만으로 무장하는 건 실전을 도외시한 탁상공론에 불과하노라."

최공손은 내 말을 듣고 뭔가를 깨달았다는 듯, 이어서 질문했다.

"해전의 이치가 그러하다면 맹화유탄을 발사하는 대완구처럼 탄속이 느리고, 거대한 구경의 포환을 쓰는 화포도 여럿 구비되어야 한다는 말씀입니까?"

"그렇지. 자넨 이해가 빠르군. 지금 쓰고 있는 대완구도 좋지만, 그걸 개량해서 적선의 선체 전면에 커다란 충격을 입힐 수 있는 화포가 필요하게 될 거네.

"전하의 고견을 듣고 보니, 거기에 맞는 경량형 화포가 떠올랐사옵니다."

"그래? 자네가 개발 중인 무거운 거포를 복층 하단에 두고 위엔 가벼운 포를 두면 무게 균형을 맞추기도 쉽게 될 거라네."

그렇게 깊이 있는 논의가 이어졌고, 그 과정에서 숙련된 승무원 문제나, 돛대 개선이나 화물 적재같이 자세한 부분도 다루게 되었다.

또한 성삼문과 최공손 같은 실무자들이 참여하다 보니 전열함뿐만 아니라 기존에 사용 중이던 전선과 전함의 개량과 무장에 대해서 깊이 있는 논의가 진행되었고, 본격적으로 조선 해군이 앞으로 나아가야 할 방향도 잡을 수 있었다.

그렇게 해를 넘겨 1454년의 새해가 밝았고, 성삼문은 새해맞이 행사들에 참여한 후 풍속서점에도 아직 풀리지 않은 여러 가지 신간 서적들을 잔뜩 챙겨 산동으로 돌아갔다.

그렇게 본격적으로 선박 제조가 시작될 무렵, 난 티무르에서 보낸 사신을 통해 서역의 소식을 듣게 되었다.

*   *   *

티무르에서 울루그 벡이 보내 온 유럽의 정세는 내가 생각한 것 이상으로 혼돈 속으로 빠져들고 있었다.

에센은 세례를 받은 후 동방 정교회에 귀의했고, 이로 인해 동유럽권 국가들의 에센에 대한 적대적 태도가 조금씩 누그러지고 있다고 한다.

에센이 칸국을 정벌한 건 어디까지나 분란을 일으키는 옛 몽골의 후신들을 단속하기 위함이었으며, 모스크바를 복속시킨 것도 그들의 종주국 카잔에 이어 봉신 제후 관계를 이어받은 것이라는 명분을 내세우고 있단다.

또한 종교를 내세워 정교회에 속한 동유럽 국가들과 교류를 시작하며, 그들을 위협하는 오스만에게 맞설 것을 천명하고 있단다.

내가 보기엔 에센의 행보는 불안한 정세를 안정시키려고 벌이는 보여주기에 가깝다.

단 한 번의 원정으로 역량 이상의 영토를 점령했으니, 내부를 단속하며 내정을 안정시킬 시간을 버는 것에 가깝지.

이대로 오이라트가 동유럽에 자리 잡아 내실을 다지고 몸집을 불려 원나라처럼 번영하게 되면 언젠간 조선과 명국을 도모하려 전쟁을 벌일 가능성이 높다.

그러기 전에 선제공격해야 하나? 아니지, 지금 중원의 정세가 아슬아슬하게 유지되는 건 오이라트가 여전히 북명의 위협으로 남아 있기에 가능한 일이다.

여기서 오이라트의 배후를 공격해 몽골을 정복하면 북방의
위협이 사라진 북명이 곧바로 군대를 남쪽으로 집중해 남명
을 공격할 테지.

비록 내가 북명의 병부상서고 병권을 쥐고 있긴 하지만, 동
생인 경태제를 뼛속 깊이 증오하고 있는 정통제 주기진이 그
런 상황에서도 가만히 있을 것 같지는 않다.

그건 내가 바라는 구도에서 벗어난 일이며, 내가 짜놓은 판
을 유지하고 조선이 체급을 불릴 시간을 벌려면 지금의 구도
가 최소 50년은 유지되어야 한다.

그리고 작년엔 사천에 자리 잡아 은밀하게 활동하던 백련교
가 두각을 드러내, 촉국을 세웠던 사천성 도독 조무를 몰아냈
다.

백련교는 명대 초기에 잠시 존립했던 대하국(大夏國) 왕가의
방계 후손 명우진(明宇辰)을 왕으로 지지하여, 대하국 태조 명
옥진(明玉珍)의 치세처럼 백련교를 국교로 삼았고 대하국을 계
승해 국호를 변경했다.

명옥진의 직계 후손들은 지금 조선에 자리를 잡아 살고 있
으니, 추후 대하의 왕권이 불안정해지면 그들을 내세워 조선
에서 개입할 여지도 있지.

거기에 주원장에게 강제로 복속되었던 운남은 얼마 전 대

리국(大理國) 왕가의 후손 단청운이 운남왕을 자처하던 총병관 장겸을 몰아내고 왕위에 올라 대리국으로 회귀한 상황이었다.

민란으로 세워진 데다 내정이 엉망진창인 잔평국의 전망은 장담할 수 없지만, 지금 같은 상황에선 최소 십 년은 더 버텨 주지 않을까 생각한다.

이렇게 더할 나위 없이 좋은 상황에서 다시 하나가 된 중국으로 회귀하게 둘 순 없으니, 오이라트를 어찌해야 할지 고민하게 되었다.

"아바마마, 근심이라도 있으신지요? 용안에 수심이 가득 차 보이십니다."

아침 문안을 온 내 맏딸, 경혜가 걱정스러운 듯 내 안색을 살피며 물었다.

"아니다. 아비가 따로 생각하고 있는 게 있어서 그러니 괘념치 말거라."

경혜는 맏딸답게 내 눈치를 살피는 데 있어 남들보다 뛰어난 면이 있었다.

"소녀가 전하께서 근심하고 계시는데, 어찌 염려되지 않겠사옵니까."

그러자 난 잠시 골치 아픈 생각을 전환할 겸, 이전에 생각만 했던 혼사에 대한 건을 꺼냈다.

"실은 공주의 혼처 때문에 고민 중이었는데……. 역시 우리

딸의 눈치를 비껴갈 수 없었구나."

"예?"

그러자 여태 조용히 있던 아내가 내 말을 받았다.

"전하, 공주의 보령이 열아홉인데 전하께서 공주의 혼사에 관심이 없어 적령기를 놓치는 게 아닌가 하여 소첩도 마음을 졸이고 있었사옵니다. 마침 적절한 시기에 언급해 주시니 한숨 돌리게 되었사옵니다."

그러자 경혜가 시무룩한 표정을 지으며 아내에게 답했다.

"어마마마, 소녀는 그다지 혼인하고 싶은 마음이 없사옵니다……."

그러자 경혜 옆에 앉아 있던 홍위는 의좋은 남매답게 누나가 곤혹스러운 모습이 고소했는지 티가 나지 않게 웃고 있었다. 하지만 내 눈을 속일 수는 없지.

"공주는 평생을 궁에서 살 셈이더냐? 대체 언제쯤 철이 들려고 그러니?"

아내가 이제껏 내게 티를 내진 않았지만, 나름대로 경혜의 혼사에 신경을 쓰고 있었나 보다.

"소녀는 항상 말씀드린 대로 평생 아바마마와 함께 있고 싶사옵니다."

나도 마음 같아선 그러고 싶은데, 정말 그럴 순 없지. 일단 내가 의도한 방향으로 이야기를 끌고 가야지. 마침 얼마 전

성삼문의 둘째 아들 이야기를 할 때, 생각해 둔 바가 있다.

"중전, 내 당장 공주를 혼인시키려 꺼낸 말이 아니오. 웬만한 집안들이 부마가 되길 꺼리고 있기에 푸념하듯 말을 꺼낸 거였소."

이건 엄연한 사실이기도 하다.

"소첩도 사정을 알고 있지만……. 이러다 공주가 평생 짝을 찾지 못하는 게 아닐는지 염려되옵니다."

"내가 생각해 둔 방안이 있는데, 들어보겠소?"

"예, 경청하겠나이다."

"여러 후보를 선별해 시간을 두고 만나보게 한 후, 공주가 마음에 드는 사내를 고르도록 하는 건 어떻겠소? 그러다 보면 서로 마음이 맞는 상대를 만날 수 있지 않겠어요?"

그러자 경혜와 아내는 놀란 표정을 지으며 동시에 말을 건넸다.

"아바마마, 참말이시옵니까?"

"전하, 어찌 그런……."

난 아내가 반대할 것 같아 뒷말이 이어지기 전에 빠르게 말을 이어갔다.

"중전은 이 아이가 내 고모이신 정선공주나 예전의 나처럼 불행하게 살길 바라시오?"

정선공주는 남빈의 어머니이자 남이의 할머니고, 남편 의산군 남휘의 바람기로 인해 불행하게 사시다가 젊은 나이에 돌아가시고 말았다.

"어찌 어미가 되어 자식의 불행을 바랄 수 있겠사옵니까?"

"또한 중전은 폐빈을 직접 겪어봤으니, 그때 내가 어땠었는지 알고 있을 것 아니오. 내 비록 늦게나마 그댈 배필로 맞이해 지금은 더할 나위 없이 행복하게 살고 있지만, 그땐 정말……"

그러자 아내는 당시를 떠올렸는지 수심에 찬 듯 보이다 곧바로 이어지는 내 칭찬에 부끄러운 듯한 표정을 지었고, 홍위와 경혜는 그런 중전을 보며 어색해 보이는 표정을 지었다.

"어찌 소첩이 전하의 옛일을 잊을 수 있겠사옵니까? 다만 궁중의 법도를 고쳐야 하니, 반발이 생길까 염려가 되어 말씀 드리려 했던 것이옵니다."

"일부 신료들이 반발한들, 이건 공무가 아니라 왕실의 일로 분리해서 안건을 취급할 수 있소. 또한 작금의 세태는 내가 조부이신 태종대왕 마마의 유지를 받들어 인척들을 주요 관직에서 배제하고 있으니, 부마로 선택받는 걸 꺼리는 집안이 많기도 하오."

"예, 소첩의 동생인 자신(自愼)도 얼마 전에 의정부 사인(舍人)직에서 물러나 해삼위의 지군사(知郡事, 군수)로 제수되었다고 들었사옵니다."

"그런 상황에도 괘의치 않고 권세욕 없이 순수하게 공주를 연모하고 아껴줄 수 있는 이가 나타나 공주와 마음이 통한다면 그가 최고의 사윗감이 아니겠소?"

내가 제시한 건 미래에서 맞선이라고 부르는 풍속을 현 세태에 맞게 개량한 거다.

자유연애가 대세인 미래에서 맞선이란 가문 간의 결합을 위해 남녀가 억지로 끌려 나가는 쪽이지만, 상대의 얼굴 한 번 못 보고 결혼하는 왕실의 사정에선 여러 차례의 맞선에 더불어 개인적인 만남의 시간을 주는 정도면 최선의 방도이기도 하다.

"소첩이 듣고 보니, 그 방법도 나쁘지 않게 여겨지옵니다."

"중궁께서 이리 과인의 마음을 이해해 주니 새삼 처(妻) 복이 있다고 느껴지는군요."

사실 최악의 전 부인들을 겪어본 내가 이런 말을 하니 웃기긴 하지만, 한편으론 진심이기도 하다.

아내는 현숙하면서도 언제나 나를 지지해 주며 집안을 단속해 외척 문제를 원천 차단해 군왕의 배필로는 이상적인 상대라고 할 수 있다.

거기에 성격을 비롯해 모든 면에서 나와 잘 맞으니, 천생연분이란 말이 잘 어울리지.

전 부인들은 지금의 아내를 만나기 위해 내려진 시련이라 치면 얼마든지 감내할 만한 가치가 있었다고 본다.

가만히 듣고 있던 경혜가 내게 말했다.

"아바마마께서 소녀를 지극히 위하는 마음에 그저 감읍할 뿐이옵니다. 아바마마의 분부를 따르겠사옵니다."

"그래, 공주는 이 아비를 믿고 기다리거라."

그렇게 결혼은 싫다고 하더니 내 제안에 마음이 끌렸나 보다. 하긴, 한창 꿈 많을 나이에 아예 남자에 관심 없는 것도 이상하긴 해.

그건 그렇고 어릴 적부터 평생 나와 살겠다고 장담하더니 막상 이러니까 아비 입장에선 조금 서운한데?

경혜와 대화를 마치자 잠자코 있던 홍위가 내게 물었다.

"아바마마, 혹여 소자의 혼인도 누이처럼 새로운 방식으로 치러주실 요량이시옵니까?"

"그래. 세자는 그에 대해 어찌 생각하느냐?"

"소자도 아바마마의 새 법도가 지당하다 여겨지옵니다."

"그래? 네 누이부터 짝을 찾으면 세자빈 간택의 법도를 바꿔볼 생각이란다. 세자도 빈을 맞이하고 싶은 게냐?"

"예, 일가를 이뤄야 진정한 사내가 된다고 할바마마께 배웠사옵니다."

열넷이면 한창 이성에 관심을 보일 나이니, 홍위가 저러는 것도 이해가 안 가는 건 아니지.

"부마와 달리 세자빈을 들이는 건 큰일이고 국가의 대사로

취급된단다. 이 아비의 뜻대로 이뤄지려면 시간이 좀 더 걸릴 것이야."

"그렇사옵니까."

"그래. 적당한 때가 되면 하게 될 터이니, 세자는 자중하고 기다리거라."

"예. 소자, 아바마마의 분부를 새겨듣겠사옵니다."

아침 문안을 끝낸 뒤 난 딸아이의 혼사 논의로 업무 도중 틈틈이 시간을 내어 아내를 불러 이야기했고, 시간이 늦어져 저녁 수라를 함께하게 되자 아내가 내게 물었다.

"전하께선 따로 염두에 두고 계신 집안이라도 있으시옵니까?"

아내의 말에 정신을 차려보니, 잠시 경혜의 혼사를 잊은 채 오이라트를 어찌 처리해야 할지 고민하느라 식사를 하는 둥 마는 둥 하고 있음을 깨닫게 되었다.

"아, 혼사와 별개의 건으로 고민 중인 게 있어서 그렇소."

"소첩이 정사에 관여할 수 없으니 함부로 말씀드리진 못하지만, 주상께서 식사를 소홀히 하시면 옥체가 상하게 되옵니다. 그러니 수라 시간만큼은 잠시 모든 것을 잊으시고 편히 젓수시옵소서."

"중전의 간언을 유념하겠소. 그럼 마저 듭시다."

그렇게 식사를 마치고 강녕전에 홀로 남은 난 전자사전을 띄우고 울루그 벡이 보낸 정보를 토대로 메모 기능을 이용해 세계지도에 이후 일어날 수 있는 사건을 추측하여 적기 시작했다.

나와 조선으로 인해 세계의 역사가 변했고, 본래 역사의 흐름은 이제 참고용 자료일 뿐 예측엔 큰 도움은 되지 않는다.

이제부터 어떻게 움직여야 할까……. 지금 상황에서 오이라트의 병력은 정확하게 가늠은 안 되지만 분명 에센도 지난 원정 당시 나처럼 모든 것을 걸고 도박에 나섰을 터, 본국엔 많은 병력이 남아 있을 거 같지는 않다.

그렇다 해도 북명 때문에 몽골 본토로 진격할 수도 없는 노릇이고, 이 상황에서 오이라트군을 몽골로 다시 돌려보내려면 결국 유럽에서 쫓아버리는 수밖에 없군.

역시 결론은 전쟁인 건가. 그러기엔 거리가 너무 멀고 명분도 부족한데…….

아니지, 입장을 달리 생각해 보니 이건 에센이 고생해서 다시 개척 중인 실크로드의 영유권을 조선이 차지할 기회기도 하다.

분명 동유럽 국가들에 영향력을 넓히려 하는 에센은 이후 실크로드를 통한 동서 중계 교역으로 부를 쌓고 군대를 정비하겠지.

만약 그 경로가 안정될 때쯤에 조선이 나서서 오이라트를 몰아내고 독차지하면 어마어마한 부를 독식할 수 있게 된다.

게다가 우리나라엔 어디에도 없는 독점 교역물인 미당이 있지. 울루그 벡이 오스만을 견제할 겸 교역 수입을 올리려 수입해 간 미당의 일부를 로마에 팔았다고 하니, 조만간 유럽에서도 미당의 수요가 늘어날 거다.

그리고 로마가 이대로 자립할 수 있게 되면 대항해시대의 시작도 늦어지게 될 거다.

대항해시대의 시작 계기는 여러 가지 원인이 있지만 그중 가장 큰 영향을 미친 건 오스만이 로마를 멸망시킨 것이다. 로마 멸망 후 오스만이 후추 무역로를 독점하며 폭리를 취하게 되자, 유럽에서 인도로 통하는 우회로를 찾기 위해 시작되었다고 할 수 있다.

조선이 본격적으로 항로 개척에 나서고 있는 지금, 유럽의 대항해시대 시작은 최대한 늦추는 것이 조선에 유리하다.

내가 생각할 땐 베네치아가 몰락하지 않고 세력을 유지한 채 후추와 미당이 안정적으로 공급된다면, 대항해시대의 시작은 늦어지게 될 거라 본다.

그렇게 생각을 정리하니 앞으로 나아가야 할 방향이 보였다.

이제부터 동유럽의 패권을 걸고 오스만과 오이라트를 위시해 여러 나라가 끼어드는 기나긴 전쟁은 예정된 거나 마찬가지니, 내가 할 일은 10년 이내에 조선군이 개입할 만한 결정적인 시기를 잡아 명에서처럼 큰 이득을 보는 것이다.

앞으로 티무르 왕국과 정보 공조가 더욱 필요한 시점이 왔네. 그 첫걸음으로 양국이 협력해서 인도를 거쳐 티무르로 통하는 직항 항로 개척에 먼저 집중할 때다.

당분간 쿠릴열도를 거쳐 신대륙으로 향하는 항로 개척은 잠시 뒤로 미뤄야겠어.

그렇게 모든 준비를 마치면, 내가 직접 전장에 나설 차례겠지.

*   *   *

1454년의 봄, 산동 첨절제사 겸 탐험대장 최광손은 등주항에서 20여 척의 범선을 이끌고 출항해, 강화도에 들러 죄인들과 티무르와 조선 합동 사신단원 스무 명가량을 선단에 태운 후 다시 바다로 나갔다.

조선에 방문 중인 티무르의 사신단은 광무왕과 논의해, 델리 술탄국(인도)을 거쳐 티무르로 이어지는 항로 개척 건에 적극적인 의사를 보였었다.

그런 이유로 양국 간에 배가 왕래하게 되면, 기항지로 이용해야 하는 나라에 미리 우호적인 관계를 쌓을 목적으로 선단에 몸을 실은 것이다.

조선의 사절단원으로는 예조의 관원들과 그들의 대표인 서거정이 배에 올랐다.

"절제사 대감께선 본국에 다녀오자마자 신형 전선을 만들 겠다고 의욕에 넘쳐 있던데, 이번엔 무슨 배를 만들려고 그러 시는지 모르겠어."

구주를 거쳐 다음 기항지인 유구로 항해하던 중 대장선의 선장실에서 해도를 보던 최광손이 중얼대자, 항해일지를 정리 중이던 왕충이 답했다.

"제가 소문을 듣자 하니, 움직이는 요새나 다름없는 거대한 전함이라 들었습니다. 적재하는 화포만 해도 70문이 넘는다 고 하더군요."

그러자 최광손은 전열함에 대해 쉽게 상상이 가지 않아 반 문했다.

"그런 배가 바다 위에 뜰 수 있긴 할까?"

"우리는 배를 만드는 이들이 아니라 타는 쪽이니 그저 잘 만들어지길 빌어야죠."

"본관의 적성은 어디까지나 마군(馬軍)인데, 이렇게 배만 타 다간 말 타는 법도 잊을 거 같긴 해."

"사실… 전례를 따져 보면, 그 배가 완성되면 우리가 먼저 타게 될 거라 봅니다."

"하. 그렇지 않을 거라 말하고 싶은데, 마냥 부정할 수 없어 서 슬프군. 이러다 평생 배만 타게 되는 거 아닌지 몰라."

"전 포기했더니 편하더군요. 그러니 영감께서도 헛된 꿈은 버리시지요."

"마지막까지 희망을 버리면 안 되지. 단념하는 순간 모든 게 끝인 거 몰라?"

"그렇게까지 마군을 지휘하고 싶으시면 산동 첨절제사직을 반납하고 북방으로 보내달라고 청하시면 될 겁니다."

어느새 풍요로운 산동 제남(濟南)의 생활에 길들여진 최광손은 금세 태도를 바꿔 말했다.

"어디까지나, 희망일 뿐일세. 사람이 항상 하고 싶은 일만 하면서 살 순 없는 것 아닌가?"

그러자 왕충도 웃으면서 답했다.

"예, 그러시겠죠. 이런 대화를 할 때마다 결론도 변함이 없는 게 영감답습니다."

"묘하게 기분 나쁜 표정인데… 출항 전에 중훈대부(中訓大夫)로 품계가 오른 탓인가 요즘 매사에 자신감도 넘쳐 보여."

"예, 소관도 당상관의 품계에 올라 영감 소리 들을 날이 머지않은 듯합니다."

최광손은 내심 친우나 다름없는 왕충의 출세를 축하하면서도 퉁명스럽게 답했다.

"이러다 나중에 자네가 당상관의 반열에 오르는 순간, 모두가 보는 앞에서 반말할 것 같아 무섭군."

"그건 지금도 술자리에서 가끔 하고 있잖습니까? 술 마시던

중에 먼저 말을 놓으라고 한 건 영감이셨습니다."

"해암(海巖), 공석에서 말 놓는 건 다른 문제지. 아무튼 이거나 받아."

최광손이 선장실에 있는 탁자 서랍을 열어 안에 있는 주머니를 꺼내 왕충에게 내밀었다.

"이게 뭡니까?"

"승진 선물이네."

왕충은 비단 주머니 안의 내용물을 확인한 후 깜짝 놀랐다.

"이거… 혹시 미당입니까?"

"그래."

"이 귀한 걸 어떻게 구하셨습니까? 혹여 선창에 엄중히 봉인 중인 예물의 일부를 빼돌리시기라도 한 겁니까? 대체 어쩌시려고 그러셨습니까!"

왕충이 화가 난 표정으로 따지자 최광손은 어처구니가 없는 표정으로 답했다.

"말도 안 되는 소린 그만하고, 들어봐. 내가 일전에 술자리에서 가대인(家大人, 아버지)의 이야기를 하지 않았었나?"

"예, 조선에서 굉장히 존경받는 고위 무관이란 이야길 들은 기억이 있습니다."

"우리 가대인께선 무관이심에도 정승까지 지내신 데다, 기로소(耆老所)에도 적을 두신 후 궤장을 하사받은 원로대신이시지."

"영감의 춘부대인(椿府大人)과 이 미당에 무슨 연관관계라도 있는 겁니까?"

"우리 본가엔 계절마다 전하께서 내려주신 미당이나 여러 선물이 가득해. 강화도에 들렀을 때 가대인께서 사람을 보내 먼 길 떠나는 내게 이것저것 챙겨 주셨고, 이것도 그중 일부야."

그러자 왕충은 민망한 표정을 지으며 곧장 말을 돌렸다.

"허어……. 이만한 양의 미당을 산동에서 구하려면 제가 받는 몇 년 치 봉록을 다 털어도 모자라겠습니다."

"미당이 그렇게 비싸? 내가 알기론 조선에서 북명으로 보낼 때 금값하고 비슷하게 친다고 들었는데."

"그거야 조공으로 올리는 물품이니 그런 거 아닙니까. 시중에 풀린 미당은 가격이 천차만별로 뜁니다."

순간 왕충은 먹잇감을 노리는 맹수처럼 눈빛이 돌변하며 최광손을 바라보았다.

"그런데, 정말로 영감의 본가엔 미당이 가득하단 말씀입니까?"

"말이 그렇단 거지. 매 끼니에 미당을 넣어 조리할 정도는 있을걸."

"허, 그런 사치를……. 영감의 가문은 황상이 부럽지 않게 살고 계시는군요."

"실없는 소린 그만하게."

"실없는 소리가 아닙니다. 제가 일전에 산동에서 내로라하는 거부의 생일잔치에 동향인 이유로 초대받은 적도 있었는데, 그도 미당을 아껴 몇몇 고급 요리에만 넣어 손님들을 대접하는 것만으로도 엄청나게 위세를 부렸습니다."

"그래?"

"예, 그런 이도 끼니마다 미당을 넣어 먹을 정도로 사용하진 못합니다. 해마다 시중에 풀리는 양은 한정되어 있으니까요."

"그 정도였어? 미당이 귀한 건 알지만, 난 아버지께서 보내주시는 걸 아무 생각 없이 먹었었는데……."

"영감, 저와 사돈 맺으실 생각은 없습니까?"

"하, 그런 자넨 여식도 없잖나. 그리고 미당이 그렇게 부러우면 대감 소리 들을 정도로 출세하게나."

"혹시… 정 2품 이상 올라가면 조정에서 미당이라도 내려주는 겁니까?"

"그래. 품계에 맞춰 해마다 조금씩 하사품으로 내려온다고 하더군."

"전 금시초문입니다. 그럼 산동 절제사 대감도 매해 미당을 받고 있으셨다는 말이 아닙니까?"

"성 대감은 본래 전하의 총신이니 그럴 법도 한데, 잘못 짚었어. 전·현직 정승에게나 내려주던 혜택이 작년부터 정 2품까지 확대된 거라고 들었네."

"으음……. 소관이 조선 조정에서 출세해야 할 만한 이유가 하나 더 늘었군요."

"그래, 어디까지 올라갈 수 있을진 모르겠지만, 열심히 해 봐. 그리고 늦었지만, 승진 축하하네."

"예, 정말 감사합니다."

그렇게 항해가 이어졌고, 선단은 유구에 들러 사절단이 얼마 전 새로 즉위한 왕을 축하하며, 그의 즉위 과정에서 내전이 벌어졌었다는 사실을 알게 되었다.

조선 사절단은 북경의 황제 대신 조공품을 받은 후 하사품을 내리는 것으로 임무를 마쳤고, 이후 대장경을 요청하는 유구왕의 서신을 받은 후 대만으로 향했다.

선단은 대만에 도착한 뒤, 전가사변이나 유배형에 처한 죄인들을 고웅항구(高雄港口)에 내려주곤, 주둔 중이던 병사들에게 인계했다.

이후 사절단은 잔평에 맞서 대만 남쪽 지방을 평정하곤 고웅(高雄, 가오슝)을 도성으로 삼아 부족 연합국 다두(大肚)의 왕으로 즉위한 바타안을 만났다.

조선의 사신단원들은 광무왕의 교지를 전달했고 이에 다두국왕을 비롯해 그의 측근들이 조선식 예법에 맞춰 절을 했다.

그렇게 교지 전달이 끝나자, 사절단은 지난해에 토산품을 공물로 바친 답례로 하사품을 내려주곤 공식적인 절차를 마무리 지었다.

이후 최광손은 시간을 내어 바타안과 술자리를 가졌고, 서로 개인적인 선물을 주고받았다.

"자네가 오면 이야기하고 싶은 게 있었는데 말이야."

고웅에 주둔 중인 조선의 역관과 관리들을 통해 말을 배운 바타안이 조선말로 질문하자 최광손이 웃으면서 답했다.

"왜, 지난번처럼 또 사돈 맺자고 하게?"

"그래. 그러니 진지하게 생각해 보는 거 어때?"

"자네 딸이 조선에서 살긴 힘들지 않을까? 예전에 내가 와탄을 조선에 데려갔더니, 일 년 만에 돌아온 거 기억 안 나?"

"음, 돌아온 와탄이 내게 말하길 조선은 너무 추워서 살기 힘들다고 하긴 했었지. 그럼 자네 아들이 여기로 오는 건 어때?"

"내 아들은 궁에서 세자 저하를 모시는 일을 하고 있으니 그건 불가능해."

"흠, 자네 형제의 아들 중에 적령기에 접어든 아이는 없는가?"

"음… 내가 기억력이 좋지 않아서 잘 모르겠네. 차라리 나중에 정식으로 우리 집안에 사주단자를 보내는 건 어때?"

"내가 광무왕 전하께 충성을 맹세하고 조선의 역법을 받아들인 게 재작년인데, 그보다 먼저 태어난 내 딸에게 사주가 있겠나?"

"아, 내 생각이 짧았네."

"여긴 아직 나라의 개념이나 역법이 뭔지도 모르는 이가 태반이야. 나도 고웅에 머무는 관원들에게 경연이란 가르침을 매일 받다 보니 이렇게나마 자네하고 이야기가 잘 통하게 된 거고."

"그렇게 들어보니 다두는 아직 갈 길이 멀었네. 섬 북쪽 산악지대엔 자네에게 맞서고 있는 부족들이 많다며? 개중 일부는 잔평 놈들에게 자발적으로 노예까지 바친다고 들었네."

"그놈들은 동족을 노예로 바치고 그 대가로 잔평에서 무기를 받고 있어."

"이 나라를 평정하려면 자넨 정말 오래 살아야겠어."

"그래. 나도 오래 살려고 자네에게 배운 양생 비결을 지키고 있지."

그렇게 오래간만에 만난 두 친구는 밤이 늦도록 술을 마시며 한참 동안 이야기를 이어갔다.

"그럼 시간이 늦었으니 이만 물러나겠네. 다음 만남을 기약하지."

"친구여, 다음 만남은 언제쯤이 되겠나?"

"자네도 잠깐 만나본 서역 사절단의 본국인 티무르로 이어지는 뱃길을 개척하려 나선 거니, 언제라고 장담할 수 없을 것 같네. 하지만 귀국할 땐 반드시 들렀다 갈 생각이네."

"그런가. 우리의 조상신께서 자넬 보우하길 빌지."

"고맙네."

그렇게 대만을 떠난 선단은 대월로 향했다.

미래에 하이퐁이라고 불릴 어촌 겸 항구는 대형 선박을 댈 만한 시설이 없어, 조선의 선단은 바다 위에 정박했고, 조선과 티무르의 합동 사절단은 준비된 구명선과 바구니 배들을 이용해서 입항해야 했다.

그렇게 대월국의 수도인 동낑(하노이)으로 이동한 사절단은 대월의 왕 인종을 알현했다.

조선 사신단은 대월이 황제국을 자칭하는 건 지난 방문으로 알고 있었지만, 이번엔 태도가 사뭇 달랐다.

대월의 관리들은 외교적 발언에서도 지극히 조심스러운 말을 골라서 신중하게 말했고, 인종은 많은 말을 하진 않았지만, 딱히 나라 간의 문제가 될 만한 발언도 하지 않았다.

대월 측이 그렇게 나오자 최광손과 왕충은 지난번 불쾌했던 방문과는 다른 인상을 받았다.

양국 사절단이 합동으로 인종의 알현을 마치자, 예조좌랑 서거정이 왕충에게 말했다.

"지난번 대월을 방문했던 이들이 보낸 장계엔 대월이 아국에 그다지 호의적이지 않았다고 하던데, 이번엔 다르군요."

"그 장계를 보낸 게 본관이었네."

"그러셨습니까? 동지(同知, 명의 지방관)께선… 아니면 제가 호군(護軍)이라 불러야 합니까?"

"자네가 그리 일깨워 주기 전까진, 내가 본래 제남의 동지란 걸 잊어버릴 뻔했군. 지금은 광무왕 전하의 신하이니 호군이라 부르게."

"예, 호군 나리. 대월이 지난번과 다른 태도를 보이는 이유가 뭐라 생각하십니까?"

"내가 대월의 자세한 사정은 모르지만, 지난번과 눈에 띄게 달라진 점이 하나 있네. 수렴청정 중이던 대비가 없더군."

"그렇습니까?"

"본래 지난번 방문 때, 대비가 무례하게 굴었었네. 그러면서 우리가 선물로 건넨 비단이나 은(銀)은 잘만 받았지만. 아마 대월왕이 친정하게 된 후 태도가 바뀐 모양이군."

"그럴 수도 있겠군요. 사정이야 어쨌건, 지금은 아국에 호의적으로 나오니 잘되었습니다. 이참에 양국 간에 정식 교류를 제안하는 것도 좋을 듯하군요."

"그건 자네가 할 일이니, 난 자네의 판단을 존중하도록 하지."

그러자 여태 잠자코 있던 최광손이 입을 열었다.

"난 그냥 배나 지키고 있을걸. 여기까지 괜히 온 것 같아. 피곤하기만 하고, 조용히 있으려니 영 지루하네."

"영감 혼자 남겨두면 무슨 일을 벌일지 알고 항구에 남겨둘니까?"

"허, 방금은 순간 진심으로 진노할 뻔했어. 요즘 들어 자네 도발 실력이 느는군."

"도발이 아니라 진심이었습니다."

서거정은 이들이 평소에 이러고 지내는지 모르고, 진심이라 착각하여 황급하게 그들을 말리려 했다.

"영감, 호군! 부디 고정하시옵소서."

"좌랑, 왜 그러나?"

"그러게, 자넨 갑자기 왜 호들갑인가?"

왕충과 최광손이 아무렇지도 않게 답하자, 서거정은 곧바로 장난임을 눈치채고 무안한 표정을 지었다.

"소관은 두 분께서 싸우시는 줄 알고……."

"그런 거 아니니 안심하게. 그보다 대월에서 알려주길 다음에 거쳐야 할 나라가 만자(滿者)국이라 하던데 거기에 대해서나 논하세."

"예."

이후 서거정은 대월국과 조선 간의 정식 교류를 약조하고, 만자국 출신의 노예 몇 명을 배에 동승시키게 되었다.

그리고 전직 승려이자, 지금은 사역원 역관인 김수성은 그들을 불러 자바어를 배우기 시작했다.

이후 사신단은 미래에 싱가포르로 불릴 항구도시 트마섹에 도착해, 마자파힛(Majapahit) 왕국과 접촉을 시도했다.

이들이 트마섹에 머물자, 판나이에서 소식을 듣고 온 군벌이 40척의 정크선 함대를 이끌고 나와 조선과 접촉을 시도했고, 예조의 관원들이 뭍에 올라 협상에 임했다.

"허, 전혀 생각지 못한 나라에서 화기를 쓰고 있었네."

최광손이 망원경으로 대치 중인 배들을 살펴보곤 혀를 차자 왕충이 말했다.

"저들의 화포가 아군에게 위협적이겠습니까?"

"음, 이렇게 언뜻 봐서 저들의 화포 성능을 당장 가늠할 수는 없지만, 선박의 체급 차도 그렇고 적재 중인 화기의 수 차이도 심하네. 만에 하나라도 충돌이 벌어져도 충분히 감당 가능하다고 생각하네."

최광손이 관찰한 화포는 이곳에서 쳇방(cetbang)이라고 부르는 후장식 소구경 화포였다.

"그렇습니까? 전투에 있어선 영감의 판단을 믿을 수밖에 없겠지요."

그렇게 양측의 수군이 대치 중인 상황에서 협상에 나섰던 서거정이 대장선으로 귀환했다.

"첨절제사 영감, 이곳의 상황이 좋지 않습니다."

"무슨 일인데 그러나?"

"지금 이 나라엔 왕이 없다고 합니다."

그러자 최광손은 두통을 느낀 듯, 머리를 감싸 쥐며 한숨을 내쉬었다.

"천축으로 가는 길 한번 험하네……."

『내가 바로 세종대왕의 아들이다』 8권에 계속…